林贤治自选集

重现的镜子

林贤治 著

贵州出版集团
贵州人民出版社

目 录

革命寻思录（节选）

人民主体

1 人民是主权之源，政府是受托者

1640－1688年的英国革命、1776年的美国革命和1789年的法国革命，都有一个共同的目标，就是摧毁旧制度。为了证实反叛既定秩序的正当性，革命者有必要论证国家起源于契约，而政府单方面毁坏了契约；坚持在现有的法律之上还有更高法的存在，而统治者不具合法性；宣示他们本来拥有的权利，而这种权利是权力所不可剥夺的。

革命行动也许是粗暴的，不智的，但是，人民始终保留其“至尊无上的权力”，这就是人民主权。

契约的历史由来已久。有人类共同体，就有契约，有政治共同体就有政治契约。中世纪阿拉贡王国（今西班牙东北部）中臣民向国王宣誓

效忠时说:“我们这些并不比你卑贱的人,向你这位并不比我们高贵的人宣誓,如果你能尊重我们的自由并遵守法律,我们接受你作为我们的国王和最高统治者;否则,我们就拒绝接受。”除了自由、平等的观念之外,这里还包含了近代的人民主体-主权的思想。

关于社会契约的理论,因卢梭的《社会契约论》而著名。其实,作为一种哲学理论,早已见诸古希腊哲学家的著述中;而作为一种政治观念,在中世纪期间则已得到较为广泛的传播。马基雅维里以及晚近的霍布斯、弥尔顿等人,对此都有所论述。弥尔顿著文论国王和官吏的职权时,就这样指出:“王权不是什么神秘之物,它只是国王与人民之间的一种相互协议或约定。”以系统的理论挑战王权和政府的,当始于洛克的《政府论》。

洛克坚持认为,在人民与政府之间存在一个契约的理论。人民是至高无上的,政府只是作为受托人进行工作,如果被委托的权力遭到滥用,工作不能使全体人民满意,委托将被终止,就是说,政府将被废弃。事实上,人民的意志只有在极少情况下才会发挥作用;如果政府坚持不倒台,甚至倒过来胁迫或剥夺人民,那么,革命就将成为一种必要的补救措施。

所谓社会契约,实际上包含两个互相联系的观念:一个是政府契约观念,另一个是社会契约观念。政府契约是指政府意义上的国家所达致的统治者与被统治者之间的契约,在制定这一契约之前,实际上已经将社会契约作为一个先在的条件包含在内。社会契约的不同之处在于,契约是属于社会,属于政治共同体的,而非属于政府意义上的国家的。按照洛克的理论,作为受托人的政府只有义务而没有权利,而人民作为受益人一方则只有权利而没有义务。但是,政府契约并没有反映这种情况,它对于政府过于有利——因为政府因此竟可以成为与人民组成的政治共同体平起平坐的独立一方。按照英国政治理论家欧内斯特·巴克的说

清教徒移民乘坐五月花号出发

法，这种政治契约观念显然有违于洛克的初衷，所以为他所放弃，而坚持一种观点，即政府存在于共同体之中，并通过共同体而存在，为了共同体而存在。

实践社会契约的最显著的实例，是“五月花号”船上的移民们的誓约：“我们在上帝面前、在彼此面前庄严地互相约定，我们将联合起来，组成一个公民政治实体。”正是他们的契约，诞生了一个民主联邦共和国的雏形。

在这个移民国家的革命浪潮中涌现出一批著名的契约论者，其中有一位特别注重精神原则的激进人物潘恩，他在《人权论》中充分发挥了洛克的观点，说：“主权作为一种权利只能属于人民，而不属于任何个人；一国的国民任何时候都具有一种不可剥夺的固有权利去废除任何一种它认为不合适的政府，并建立一个符合它的利益、意愿和幸福的政府。”他断然指出：“并不存在以人民为一方和以政府为另一方之间的契约概念。人民之间相互产生并组成一个政府，这就是契约。认为任何政府都能作为同全体人民订立契约的一方，等于承认政府在能够取得存在的权利之前就已经存在了。人民与那些行使政府职权的人之间唯一能够发生契约关系，乃是在人民选中和雇用这些人并付给他们报酬之后。政府不是任何人或任何集团为了谋利就有权利去开设或经营的店铺，而完全是一种信托，人们给它这种信托，当然可以随时收回。政府本身并不拥有权利，只负有义务。”

法国一代知识者颇受英格兰和苏格兰启蒙思想的影响。但是，英国是经验的，法国是理性的。法国思想家在理论上有许多重大的、独立的成就，尤其通过法国大革命而影响深远。其中，像卢梭的契约理论、孟德斯鸠的分权理论等，都是具有代表性的。在卢梭的理论中，“人民主权”的思想十分突出。他概括说:我们每个人都以其自身及其全部的力量共同置于“公意”的最高指导之下，并且我们在共同体中接纳每一个成员作为全体不可分割的一部分。共同体的每一个与全体相联合的个人把自由权利转让出去，与此同时，他又只不过是在服从自己本人，所以他仍然是自由的——这就是社会契约所要解决的根本问题。“公意”是指由人民共同体规定的公共人格、公共意志，是全体人民利益的集中体现。这是一个核心概念，构成主权的本质，意味着人民的主权只能属于人民，基本原则是主权“不可分割，不可代表，不可转让”。卢梭对“人民主权”的理解导源于古希腊城邦式的直接民主，在1793年雅各宾革命中被付诸实践，为革命宪法提供了诸如人民投票、议定法律和批准法律以及选举公职人员等项的依据；《人权宣言》特别强调人民群众的革命起义权，明确指出“当政府违反人民的权利时，对于人民或一部分人民而论，起义就是最神圣的权利和最不可缺少的义务”。

1793年宪法在全民投票时获180多万人拥护，仅11万人反对，不能因此断言当时的法国人民是狂热的，从而否认它和《人权宣言》的合理性原则。托克维尔说:“卢梭成了革命导师，并且始终是大革命初期的唯一的导师。”其实，卢梭的影响并不限于大革命初期，阿克顿还说他的著作“发出了某种颠覆活动的第一个信号，不管是对于共和国还是对于君主制，都是致命的”。所谓“致命”，就在于它的革命性，在于其中的“人民主权”及“直接民主”的精神内容。卢梭的理论，同样是一个蓝图乌托邦，从理想、理论、道德意向到形成社会的直接行动，历史以它的诡谲仅仅呈现了其中的或一方面。其实在这中间，还有许多可供实验的空间，有许多发展、变化和改善的可能性。在大革命研究中，把所有灾难性的政治后果都归之于卢梭者不乏其人，应当指出的是，卢梭的理论虽然表现了他个人的天才臆想，但是毕竟是自希腊以来西方民主思想的集大成者；而且，关于直接民主等一些论断仍处于不断的扩大实践中，他把人民确立为永远的主权者的思想，是二百年来任何攻讦者所无法掩盖和抹杀的。

有关“主权”观念在霍布斯之后的西方政治思想中很有影响，是卢梭使之革命化和民主化。

自从有了法国大革命，像“人民”“国民”“公民”这些字眼开始进入生活，而不仅仅作为象征性名词镶嵌在宪法之中。但是，并不等于说在诸多社会契约和政治契约中，人民已经成为事实上的主权者和主约人。所谓“人民主权”，这里只是开启了一个方向，一个使社会趋于正常化、合理化的过程而已。当它化身于一种自由民主制度时，在世界上的许多国家和地区，仍然受到了不同形式的阻挠，甚至粗暴的制止。

阿伦特对“主权”观念抱拒斥态度，她否认在政治体中存在一个拥有最后发言权的终极权威，而赞赏共和政府对异议者的宽容和鼓励。“异议包含了同意，是共和政府的标识；一个知道他可以表达异议的人，也知道他在没有表达异议时就是在以某种方式表达同意。”这种思想，很容易令人联想到卢森堡在《论俄国革命》中关于思想自由的著名的脚注。在阿伦特看来，共和政府正是依靠人们包括异议者的同意，而把他们结合为一个复合共同体。注目于民众自愿联合，相互同意，共同参与和共享责任，是阿伦特有关革命和共和思想中最出色的地方。

作为一名政治学者，阿伦特不可能无视政治权力存在着一个中心，虽然她侧重于民众的个体性、自主性、自发性，但这并不意味着与卢梭的思想完全背反，至少，他们都同样把人民置于政治理论的主体位置。

自古以来，国家的边界不断在战争和革命中发生变动，直至近世纷纷成为民族国家为止。但无论如何变动，人民仍然站在那里。但此时，主权属于国家，人民却赤身裸体。

中国重人伦关系，所谓“三纲五常”，重在忠君，膜拜“王道”；人民为“臣民”，统治称“牧民”，由来有人治而无法治。其实整个“儒教文化圈”内的国家也都如此，有人标榜为“亚洲价值观”，鼓吹的正是保守的方面。日本“脱亚入欧”，开放较早，但效忠天皇，其“二战”之耻不无前因。至于印度，种姓制度有严密的等级相制驭。少数宗教国家在世俗方面已见相当现代化，而宗教领袖仍然君临万众之上。

几乎所有东方国家，包括俄国，都缺乏自由、平等的契约传统。

欧内斯特·巴克为《社会契约论读本》写的导言指出:社会契约论虽然多少带有机械的、法理的、先验的性质，但是毕竟表达了源于人性中的两个最基本的价值观念:其一是自由的价值、意愿的力量大于暴力，正是它构成为政府的基础的观念；其二是正义的价值，或者说，是权利而不是权力才是所有政治社会以及任何一种政治秩序的基础的观念。

2 原始契约与自然法

古希腊悲剧作家索福克勒斯在《安提戈涅》中讲述了一个关于权力、人性与法的故事:俄狄浦斯的女儿安提戈涅的哥哥波吕涅克斯和他的兄弟争夺王位，结果自相残杀而死。他们的舅父克瑞翁继承了皇位，宣布波吕涅克斯为叛徒，不准埋葬其尸体。禁葬令代表城邦的最高意志，无人敢于违抗，但安提戈涅遵守神律，将兄长安葬，结果被拘囚在墓穴里。

这个悲剧，象征性地揭示了西方政治法律思想史上关于人立法与自然法（神法）的永恒的冲突。

革命是安提戈涅，根本无视现政权布置的秩序和制定的法律，她信仰的是神律（自然法），维护的是人性，以及基于人性之上的人的权利。

从格老秀斯到卢梭，都在强调遵守契约的同时，指出执行自然法的必要性。在他们看来，社会契约实际上是原始契约，所有的公正立法都应当基于原始契约。在一个膜拜科学和理性的时代，给自然以一个崇高的位置是难得的；它不但可以制约和克服理性的僭妄，而且重要的是，从根本上重建社会，使之成为公民的自然权利的监护人，而不是侵犯者。

这种观念写入了美国革命和法国革命有关人权问题的伟大宣言之中。宣言说：人人生而平等，造物者赋予他们若干不可剥夺的权利，其中包括平等、自由、安全和追求幸福的权利。政府的建立，旨在保障这些权利；如果这一目标遭到破坏，那么政府应当被废除，然后重建。至于在世界各国之间，同样需要依照自然法则，接受独立和平等。

的确，这是革命的语言。

洛克从经验主义出发，强调自然状态受自然法的支配，而自然法是独立于任何契约的。因此，合法国家只需有效地执行自然法，以确保个人的权利。当人们进入政治社会时，如需让渡，绝不是他们的天然自由，而仅仅是他们审判和惩罚违法者的权利；这就是说，只要政府违背了他们的委托，反抗就是合法的。

卢梭的理性主义丝毫也不妨碍他对自然状态和自然法的重视。他认为，自由和平等是天赋的权利，是历史使人丧失自由和不平等。他认为，只有通过国家与个人缔结契约，才能为人们赢得自由，以自然平等取代现实的不平等。

如何把自然法的原则运用到人类政治社会中去？17、18世纪的思想家们已经为我们留下了十分珍贵的启示。

苏联及东欧等意识形态专政的国家从来回避乃至反对自然法和人们的自然权利。他们讳言“人权”，事实上人们是有义务而无权利的；宣传阶级论，反对人性论，个人主义、人道主义长期被划入资产阶级的思想道德范畴而遭到批判。人为地制造“阶级斗争”，将暴力合法化；所谓“无产阶级专政”，从新政权建立时起，即已成为清肃异己的遁词。

据悉，2005年联合国通过一项名为“保护责任”新理念的决议。所谓“保护责任”，即“保护人权的责任”。决议说:“确认当独裁者屠戮本国民众时，世界大国有权利和义务介入。”

“保护责任”这一新理念，使“人权大于主权”成为联合国的法定原则。可以认为，这是一个基于自然法之上的具有普遍意义的理论纲领，而非哪一个政治家、政党或政府的权宜主张。自联合国这一决议通过之后，“保护责任”新理念已有过两次重大的实践行动:一次是对“波斯尼亚大屠杀”的军事回应，曾经被鼓吹为伟大的民族英雄，前南斯拉夫总统、暴君米洛舍维奇最终死于海牙国际法庭；另一次是对利比亚动武，击毙暴君卡扎菲。以暴抗暴即用武力以支持最低人性标准，被公认为正当的而具有了合法性。两次军事行动，被称作国际社会中的“人道主义干涉”。

人权至高无上，这个为《独立宣言》《人权宣言》和《联合国人权宣言》所确立的革命性原则，经历了几十年的冷战之后，在21世纪的联合国决议文中有了新的体现。

历史步履维艰，障碍重重，而非跳跃着前进。然而，毕竟可以视此为一种进步，一个“希望的标志”，正如有人在联大会议上通过“保护责任”决议时所说。

3 “姐妹革命”中的人民

米涅总结1789年原则为两条:首先，人生来是而且始终是平等的，并享有平等的权利；其次是，国家本身不是目的，国家的存在是因为它负有保障公民享有公民权的使命，如果有辱使命，公民将起来反抗。

阿伦特论及法国大革命时，同样指出人民的同意是一切权力的正当性的来源。但是，她分析认为，革命者并没有能够感受到人民在经济上遭受剥削以及贫困的状况，由于他们在政治上处于无权的地位而置身于被压迫者的队伍之中，为此感到自己属于人民，等同于人民，维护人民的权利就是为了反暴政和反压迫。他们要成为人民的代表，代表人民发言和行动，实际上基于一种凌驾于人民之上的权力，或者出于一种道德优越感。就是说，他们在行动中是脱离人民的。

阿伦特批评卢梭的“公意”说，并且批评所有那些类似历史有机体理论和历史社会理论，认为其中有一个共同的错误，就在于将一个民族、人民或一个社会中的实际多数，看成是一个超自然躯体的形象，它受制于一个超人，一个不可抗拒的抽象的所谓“公意”。她批评卢梭把意志和利益等同起来，批评罗伯斯庇尔在美德和无私之间画上等号，总之，爱人民的人和人民是两回事。她说:“对于各种对法国大革命的理解而言，人民都是关键词。它的涵义，是由那些对人民的遭遇感同身受的人来决定的。”

罗伯斯庇尔力倡民主，宣扬人权；但是，他和他的革命伙伴们都犯了一个致命的错误，就是与此同时，又宣称要等到法国达致和平之后才能考虑人权理念的实现。

无论迫于情势，还是出于策略，在法国，人权问题都不是优先考虑的，它不得不屈居于领袖的意志之下。

托克维尔发现，在美国，人民主权原则不像其他国家那样隐藏起来的，它以法律的形式公布，和自由一起呈现，毫无困难就到达了最终的目的地。

阿伦特认为，这同美国作为一个移民国家有关，而且大批移民来自英国，这个文化背景是具有决定意义的。当他们漂洋过海而来的时候，就坚持将自己构建成一个“文明的政治体”。他们并不曾将这些实体设想成政府；它们无意于统治，也无意于将人民划分为统治者和被统治者。革命爆发后，人民主权的思想从市镇中产生，并且迅速占领了州。那些获得拟定宪法资格绘制国家蓝图的人，是自下而上地被选举出来的委托人。他们执着于罗马原则，不同于法国革命的领导者忠实于虚构的绝对性原则，服从于一个凌驾于一切法律之上的国家。他们根据的是一个正在运作的现实，根据依法执行并受法律限制的有组织的多数权力来进行思考。阿伦特特别指出:美国之所以革命性地坚持共和制和民主制或多数统治加以区别，取决于法律与权力的分离。

社会契约理念在美国人民中扎根最深，获益也最大。美国人民在政治社会中享有权力，即使不占有主权，也有资格吁求一切权利。

有关美国人民特别重视权利和契约问题，1895年宪法学家格奥尔格·耶利内克在一篇广有影响的论文中指出，这和宗教有关。

他认为，北美将宗教自由理解为基本人权，要归功于其英国清教徒起源。基督教神学家和宗教哲学家恩斯特·特洛尔也曾称美国的政治家和革命者为“宗教改革的继子们”。当耶利内克从清教－盎格鲁撒克逊传统的角度来阐释人权和公民权时，驳斥了把法国当作人权和公民权先锋国家的提法。事实上，美国的独立宣言对法国的《人权宣言》是有着重要影响的。

在美国，两种带有终极性的对立的元素——宗教精神和自由精神奇异地交织在一起。至今美国社会仍然有一部分人倾向于从宗教中寻找政治自由的渊源，而忽视启蒙运动中的人权、法治国家和民主传统。欧洲的情况恰好与此相反，几乎忘却了启蒙思想的基督教渊源。

法国革命与美国革命，确实有许多不同的地方。法国是一个统一的国家，集权制传统；美国分散为多个州，端赖联邦自治。两者走向现代共和主义的道路是有差异的:法国是民主共和主义，看重政治自由的实际行使；美国是宪政共和主义，强调的是行使自由的制度架构。法国通过革命，把“人民”提升为“主体性人民”，在共和政体中，由于统治者与被统治者具有同一性，因此普遍意志可以给个人自由以保障；美国致力于建立均衡的宪政体制和法治架构，以确保全国人民的政治自由，以及个人不受干涉的消极自由。

对于发生于18世纪的“姐妹革命”，不要因为过于强调其间的差异性而忽视了两者同为革命的一致性。应当看到，两国的革命，都同时赋予了人民以崇高的地位，他们创造了各自的共和制度，让人民享有充分的权利，并拥有自由、民主等相同的价值观。

4 生存权、抵抗权与直接行动

人民既然有维护自己的“生存要素”，包括生命、自由和财产的权利，那么，就意味着同时拥有抵抗权、起义权和革命权。

有关生存权，埃弗里特在《农产品的销售》中有一段话说得很好：“既然人在国家里占有指定的地位或级别，那么每个人就都有权要求国家为他提供维持生计的手段。任何妨碍这一生存权的交易和契约，不管是如何达成的，都是不公平、无效的。对于大多数人来说，生存权最终要诉诸社会（相对于经济）的责任。”

生存权是最起码的权利，有的政府却把它当作人民的全部权利。国家的所有资源都由政府或相关者垄断了起来，不让人民有自由发展和创造财富的空间，从而形成国富民穷和社会分配不公的现象。但是，这样的政府是从来不承认人民有抵抗权的，只要出现自发的群体性行动即厉行镇压，国家政治的非正当性在这里表露无遗。于是，人民只好长此屈辱地生存，为生存而生存。

如果人民失去合法的抵抗权，可以想见，所有写进“契约”（包括宪法）中的属于人民的“权利”都是虚假的，乌有的。

抵抗权是基本人权之一。它承认对侵犯人权的非法国家权力、非法的法和野蛮执法的暴行进行抵制和反抗的权利。

古典自然法学家斯宾诺莎、格老秀斯早已论及人民反对违背正义的人立法的正当性，洛克则明确提出有关抵抗权和革命权的主张。18世纪的人权理论，是在革命的炽热的大背景下兴起的，其核心就是反对专制政府的抵抗权。美国《独立宣言》、法国《人权宣言》以及1793年宪法都曾宣布“当暴虐的政府违反人民的权利时”，“反抗压迫”是一项“不可转让”的人权和“最不可缺少的义务”。这是关于抵抗权作为法定权利的最早文件。

作为《独立宣言》的起草人，杰斐逊劝告人们在行使抵抗权时要谨慎从事，不可因为“暂时的原因”而轻易投入创伤性的革命，但是，他仍然不得不承认:当人们遭受专制政权的迫害时，革命不但是他们的权利，“也是他们的职责”。

卢梭本着“正义即公意”的原则，这样解释人民的抵抗权:“人民正是根据别人剥夺他们的自由时所根据的那种同样的权利，来恢复自己的自由的，所以人民有理由重新获得自由；否则，别人当初夺去他们的自由就是毫无理由的了。”他提出人民直接行动的理论，为法国大革命提供了重要的思想资源。他声辩说，从政府篡夺了主权并被用来压迫人民的时候起，社会契约就被破坏了，每个公民因此又恢复了他们天然的自由，包括以暴力推翻暴君的自由。马布里并不认同卢梭的社会契约论，但赞同人民主权论，他从中引出武装反抗暴政合理性的结论说:“公正的原则允许人民拿起武器，反抗破坏法律或滥用法律来窃取无限权力的压迫者。”

在法国大革命中，起义权写进了宪法。革命之子罗伯斯庇尔说:“当一个民族被迫诉诸起义权时，对暴君来说，这个民族便回到了自然状态。暴君已经毁了公约，怎么还能引用社会契约呢？……暴政和起义的结果，就是彻底终止与暴君的一切契约，暴君与人民之间重新处于战争状态。”

抵抗权是从人权及人民主权理论中派生出来的，所以，它可以作为法定权利，即合法的抵抗权；但又可以是“法外的抵抗权”，即针对人定法的非法而采取的法外权利进行反抗的抵抗权。它反对政府现行的“非法之法”，却符合“法上之法”——人权与正义。

上世纪60年代，社会运动的浪潮席卷全球。

在东方，著名的“布拉格之春”的主角之一亚历山大·杜布切克说:“人民不满意党的领导。我们无法改变人民，所以我们改变了领导人。”在西方，参与反抗运动的麦龙·马格尼特在其著作《梦想与梦魇》中说:“任何社会的主要功能是保障社会契约的执行。如果社会合法的权力机构变得腐败时，除了无政府状态，你还能期待什么？”

权力的僭妄

1 国家还是人民

政治思想家论及社会契约，所指实际上是人民和政府之间的关系。评价一个政权，主要看政府如何履行它和人民之间的契约。当然，首先得看它存在的正当性、合法性，然后才是它的职能和绩效之类。政府有没有合法性？它从何处获取统治的权力？答案不能看它的公告和宣言，而要看人民的态度，看被统治者对统治者是否首肯。

对此，选举是唯一的考量方式。

以现代民主的眼光看，权力并非神授，也非继承（“接班人”之说，实质上是变相的继承），而是来源于民众的选举。所以，凡称民主国家没有不重视普选一项的。

“解放者”玻利瓦尔早在1819年召开的一次委内瑞拉国会开幕演

说中就指出政治危机起于独裁，唯有选举和更换领袖才能加以克服，说：“受民众拥护的政体必须不断地进行选举，因为再没有比允许同一位公民长时间掌权更危险的事情了。”

……

1838年，在英国，伦敦工人协会发布《人民宪章》，提出关于成年男子普选权等多项政治要求，酿成著名的“宪章运动”。虽然运动遭到镇压，但是，普选权作为基本人权终于为政府所承认。当时，马克思对运动表示热烈的支持，撰文说普选权等于英国工人阶级的政治统治，因为在英国，工人占人口的大多数。他说：“在英国，普选权的实行，和大陆上任何标有社会主义这一光荣称号的其他措施相比，都将在更大程度上是社会主义的措施。”恩格斯也指出，“‘合法发展’和‘普选’必然导致一场革命”。后来，他仍坚持认为，普选是和平过渡到社会主义的必要条件，只是对实现普选没有信心。

……

“人民主权”是一个乌托邦，其实普选只是走向乌托邦的第一步。在政治实践中，要使社会不为国家所吞并，道路遥远而艰难。

“国家主权”与“人民主权”，作为一个政治学概念，大约在近代同一时期产生。像古希腊不存在国家，在中世纪的欧洲，政府与教会分享统治权力，都说不上国家主权；但是，人民同样处于无权者状态，所谓“主权者个人”是没有的。近代民族国家兴起，在“国家回归”中，国家主权乃成为一种制度性现实。19世纪末20世纪初，世界上所有国家都在民族的名义下，大大扩展自身的功能，尤其在“二战”以后的“冷战时代”。“国家主权”的论调在国际政治间得到广泛的应用，强化了国家的权威性，以致在国家内部，国家主义的主权观，被传输到社会的每一个角落，成为一种普遍意志，对脆弱的民主观念造成很大的冲击。

国家通过垄断合法强制力，以保持对现有秩序的有效控制。从时间上看，国家愈来愈强势是明显的。

所谓“国家主权”，到底是谁授予的？居然是国家自己！这就是政治学者辛西娅·韦伯讽刺说的“自我指称的荒谬”。

国家是众多政治共同体之一，“人民”则只有一个。人民是当然的主权者，只有承认“人民主权”，自由、民主、自治才能获得切实的保证。首先，人民把权力移交给国家，国家代表人民行使权威，有了使用权。在国际领域，所谓国家主权，实质上是国家以实体的身份代表本国人民行使自主的权利，如同在本国事务中政府代为行使管治权一样。正因为如此，联合国决议中的“人道主义干涉”“人权大于主权”才有了成立的根据。

从表面上看，国家是中立的，它的存在在于调节社会各阶级、阶层和集团的利益，维持和平秩序，保证公平竞争，同时也与其他国家进行竞争。国家集团拥有自主性的结构，也有自身独立的利益，当它从社会中抽取资源并加以利用时，很可能在某种程度上损害支配阶级的利益，尤其在危机时期；但是从根本上，与支配阶级的利益是相一致的，因此能够较长期地结成政治同盟，而以牺牲被支配阶级的利益为共同目标。

……

所以，一个和平稳定的社会，应当是正义高悬如阳光普照的社会。博丹把共和国称为“一个正义的政府”，就是这个意思。

正义的政府，使公平地对待公民的权利与义务成为可能；同时，能够自行约束自身的政治权力。非正义的政府倒行逆施，不但高度掌握权力，聚敛财富，而且动辄以“国家理由”侵犯个人权利，人为制造社会鸿沟，使富者更富，穷者更穷。

古罗马基督教教会作家奥古斯丁在《上帝之城》里指出:“没有了正义，国家不过是一大群强盗。”书中还载有亚历山大大帝与被俘的海盗的一段对话:国王问，为什么要占领海面？海盗回答说，你要抢占的是整个地球，只是因为我的战舰太小，所以叫我海盗；因为你有巨大的战船，所以称为统帅。这段对话，与我国《庄子》中说的“彼窃钩者诛，窃国者为诸侯；诸侯之门，而仁义存焉”颇相似。

保罗·利科强调正义的重要性，打比方说：“正义的独立行使和民意的独立形成，是政治上健康的国家的两个肺，否则就会窒息。”他指出，斯大林主义的崩溃正在于权力垄断，扼杀了正义、自由和民主，致使社会窒息所致。

专制国家最大的特征，就是权力的高度集中。

托克维尔在《旧制度与大革命》中总结说:行政上的中央集权制和首都巴黎的至高无上的权力，是40年来不断更迭的所有政府垮台的重要原因。旧君主制突然之间猛烈毁灭，很大一部分原因即在于此；同时，它也是孕育所有其他革命的第一场革命的主要原因。

他明确指出，中央集权制是旧制度的产物，也是旧制度在大革命后仍然得以保存下来的政治体制的唯一部分。为什么呢？因为只有这个部分能适应大革命所创建的新社会。

政治体制改革的困难性，正在于此。

在苏维埃政权建立5年之后，列宁承认说，“我们称为自己机关的那个机关，实际上是和我们完全格格不入的，它是资产阶级和沙皇制度的大杂烩”，其中盛行“糟糕之极的前资本主义文化”。显然，列宁试图拒绝这笔旧制度的遗产，而实际上成为不可能。专制主义文化具有浓厚而强烈的发酵性，从历史的情况看，其中不但有沙皇制度的遗留，而且带有所谓“工农专政”的时代性病症，其意识形态及其实践具有一种创新性。

至斯大林时代，权力空前集中，政治学者把这种20世纪的现代专制主义称作极权主义。

在长期从事权力研究的福柯看来，权力这东西，本身就是一种控制型的性格，含有敌对和冲突的反社会动机。国家权力作为最大的权力，它与社会的潜在的或是现实中的冲突无疑是巨大的，那么将依靠什么维持自身的稳固的存在呢？

两位美国政治学者格尔和詹森认为，政府的权力稳定性，依赖社会的心理倾向和大众的支持。国家必须让社会保持一种共识，格尔强调功利性共识，詹森强调价值共识，都是通过共识的凝聚，以体现政府权威的正当性。即使要动用暴力，也必须建立在大众共识之上，而不是有组织的强制力可以奏效的。

……

托克维尔在《旧制度与大革命》第三编第六章名为“政府完成人民的革命教育的几种做法”，说明暴力的观念、形式和行为乃由旧制度传承而来，是历史的产物，也是教育的产物。

他指出路易十四以后的旧制度的改革，为大革命作了准备。他指出，政府早已努力向人民的头脑灌输后来称为革命的思想，这些思想敌视个人，与个人权利对立，并且喜好暴力。政府一直在开办这类学校，给予下层阶级以一种暴烈的、冒险的教育。他说，“旧制度给大革命提供了它的许多形式，大革命只不过又加进了它的独特的残忍而已。”

托克维尔在评论中对大革命同旧制度进行类比，突显的是权力中的强制力的共性。他着眼于政治形式方面，暴力也是一种形式，而容易模糊新旧不同政治体的内容。

但是，无论如何，国家主权至上是值得警惕的。

英国政治学者拉斯基论述洛克的思想时说，洛克把国家视作人类的乃至人为的发明，他不相信人类会向它拱手让出自己的权利，除非以一种事先有担保的回报作为条件。权力对他来说同样是一种信托，会因滥用而被撤回，正像16世纪的思想家们所认为的那样。

如果人民不肯向国家出让自己的权利，或者已经出让而遭到滥用的时候，怎么办？除了革命，是否存在别的出路？

……

2 革命作为一种补充，或替代物

在政治共同体内，政府与公民之间的关系始终保持某种程度的紧张。政府作为权力的受托人，总是单方面违背契约，对授权人构成冒犯和侵害。人民的要求，政府完全可以闭目塞听；在契约的双方，人民实际上处在被动的地位。最后，只有当大多数人都感受到了严重的压迫和威胁时，人民才会起来，以革命的形式收回权力。

所以，革命是一种被迫行动，是对于契约所作的最后一点必要的补充。

政治危机是革命的潜在阶段，它能否发展为颠覆性的革命活动，将取决于国家的性质，以及国家与社会在这一过程中的互动关系。

如果是一个民主国家，就是说，它的制度设计建基于人民主权的观念之上，政府受限于人民的意志，不但自身具有约束力，而且有能力将社会运动纳入国家体制内并加以消化调节的话，那么将有可能克服危机，避免革命。西方工业社会发展到今天，有所谓“晚期资本主义”之说，即使存在危机，但它所以能超越“古典资本主义”而仍然表现出某种生机，就因为社会并未失去其开放性、多元性和竞争性，不失其自身整合的能力。一些老牌“帝国主义国家”并没有如列宁所预言的那样进入“垂死阶段”。所谓“全球化”，很大程度上是资本主义全球化，自由经济加民主化的趋势日益扩大，不可阻挡。

非民主国家，专制主义国家，即使有能力吸纳市场经济，也没有能力改变因高度集权而形成的制度刚性。在这里，经济与政治呈不对称的二元状态；有限的改革，即使激活经济部分活力，也很难进入僵化而且腐败的政治肌体内部。潘恩早经指出："长期的经验表明，这种改革不是旧政府所愿意提倡的；因此，这些问题应当向各国国民而不是向这样的政府提出来。"就是说，这样的政府无以言"改革"。当改革宣告无效时，革命自然成了替代物。

苏联政体的崩溃，具有指标性的意义。

上世纪50年代，政治强人斯大林去世之后，苏联开始着手改革，所谓"去斯大林化"；后来勃列日涅夫接替了赫鲁晓夫，使改革陷于长期停滞；到了戈尔巴乔夫时期，改革再度进入轨道，并且加速进行，结果致使政权突然倾覆。此前，西方绝少有政治家、外交家预料到这种不期而至的结局，原因就在于改革的速度相对太慢，虽然在党内保守派看来已经太快，从雅科夫列夫回忆录《雾霭》中可以得知改革派戈尔巴乔夫所承受的压力之大。由于来不及改变其核心部分，即极权政治的本质，人们对于自由和民主的等待终于来到了极限，导致党、国家与社会关系的破裂。

一个现代历史上最庞大的帝国突然覆亡，竟然可以兵不血刃，这是一个奇迹。它以最朴素最真确的事实，提示人们重新把目光投向卢梭创设的名词："公意"。人们在论说苏联兴亡的故事时，始终忽略公意的存在，而斤斤于人员、政策、策略等技术性的统计。公意是潜在的，看起来空无一物，实际上抵得上千军万马。

再读读潘恩：

"早些时候的征服与暴政剥夺了人们的一切权利，现在人们正在收回权利。正如一切人事有方向相反的盛衰变迁，革命亦复如此。以道德学说、普遍和平体制和不能取消的固有人权为基础的政府，正借助于一股比依靠暴力由东方绕向西方的政府更加强劲的冲力，从西方绕向东方。它不会引起个别人的兴趣，但会引起进步中的各国人民的兴趣，并且向人类许下新时代即将来临的诺言。”

革命发生学

1 贫困是革命之父

从亚里士多德开始，贫困已被视作革命之父。

社会的反抗倾向源自统治者持续不断的剥夺，而经济的剥夺是最常见的。贫困在马克思那里就是第一位的政治力量，他的革命理论即建立在经济基础和生产方式之上；在《共产党宣言》中，他把革命者称为无产者。

秘鲁诗人巴列霍在巴黎写信给友人说：“我和许许多多的人一样，永远生活在资产阶级的宴席桌子底下，我不知道革命是否主要来自穷人的愤怒。如果是的话，美洲的‘革命使徒’们能在我的一生中找到一支革命大军。”

法国大革命的起因，与城市贫民的物质匮乏，赋税沉重且遭遇灾荒的农民有关。当时，政治谣言与饥饿和贫困纠结在一起。设若没有他们的参加，革命很可能不会越过政治的围栅，而以暴烈的行为方式层层推进，涤荡全社会。对引起大革命的经济原因，莫尔内作这样的转述：“当时所有人都目睹了一种普遍的、不容置疑的苦难，这足以解释大革命何以在无边的贫困之中找到不可胜数的、准备接受革命、投身革命的反叛者:在所有地方，乞丐和赤贫者的数量都在急剧增长，他们骚扰行人和公共权力机关。根据博多神父的看法，1765年法国的1800万居民中，有300

万穷人。”他认为，极端的贫困酝酿出一种绝望感，这种绝望感会不时催生绝望的行动，这就是革命。

阿伦特说革命总是笼罩在法国大革命的阴影之下，实质上是指如贫困一样的社会问题在革命中的主导作用。

经济学家阿马蒂亚·森在其著作《身份与暴力》中有一章节专门谈及贫穷与暴力的关系。

他说，贫困能够激起对现存法律和规制的藐视，但是不一定会赋予人们采取暴力行动的主动性、勇气和实际能力。贫穷不但伴随着经济衰退，还伴随着政治无助。他指出，一个忍饥挨饿的不幸者，身体虚弱，意志沮丧，根本不可能挑战统治者。沉重无边的苦难和不幸，常常伴随着和平和沉默，而不是反抗。实际上，许多灾荒发生时，并没有多少政治暴乱、内部冲突或群体间的战争发生，就是这个原因。

但是，关于贫困和饥饿的记忆非常顽固，它容易形成不公平感、不公正感和耻辱感，久久徘徊不散。即使不曾引起即时性的暴力活动，在未来的时日里，它仍然会由适当的时机诱发，导致反抗和起义。阿马蒂亚·森说:“我们必须更清楚地认识到，贫穷、剥夺、忽视和耻辱，是如何与力量不对称相联系的，并长期以来引发了暴力倾向。这种暴力倾向，又与某种冲突存在联系。这些冲突凭借悲愤情绪，来反对这个身份对立世界里的那些强势者们。”

阿伦特在《论革命》中谈论的是贫困带给革命的负面作用。她说贫困不只是被剥夺，而且是一种处于持续匮乏和极度苦难中的状态；它是卑污的、可鄙的，是一种非人化的力量，因为它把人置于肉体的绝对支配之下。按照阿伦特的理解，革命的目的是人的解放，是自由的实现。但这时，自由不得不屈服于必然性，屈从于生命过程本身的迫切性。在她看来，法国大革命中的群众正是由穷人构成的。贫困的必然性驱使他

们，让他们把革命发动起来而后再把它埋葬掉，在旧政权崩溃的同时，新共和也流产了。阿伦特引用了罗伯斯庇尔最后演说中的话:

“我们将会逝去，不留下一抹烟痕，因为在人类的历史长河中，我们错过了以自由立国的时刻。”

在此，阿伦特把罗伯斯庇尔说成是马克思的“革命导师”，批评马克思把生命看作最高的善，认为革命的目的不是以自由立国，而是使社会的生命过程摆脱贫困的锁链，因此贫困在马克思那里成了革命动力。她尤其严厉地批评了马克思的“伟大的学生”列宁，作为“法国大革命最后一位继承人”，他深信在落后国家，不可能在战胜贫困的同时也能建立起自由。她甚至说列宁对自由毫无理论概念，不惜“为了党而牺牲新的自由制度苏维埃”。

阿伦特对马克思和列宁的概括是否准确又当别论，至于她把饥饿和贫困带来的生理痛苦看作“必然性”而又予以拒绝，是不现实的；而把追求自由和摆脱贫困在革命斗争中对立起来也是不切实际的。

如果法国大革命不是动用“苦难和赤贫巨大的力量”，依靠城市贫民和农民，那么将余下什么呢？革命确实为自由乌托邦所导引，但是它的运作，绝不可能超越时代环境所提供的一切条件。阿伦特引用弗兰西斯・培根的话说，“胃的造反是最糟糕的”；不论如何糟糕，都必须承认“胃的造反”的先天合理性。不能认为运用政治手段解决贫困等社会问题必然导致恐怖，就可以绕开这些问题，跑到富足的国家闹革命。不存在同一个革命的坯子。革命的起因可能出于专制，也可能出于匮乏；但是说到底，面包和自由都是人民所需要的。

经济萧条时，人民有所期望，但是可以想见是低水平的；经济繁荣时，人民的期望会相应高涨。当经济的实际发展情况与人民的期望出现很大反差，以至于到达某个极限时，革命就会爆发。

美国学者戴维斯有关革命的观点，在托克维尔关于革命发生在经济繁荣之后的理论和马克思关于经济危机引发革命的理论之间做了调和。他提出发生革命的两个前提条件。一个是对未来生活的愿景，假若期待与现实差距太大，必然增加人们内心的挫折感；严重的挫折感会加强敌意及攻击性行为，从而引发革命。再一个条件是物质与精神的“过剩”。他认为，贫困本身不足以引发革命，在许多贫穷的社会里，人们是依靠物质和精神的能量来生存的，结果抑制了生存以外的任何活动。但当相对贫穷或富裕时，才会导致心智的成熟并引发革命。

捷克哲学家帕托什卡从东欧剧变前的生存经验出发指出，意识形态对个人的控制，可以通过外部和内部同时进行:在外部，给予物质生活以一定条件的保证，即免除贫困；在内部则施行“洗脑术”，对思想、道德乃至审美心理作根本性改造，使之适应现行体制，以免除灾难性的不满和反抗的发生。他描述说:“给予他经济保障，确保他的大众意识，通过宣传、消遣、娱乐等系列有效措施控制他的思想，他就会毫无保留地任你差遣，甚至想象自己是自由的，相信这便是人类真实的一面。”如果对此加以拒绝，那么他就会被当作“有害的、无用的力量——顷刻间便被孤立起来。”

时至20世纪，罗马时期“面包加马戏”的老经验仍然适用，可见传统的伟大。

阿克顿提出一个相反的例证，就是美国革命。

他说:“美利坚殖民地的人民是自由的、繁荣的、安全的，赋税很轻微。从实际生活讲，他们比任何其他人民都要富足。然而他们造反了。他们准备牺牲生命和财富。他们事业的正当性给世界留下了深刻印象。他们诉诸普遍的原则，并把它们应用到所有人身上。”还说，“如果他们是正确的，那就该轮到其他国家整理本国秩序的时候了。”

阿伦特对美国革命有所责备，那意见正好与阿克顿相左，认为美国人民最终还是追求财产和幸福，有违革命的初衷。她评价最高的是1956年的匈牙利革命，就因为那是一场反抗政治压迫、争取自由立国的斗争。

争取自由权利，成了他们推举美国革命和匈牙利革命为革命典范而给予赞誉的理由。但是，不能因此便认为贫困与否与自由权利无关，只是自由权利更为广大，它包容了生存权和财产权。

在不发达国家，以革命解决贫困及其他社会问题是无可指责的。也许，这不应当成为革命的终极目标，但是，却是生死攸关的起点。

西德尼·塔罗确认斗争政治的合理性，他在《运动中的力量》中有一段话，看似激进，事实上却是十分平实。关于斗争性集体行动，这斗争性并非因为运动领袖和普通民众喜欢暴力，而是因为他们缺乏稳定的资源——资金、组织、进入政治决策的通道——这些都为利益群体和政党所控制。面对强大的执政党和政府，“斗争可能是运动所能控制的唯一资源”。

2 政府及社会组织的危机

按照戈德斯通的说法，社会在三个必要性因素结合在一起时，革命才会发生。这三个因素是:旧国家出现危机、精英群体的主体部分与体制疏离，以及大众动员。

所谓国家危机，其实是政府危机、制度危机。所以，旧政府为了保全既有的体制，阻绝或延缓革命的发生，往往抓住其他两个因素:或者笼络和豢养一批精英人物，其中包括专家、学者、知识分子，使之留在体制内；或者推行愚民政策，再就是切断民间团体的联系，垄断组织资源。

问题出在政府本身，而且这是首要的。阿克顿说:一个政府，无论曾经有过多么大的治绩，它都有可能被它所统治的人民推翻，前提是这个政府已经腐败透顶并暴虐得无可救药。他警告说，革命最终会告诉统治者这样一个道理。这也正如托克维尔所指出的:“没有谁推翻政府，是政府自己推翻了自己。”

革命的发生，与之相关的政体模型是带根本性的；至于政治过程，其中有许多变量，因此革命发生与否、规模大小、结局如何等等，是难以确定的。在蒂利看来，无论社会运动或是革命，它们在发生和发展的过程中，都存在着大致相似的因果机制。这些机制形成社会抗争的动力，它们依据发生时不同的初始条件、不同结构因素的结合方式和发生次序而产生不同的累积性结果。它们是由社会组织的内部结构及其在一定历史条件下的动态过程所决定的，所以预测革命、设计革命，宣称改良优于革命，都是妄言与谵语。

就狭义的革命——政治革命而言，既然它是一个相对现代的现象，那么它所发生和延续的时间就应当是有限度的，空间也是特定的，带选择性的。戴维斯认为，革命不会发生在那些非常落后或非常先进的地区，只会发生在处于现代化进程中的国家。可以说，这是一个相当真确的判断。

在早期现代化的历史框架内，权力即将被关进民主制铁笼，因此显得特别猖獗；而为绝对主义、准绝对主义所压抑的新兴社会力量逐渐抬头，并形成对抗。正如托克维尔所说，开始改革的时刻所以变得危险，就因为这是开始流露自由倾向的时刻。经济发展过程同样会因为自由竞争带来约束的断裂，导致社会不稳定。由传统观念所维系的共同体，有一种向心力确保集体结构的一致性，这种结构对于群众运动来说是免疫的；但当个体自由意识觉醒之后，就会失去内部团结而日趋瓦解，从而成为培育社会运动和革命的最合适的土壤。

然而，即使具备了政体崩溃的各种因素，且又处于早期现代化的历史框架之内，革命也只是一种可能。像日本、印度，都没有产生暴风雨式的革命；拉丁美洲国家向现代政治社会的变迁，也应当算是非革命类型。

当权力比较分散，地方政府尚有余力控制当地社会，即使对中央政府持反对态度，也能在一定程度上认同现行制度，而不至于完全疏离。最可怕的是集权传统体制，像大清王朝、罗曼诺夫王朝、奥斯曼帝国这些国家，由于专制君主垄断了所有的合法性，因而无法进行政治体制改革以适应不同阶级和团体的现实利益，以及社会创新的进一步需求，这时，最有可能因革命而覆灭。这种政治权力及社会资源高度集中的现象，在现代的一些国家中不但未见稍减，反而变本加厉。

……

2011年以来的中东革命中，被波及的国家并非王国，却是实质上的独裁国家。埃及穆巴拉克下台以致受审的主要导火索是在革命中屠杀了近千群众；利比亚的卡扎菲也是，连叙利亚的巴沙尔也是。而支持这些革命国家的反对派的阿拉伯国家，大多倒是王国。

从政体的演进来看，君主制与现代国家是不协调的，甚至是相反对的。但是，关键的问题仍在于是否独裁。有些国家名为共和，实际上厉行没有君主的君主式专制；至于“虚君共和”，其中君主只是一具文化的空壳，事实上实行的乃是民主共和。

有的名义上的共和国家，公民社会不曾形成，其社会只能称作公众社会。社会中广大分子没有公民权，甚至没有人权。在这里，与其说这是先天性阙失，不如说是被剥夺所致。所以，有关权利问题，是只需争取而非维护的；就是说，需要的是激进主义而非保守主义。

“激进主义”一词，在拉丁语词源中含有“根”“彻底”之意，所指是一种彻底批判、否定、颠覆现行制度或威权的思想和行为。美国历史学家悉尼·伦斯说，激进主义是特权的解毒剂。

没有特权，就没有激进主义。

关于革命的分析，在学者那里，大抵是偏于静态的、类型学的、因果论的、简单的图式化的。关于法国大革命，许多研究的结论其实只是停留于革命现象上面，譬如死亡数字等等，并以此归罪于革命者。傅勒作为史学界修正派的代表，对于大革命持有带否定性的评价，但他同时指出，大革命是一个“新发明”，有一种开创性，它是突然闯入权力领域的真空地带的；经由它，一切都转而倾向社会反对国家。他提出：大革命不服从因果逻辑序列，而在过程中自行展开它本身的后果。它有一种新型的历史实践和历史意识，虽然与旧的政治文化制度发生联系，但是并不被这种境况所限定。

国家和社会结构在革命中不断调整，革命过程会产生许多意外的后果。蒂利提出一个革命运动中的所谓“多元主权”问题，意思是指：由于这种或那种原因，国家无法在其统治范围内充分行使控制权，从而引起内部的政治分裂。他指出，在多元主权的情况下，掌权的政府如果试用通过强制性手段来维持其权力，革命通常能获得更大的发展动力。阿伦特同样注意到革命作为行动与原则的共生体，在整个政治过程中，“多元主权”的协调性，她称之为“多源性”。

旧制度的崩溃，在某种意义上，可以视为特权集团把所谓“国家主权”垄断在手，阻绝共同体中不同利益之间达致妥协而使之失调的结果。显然，是社会组织及其利益的对抗，把人们引向革命。

蒂利利用衡量控制社会的有效性的“权能”概念，试图找出革命运动的某种规律。他认为，对于一个政权来说，政府权能和民主化的程度越高，革命者发动革命，民众支持革命，以及革命者和支持者逃脱镇压的难度也就越高。与高权能的民主政权相比，革命形势更易于在低权能的非民主政权体制中发生；而成功的革命，则发生在相对高权能的非民主政权体制之下。

民众的政治参与在现行政制结构之外广泛而迅猛地扩大，以致构成直接的颠覆性威胁，是为革命。

亨廷顿将革命起因归于政治制度与社会势力之间的相互作用。

他认为，革命有两个先决条件:一是政治制度形成梗阻，无法为新生社会力量参与政治和新的社会精英进入政府提供机会；二是被排除在政治之外的社会势力不得已只能向政府施加压力，以期实现参与政治的愿望。这些积极进取的社会势力和专制腐败的制度都是制造革命的原材料。他判断说：“如果能够扩大权力并在其内部放宽参与的政治体系中，革命是不可能发生的。正因为如此，革命就不可能发生在高度制度化的现代政治体系中——立宪的或共产主义的。”

亨廷顿是在上世纪60年代作此预言的，未及见到苏联及东欧诸国的原制度的解体。他的结论，乃出于政治学者的政治技术分析，忽视了社会和心理的根源——极权制度对人的伤害是普遍而深重的。

革命是可以避免的吗？

自有集体性反抗行动，尤其在大规模革命运动发生以来，不少精英人物为了保守旧制度，维持社会稳定，设计了种种革命的替代理论。对此，亨廷顿在书中作了归纳并有所引述。

拉斯韦尔和卡普兰:“领导人更替、有计划的改革及宫廷革命，都能起到政治和社会革命的替代功能。”

弗里德里克:“许多小的革命加起来就能阻止一场大的革命，因为当社会秩序中的各种因素通过有效的政治程序被‘革命化’之后，那种本来必然会导致以强力‘推翻’现有政治秩序的紧张局势，就会因被‘引导’去发挥建设性的作用而松弛。”

帕尔默:“没有哪一次革命应视为不可避免。假使旧的上层统治阶级当初能做出更加明智的让步，又假使坚持维护贵族社会价值观的逆向趋势确实不那么强烈，18世纪本来不会发生革命的。”

还有为上世纪60年代“反文化”运动辩护的理论认为，“反文化”是一种深藏着的社会智慧，它可以为扼制反抗的趋向，消弭革命做出有效的反应，等等。

事实上，革命仍然不理会所有这些善意的或是不怀好意的理论，一再发生直至21世纪的第二个10年。虽然起因不同，方式不同，规模不同，革命毕竟是革命。这使人想起托克维尔在回忆录中描述的1848年革命的情景。他曾是旧下议院的议员，革命后担任国民会议的代表。开会时，革命分子闯了进来，其中有一位手持毛瑟枪对着下议员们。他说，他当时并没有被吓倒。为什么呢？他回想起来，是因为他脑中突然灵光一闪：“那个人的毛瑟枪是1793年上膛的，他不是什么枪手，是个模仿1793年事件的演员。”

革命并非像这位贵族议员说的那样，只是一场场的“模仿秀”，但是前后确有似曾相识的地方。

3 意识形态破产

一个政权的确立，除了政府官员、军队、警察、宪法等，还须有意识形态维系其正当性和合法性。旧制度的退场，自然意味着意识形态的破产。

君主制讲“君权神授”，中外莫不如此。就说法国大革命，早在18世纪前半期对宗教有组织的攻击，就开始动摇旧制度的思想基础。在法国，僧侣是特权阶级，有着庞大而严密的组织，拥有土地、行政机构和法庭。主教、修道院院长和议事司铎在许多地方是地主，不但无须交纳直接税，而且还收纳田庄各种税赋。从经济到政治文化，僧侣同君主政体结成紧密的同盟。根据达尼埃尔·莫尔内的研究，从1748年到1770年，支持现存教会的社会和国家也受到了全面的批判；到了1770年，这种批判在上流社会里已经形成主流。从此以后，启蒙思想在法国有着更为广泛深入的传播，促进了青年以致一代人思想的转变。西耶斯在革命初期发表的著名小册子《第三等级是什么》中写道:“……要么前进，要么倒退；要么废除不公平的非社会的种种特权，要么承认这些特权并使之永存。所以，人们应该感到，在18世纪末还企图认可封建制度可憎的残余，这是多么荒诞。”莫尔内指出，未来的革命领袖并不是孤立的叛乱者，从思想上说，他们即便不是像所有人一样，至少也跟很多人相同。

在讨论法国大革命的起源时，英国学者威廉·多伊尔列举了启蒙思想在当时的传播情况:伏尔泰的著作拥有一个庞大的受众群体；《百科全书》有不同版本渗入农村，熟悉它的公众不少；18世纪70年代以后的政治传单充满了卢梭《社会契约论》的观点，影响广大的高等法院诤谏书明显受到孟德斯鸠观点的影响；相应地，有关宗教和神学的读物大幅减少；18世纪人们所理解的专制主义，第一次出现在对路易十四统治的批评中……

多伊尔写道:1789年之前，没有人想过要革命，也没有人明了革命的观念，连思想家也不曾有过这种念头。但是，他们确实在倡导着某种新的观念，一种不再依赖于宗教和传统来看待世界的方式。只有当正统秩序及其意识形态彻底瓦解的时候，只有当人们已经确信现行体制需要彻底重建时，启蒙宣传的观念才能引领法国人驶入一片未知的领域。事实上，这就是走向了革命。

法国大革命自发生以来，即毁誉不一。历史学者援用的史实甚至数据也都相去甚远。就“大恐怖”时期的死亡数字来说，即有人证实，那是明显被夸大了的。

对于启蒙思想在大革命起源中的作用，科班、泰勒等人竟认为微乎其微，与大多数学者的看法很两样。泰勒说，启蒙思想在第三等级的陈情书中几乎没有什么反映；连著名的《人权宣言》，也可能是由一些被启蒙运动炒热的观念拼凑得来的，整体上并非启蒙运动的产物。

法国学者诺加莱的看法恰恰相反，认为陈情书受启蒙思想的影响甚深。事实上，到18世纪80年代，大批贵族成了启蒙的信徒。狄德罗的《百科全书》在军事贵族和自由职业的知识分子中销售最好，而这两个群体，正是1789年最活跃、最激进的两支力量。

其实学者也分属于不同的意识形态营垒，少有无所归属的独行侠。

……

波兰共产党员诗人瓦齐克于1955年8月发表一首长诗《成年人之诗》，这样表达作为普通人的诉求：

> 我们在地球上要求这个：
> 为了辛勤劳作的人民，
> 为了开门的钥匙，
> 为了有窗户的房间，
> 为了没有寄生虫腐蚀过的墙壁，
> 为了对打小报告的仇恨，
> 为了神圣的人的时光，
> 为了能够安全地回家，
> 为了简单地区别言行。
> 我们就要求这个，为我们所知道的地球要求这个。
> 它不是靠赌博赢得的，为它百万人在战场上丧生：
> 为了一个清晰的真理，
> 为了自由的面包，
> 为了热情的理智。
> 我们每天都在要求这个。
> 我们向党要求这个。

但是，波兰共产党并没有把这些最基本的东西交给他们，而官方意识形态也没有说明为什么不能交给他们。事实上，东欧人民承受的是双重统治:除了本国，还有苏联“老大哥”，一种新型的殖民统治。当刚性体制松弛，而旧有的、毫无生殖力的意识形态再也无法起到粉饰蒙蔽的作用时，就到了政权易主的时候了。

在苏联和东欧，极权主义统治的末日是一同降临的。

美国思想家爱默生早年致信其弟爱德华，说:无论如何，当牧师们的平均智力下降到相当于人们的一般智力水平时，“教堂应该关闭，而新的世界将会产生”。

4 不满普遍化

革命的起因，无论是政治的、经济的、文化的，都必须转化为社会心理的动能，这就是普遍的不满情绪。尼采作为一个哲学命题提出一个词:“怨恨”，后来社会学家舍勒作过进一步阐释，可以说是与不满同属一个“精神家族”。这是一种根植于社会底层的、弱者的情绪，怨恨较之不满有更多的自我毒害的忍隐因素，这样的情绪累积到可以接受暴力的程度，又恰逢革命的意识形态所支配的新价值的诱惑，革命就会被引发。

一个政府的稳定，不能相信它可以完全依赖强制性组织和措施；从长远看，必须有社会心理和公众的支持。所以，专制国家常常辅以愚民政策，现代称之为“洗脑术”。但是，再周密机巧的欺骗也敌不过普通人的生存经验，对于实际生活的感受力。因此，反专制主义者则把揭露国家从性质到程序上对公众的欺骗当作首要任务，如拉博埃西在《论自愿的奴役》中指出的，发现并鼓励统治机器内部的“不满分子”，激励他们与专制主义决裂并加入对它的反抗是必要的。他还证实说，以往所有成功的反国家暴政运动都曾利用过这种不满和内部冲突，尤其到了后期。

社会心理学家勒庞更加重视不满的作用。他说:“政治革命可能是由深植于人们头脑中的信仰所导致的，但革命的产生还有其他许多原因，这些原因一言以蔽之曰:‘不满’。”

他指出，只要不满开始普遍化，一个反对派就会形成，它常常可以强大到足以与政府抗衡的程度。但是，不满要发挥作用，还要经过长时间的酝酿和积累；正是由于这个原因，革命通常表现为一种连续性，其间的演进是加速度的。

他指出，在革命酝酿过程中，理性之所以一定要转化为激情，是因为非此不足以影响大众，进行有效的社会动员。此外，他还强调说，不满必须是普遍的和强烈的，否则，仅仅有不满还不足以引发一场革命。

托克维尔在《旧制度与大革命》中说18世纪在法国人民内部产生和发展了两种主要的激情:一种是对不平等的仇恨，一种是对自由的渴望。他认为，前者渊源久远，后者出现较晚，两者并非指向同一个目标；但在大革命开始以后，互相碰到一起，暂时融为一体，点燃了整个法兰西的心。他以罕有的热情礼赞了这场革命，说1789年襟怀开阔，充满热情、雄劲和宏伟，是一个永世难忘的时代；还预言般地说道，即使这个时代的那些人和我们自己消失以后，人类还会长久地以赞美崇敬的目光仰望这个时代。

他指出，人们对自由的酷爱肤浅而易逝，唯对平等的酷爱始终占据人们的内心，永远执着于同一目标，驱使人们为满足它而牺牲一切，又乐于为支持和讨好它的政府提供专制制度统治所需要的习惯、思想和法律。

塔凯特对1789年5月聚集在凡尔赛宫的数百名代表的研究表明:大革命及推动其前进的对抗性，是由代表们的经历所催生的。所谓经历，既包括旧制度时代长期培育的深层心理怨恨，也包括三级会议召开后的政治经历，由此直接激发的激进情绪。后者根源于前者。

托克维尔和塔凯特说的仇恨、怨恨之情，说到底是出于对专制等级制度的不满。

革命条件成熟时，社会大气候会明显地产生变化，到处弥漫着一种不满的、烦闷的、怨愤的气氛，那是一股令人压抑而又惊悚的带有神秘主义意味的气氛。

政治敏感者很容易感受到这种气息。鲁迅曾经描述说："我们听到呻吟，叹息，哭泣，哀求，无须吃惊。见了酷烈的沉默，就应该留心了；见有什么像毒蛇似的在林中蜿蜒，怨鬼似的在黑暗中奔驰，就更应该留心了：这在预告'真的愤怒'将要到来。"这里的"真的愤怒"，正是不满的、复仇的、革命的征象。

从人民的立场看，不满就要反抗，要改变现状，而不是维持。事实上，许多声称作出改变的革命，其结果都是许给人民以名义上的自由、民主与公义。为此，革命就不能不继续进行下去。

法国著名知识分子克里孟梭鼓动说："无论是哪个人，哪种力量，只要它的行动只是屈服，那么它最后必将以自我毁灭而告终。"

"不在沉默中爆发，就在沉默中灭亡！"

5 等待契机

不满是久积的柴薪，当它未及自燃的程度，便需要火种的点燃。这引火物，或引火的瞬刻，我们称为革命的契机。

每一个为旧制度所阻拒，未能进入"体制内"的社会阶级或集团都会有潜在的革命性；但是，若要期待这种革命倾向明朗化，并达至高潮，就必须经历引发的阶段。引发就是寻找契机。契机不是人为制造的，而是情势使然，是偶然性的发现。寻找契机看似“守株待兔”，所“待”实际上并非是消极的，“守”包含了一种积极的准备、警觉和搜索。

这里存在一个“政治机会结构”问题。

被誉为意大利政治科学之父的加塔诺·莫斯卡在《统治阶级》中说到偶然性的作用：一只嚎叫的狗、去喝酒的时间早或晚一个小时、当时就读或留下第二天才读同一封信，都决定了一次奇袭的结果。他举了两个例子，就是古希腊伊巴密浓达和派洛皮德将军对底比斯的控制，以及阿卡亚联盟统帅亚拉图对他的出生地西息昂的控制。

在革命史上，这样的例子其实并不鲜见。

《独立宣言》的起草者、美国第三任总统杰斐逊也倾向于相信革命的偶然性。他在回忆录中这样说到法国大革命：“我曾想过，如果没有王后，也许就没有革命的爆发，也就不会出现武力冲突。国王将会与他的头脑清楚的谋臣们一起共进退。”至于美国革命，他说：“在这个世界上的事情发生的原因和造成的结果都是不可预测的，在茶叶上征收的两便士的茶叶税，竟然因此改变了所有人民的生活。”

1917年俄国二月革命（俄历）发生的契机，是由于运输设备不足，致使商店的面包一时脱销的缘故。2月23日，彼得格勒居民为此上街，接着引发大规模罢工。沙皇怀疑杜马参与组织，26日下令解散，杜马不但抗命，而且在乱局中要求沙皇退位。3月2日，随着沙皇退位，临时政府随即成立。至此，历经300多年的罗曼诺夫王朝统治宣告结束。

在历史家看来，这应当是史上最为自发的、无领导的、乌合之众的革命。当时，不但政府惊慌失措，杜马以及各个社会团体措手不及，连最激进的政党和冒险分子也大感意外。社会革命党人晋季诺夫说，革命的消息犹如冲天霹雳；姆斯季斯拉夫斯基说：“革命来临时，我们这些党人还像福音书中熟睡的无知少女一样。”革命前夕，左倾党派和团体的代表不止一次开会，讨论形势变化。说到革命，即使在这时，有人还认为要等上30年，有人则认为要等50年，理由是面包风潮并未触及群众的实际利益。一个月前，身居苏黎世的列宁对瑞士青年发表演说时，说“我们这些老头大概是活不到发生革命的那一天了”；二月革命对他来说，当然是“料想不到的奇迹”。沙皇尼古拉二世更是觉察不到革命临近的危险，在接到杜马主席关于首都开始发生革命的电报后，还不耐烦地说：“这个胖子又来对我胡说八道了，我根本无须回答他。”

十月革命也如此。

本来，二月革命已经发生，正如其后访问苏俄的英国作家赫伯特·威尔斯形容说的：“这是一个毁灭的时刻，社会腐烂的时刻。社会在瓦解。”临时政府代替了沙皇政府，但是持续参与欧战，延缓改革，根本无力改变一个沉滞而混乱的局面。布尔什维克要重新发起革命，根本无从措手，意想不到的是，被动员上前线作战的军队大败而归。形势完全与1905年革命时相似。契机出现了。十月革命简直不费气力就获取了政权。

事后，列宁对托洛茨基说：“从被迫过地下生活到忽然掌握政权，它简直令人眩晕！”

中国辛亥革命同样纯属偶然。

武昌起义，当天的情况，领袖孙中山、黄兴们一无所知。当时，孙中山正在美国科罗拉多州的一个餐馆里打工，一个朋友得知国内革命的消息后，赶紧跑来告诉他，进门便高喊道："逸仙呵，不要洗盘子了，回国当总统吧！"

英国史学家泰勒在《革命与反革命》一书中说到以其成熟性和偶然性而轻易取得成功的革命有:1789年法国大革命、1849年德勒斯登（德国）革命、1875年波隆那（意大利）革命、1917年俄国十月革命。这一系列革命，包括后来的许多革命，都是因为某个契机，一个"关键时点"（critical juncture）的偶然出现而发生的。

阿伦特指出，由法国大革命诞生的全新的角色"职业革命家"，他们的伟大和辉煌，并非因为酝酿革命、发动革命、缔造革命，而在于革命爆发后上台而已。他们实际上只是国家与社会之间的分化的观察者，却很少或者说没有资格去促进和引导这种分化；几乎没有一场革命的爆发，要归功于他们的活动。情况通常是相反的:是革命爆发，从牢房、咖啡馆或图书馆中解放了他们。阿伦特说，大多数革命的爆发都令革命家集团和党派大吃一惊，他们惊诧的程度不亚于其他人。她援引托克维尔观察法国1848年革命得出来的结论，说君主制是在胜利者的打击之前而不是打击之下垮台的，"'胜利者于胜利之诧，不稍逊于失败者于失败之惊'。他特别强调说，这种情况一次又一次得到证实"。

斯考切波认识到，革命冲突所造成的结果既然不能充分预测，也不是卷入其中的任何一个群众所期望的，因为事实上不可能完全符合他们的利益，因此采用任何单个政党、阶级或组织活动的视角来破译革命都是不恰当的，不管它们从中扮演了什么角色。她引霍布斯鲍姆的话说:"演员在戏剧中具有明显的重要性……但是这并不意味着他们都是戏剧家、制作人和舞台设计师。"霍布斯鲍姆认为，对于那些过分强调意志和主观因素的革命理论，应当谨慎看待。

蒂利将革命形势的出现，描述为各种被动员起来的群体联合行动，有预谋地挑战现存政府统治权的结果。斯考切波认为蒂利的这种观点带有过于强烈的目的论色彩，主张用“接合”（conjuncture）——指由各种因素决定，而且并非有意识地相互合作（或有意识地革命）的过程与群体活动结合在一起——的观念解释社会革命的由来。在她看来，历史上没有一场成功的社会革命曾经以大众动员和公开的革命运动的方式“制造”出来。

斯考切波还引用了杰里米·布莱切的话:“事实上，革命运动很少始于一种革命性的意图；革命意图完全是在斗争过程中发展起来的。”温德尔·菲力浦斯也曾指出:“革命不是制造出来的，而是自发发生的。”

托克维尔坚定地认为革命出于历史的必然。一部《旧制度与大革命》，说的就是这种历史逻辑的必然性。他说:“同任何其他事件相比，革命最少偶然性。革命虽然使人们感到措手不及，但它毕竟是对长期努力的一种补充，是10代人所致力的事业的突然而剧烈的结束。”

他注重的是累积的过程。

哈利迪以一种统合的，或者可以说是折衷的说法论及相关的革命观点。他这样说:“社会行动问题以及意图与结果的关系绝非革命所特有，该问题贯穿整个现代社会分析和政治分析。然而，就革命而言，有关该问题的争论与众不同、十分尖锐，涉及革命者及另外一些人。前者夸大国内外有意识的人类活动的潜力，后者则强调结构性的先决条件，并争辩说，革命不是制造出来的，而是偶然发生的。然而，这两种见解都是不充分的。”

在他的归纳中，偶然性只是必然性的一种体现。但无论偶然性或必然性，所指都属客观性质，而与主观因素无关。

6 改革:革命的代替物还是催化剂?

人们舍弃温和的改革而选择流血的革命，甘愿付出极大的牺牲，此中必定有着深刻的原因。

贵族出身的阿克顿认为革命是可理解的，理由是国家的权力无限扩张，不但不受任何对民族或对人类的义务的约束，甚至超越国际公约的限制，它只有受阻于更神圣的原则和更强大的力量才会停止下来。而受到威胁的人们自然不得不联合起来，共同追求自治、宗教宽容和普遍人权。他说:“正是这种弱势者近于无奈、为抵抗暴力和冤屈的统治而联合起来的努力，使得自由在一个飞速变化的过程——也是一个长达百年的缓慢进程中得以保存并安然无恙，且得到发展壮大，最终被人类所理解和领悟。”

不独如此，改革的初衷本是为了避免革命的激变而走渐进的道路；结果事与愿违，常常到了中途便加速度地滑到革命一边去。但因此，有学者认为不加改革，甚至不断设法加固旧制度，也许现状的稳定性会保持得长久一些。

改革导致反改革，这也是历史最大的悖论之一。

有关改革与革命的关系，托克维尔在《旧制度与大革命》中有着非常经典的论述。

与帕尔默的让步可以避免革命的观点相反，他认为:“革命的发生并非总是因为人们的处境越来越坏。最经常的情况是一向毫无怨言，仿佛若无其事地忍受着最难忍受的法律的人民，一旦法律的压力减轻，他们就将它猛力抛弃。被革命所推翻的政权几乎总是比它前面的那个政权要好些；而且经验告诉我们，对一个坏政府来说，最危险的时刻通常是它开始改革的时刻。”他还说:“一个暴君在实施长时期的统治之后，当他要想改善其臣民的命运时，除非使用精明老练的政治手腕，不然难以保住其权威地位。……（法国的改革）之所以为大革命打下了基础，并不是因为改革在很大程度上消除了大革命的障碍，更重要的还在于改革教会了这个民族怎样去发动革命。”

亨廷顿显然赞同这一观点。他说：“改革完全可能成为革命的催化剂而不是代替物。经常有人指出，历史上的大革命常常是跟随在改革之后而不是停滞和镇压之后。一个政权实行改革并做出让步，这本身就会怂恿进一步改革的要求，从而很容易像滚雪球似地形成一种革命运动。”

关于英法革命。

杰斐逊说，假使18世纪的君主们能致力于渐进的改革，为了进步性的提高而做些有益的进步性的调节，那么他们的臣民就不会被迫通过流血和暴力去寻找“轻率和破坏性的革命”。

这是一个权利主义者从国家管理的角度看问题。但是，英国有可能做出他所期待的改革吗？看来连他本人对此也持怀疑的态度，他说过：“我担心，这里对革新的畏惧已经使进步的精神瘫痪了。”

所以，如何改革就成了问题。不是所有的改革都可以满足人民的期望，都可以延缓危机的爆发。1783年，卡隆出任法国政府财政总监，他告诉国王，指出：“仅限于经济层面的改革是不够的，唯一有效的补救措施乃是彻底纠正体制内部的一切弊端，才能重振整个国家的活力。这是我们唯一的选择。”在200多年以前，作为一个官僚人物，能够如此下结论，断定单向的经济改革不可能彻底拯救国家，应当是有远见的。

事实上，即使统治者已经明白必须对国家的所有制度尤其是政治制度实行改革，从绝对主义君主制到官僚特权集团都不可能放弃其既得利益。寄希望于专制统治者自觉主动地进行一场全面彻底的改革，只能是一种幻想。因此，与其说改革是革命的替代物，毋宁反过来说，革命是改革的替代物。

俄国亚历山大二世的“伟大的改革”。

1857年，亚历山大二世成立改革的专门委员会，推行改革。改革历时14年，通过系列法案，作出许多重大决策以变革俄国社会，被称为“伟大的改革”。其中，最有名的是1861年宣布解放农奴法案，但因此，亚历山大二世被称为“解放者沙皇”；放松书报审查（虽然审查制度仍然存在，但在其统治的前七年多时间里，俄国期刊增加了8倍）；推动地方政府改革，成立“地方代表自治会”，推行地方自治；依司法独立的方向进行司法改革；还有军事改革，包括兵役改革，改组军队体制，设立军事法庭，废除肉体惩罚，等等。

亚历山大二世是改革的总设计师，操控一切。他虽然同意进行深入改革，却不愿意限制其独裁专制的权力，说是“从上面解决要比由下面解决好得多”。但是，他并没有下决心解决根本性的问题，颁布的法令往往互相掣肘，一面改革，一面阻拒，甚至于进一步退两步。比如自治问题。1864年1月批准公布了《省和县地方自治机构法令》，确立地方自治的原则。但从地方的自治机构建立之日起，政府又设置了各种障碍限制它的活动；从1866年起，开始通过立法限制地方自治局的活动。随着地方自治局反对派的日益活跃，后来又出台“反地方自治改革法”，明显规定地方自治运动的路线图，实际上使之保持在中央政府可控的范围内。

不从根本上解决政治体制问题，其他改革难以持续和深入，社会问题不但未见减少，反而有了新的积集。到了70年代，产生了激进的民粹主义运动，其中一个叫“柴可夫斯基”的小组是著名的。激进派分子随后遭到镇压，这就意味着，改革已经难以和平进行。至1876年，他们组建了新的组织，名“土地与自由社”，3年后分为两派，一派为民意党人，亚历山大二世即在1881年为其所刺杀。接着，他的儿子亚历山大三世登上宝座，有限的改革，至此宣告完结。

亚历山大三世一上台，立即清查和镇压革命者，颁布一系列“反改革措施”。然而，改革无效，镇压亦无效。等到他儿子尼古拉二世代替他掌管国家之后不久，1905年革命就发生了。

从1905到1917:革命再革命。

在“流血星期天”及接踵而来的革命乱局中受命为总理的斯托雷平是一个忠实的君主主义者，他相信可以在不改变政治体制的情况下实现经济的快速发展。事实上，他的经济改革是有成效的。他使农民成为土地私有者，农业改革的成绩尤为显著，被称为“俄国未来强大的保证”。有俄国知识分子认为，如果没有战争的干扰，俄国完全可以沿此改革的道路循序渐进。理查德·派普斯在《俄国革命》中也说:“假如俄国知识分子在政治上更成熟，更有耐性，对君主制的品性有更多的理解，俄国或许能够有序地从半立宪过渡到真正的立宪制。”这种观点，同中国学者关于晚清变革的论调如出一辙。

那么，为什么改革不能继续向前推进，而非要借助革命的动力不可呢？斯托雷平坚持“先稳定后改革”，正如他的前任维特所指责的，这是不公正的改革，“注入了浓厚的警察色彩”，并且预言“将来很可能招致严重的革命动乱”。作为维稳的代价，从1906到1909年，被处死的俄国人比此前8年的总数还要多，“斯托雷平的领带”——用来绞死罪犯的绳索——一语即由此而来。

十月革命所以轻易取胜，除去某些偶然性变化，除去布尔什维克的策略变化，最根本的原因是，人们对政府——从沙皇政府到临时政府——及其改革已经失去信任，也失去了耐心。安德鲁·姆·弗纳在《俄国专制制度的危机:尼古拉二世与1905年革命》书中换了一种说法:“俄国专制制度已经注定灭亡。或者说，是它自己把自己给埋葬的。有了1905－1906年的危机，其最终命运已经决定了。1917年以前的10年只不过是灭亡前的苟延残喘罢了。”亨廷顿则这样总结道:“19世纪后半叶的俄国革命运动，正是19世纪中叶亚历山大推行‘伟大改革’的产物。”

对于改革与革命的关系，亨廷顿发表过许多富于独创性的意见。

他认为，改革和革命的发生都依赖于集权，由此便形成了戏剧性的竞争。改革是否会引发革命，就要看改革的性质、革命者的成分和改革的时机而定。改革对革命几率的影响，取决于要求变革的集团的社会构成以及这些集团的要求的性质。在这里，他指出，有两个集团特别重要，就是城市中产阶级知识分子和农民。两者的利益要求存在根本性的差别，从结果来看，迎合城市中产阶级的改革是革命的催化剂，而迎合农民的改革则是革命的替代物。

亨廷顿对城市知识分子给予极大的关注。他表明，他们与政府之间构成对抗，几乎在所有类型的处于现代化过程中的国家里，都是一种普遍现象。他特别指出：“在普力夺国家中，学生通常是最积极而重要的中产阶级政治势力……在传统政治制度下，首都的最高学府通常是敌意和反政权密谋的中心。”

他分析说，城市中产阶级、知识分子和学生的反抗，在大多数情况下并非出于任何物质上的匮乏，而是出于心理上的不安全感、个人的疏离感和负罪感，以及一种急需的认同感。他们要求民族尊严，要求一种进步感，要求通过参与社会全面改造得到自我实现的机会。凡这些都属于乌托邦目标，从来没有一个政府能够真正满足这些要求。因此，他们的反抗不会为改革所平息，反而改革会使它恶化。

他指出，1848年在许多国家中发生的革命，就是紧接着政府为了迎合至少是中产阶级的一部分要求而进行改革之后发生的。在举例说明时，除了俄国亚历山大改革之外，还有教皇领地内庇护九世的改革、多米尼加共和国的雷德·卡布拉尔政府的改革等。这些社会改革都是在呈缓慢上升和逐步改善之际爆发革命的。结果是亚历山大被暗杀，庇护被迫逃亡，雷德被赶下台，全都出于改革者的意想之外。

于是，亨廷顿得出一个耸人听闻而又颇合乎实际的危险的结论:“迎合激进中产阶级要求的改革计划只会增强这个阶级的力量及其激进思潮，而不会减弱它的革命倾向。对于意在维护政治稳定的政府来说，对付中产阶级激进主义的最恰当的办法乃是镇压而非改革。凡是能削弱这些激进分子的数量、力量和内聚力的措施，皆有助于政治秩序的稳定。”

但是，这里有一个前提被忽略了，就是作为现代的统治者，在经济凋敝、社会弊病丛生的情况下，不做出局部的、有限的改革就无法支撑下去。所谓“迎合”是被迫的，目的是避免革命；对于改革，他们毕竟存在侥幸的心理。

亨廷顿认为，革命与改革，两者的界限并非是泾渭分明，而是互相涉入、界限模糊，所以，有些停滞不前的国家可能借助既不能称为革命也不能称为改革的方式来实现变革。这是很可注意的。

他还有一个相关的观点也值得注意。在比较革命与改革时，他特别指出，并非所有温和的变革都可以称之为改革。在领导、政策和政治制度等方面的变化，其规模和速度，改革与革命相比都不可同日而语，但是它仍然带有方向上的含义。他援引赫希曼的话说，改革是一种变化，这种变化导致现有特权集团的权力受到抑制，它意味着社会、经济或政治上的进一步平等，意味着人民对社会和政治生活的更广泛的参与。这就是改革的方向，一般性的变革不存在这个方向。他还提出说，向着相反方向的温和变化，称之为“巩固”则更为恰当。

所谓“巩固”，实质上是反改革。

潮打危城第一波（节选）

小引:纪念何为?

20世纪曙色初露，中国腹地爆发了一场革命，东方的第一场革命:辛亥革命。

然而，革命向何处去？到底是成功了，还是失败了？它是一出正剧，闹剧，还是悲剧？这是一个问题。上世纪八九十年代之交，我们的学者在海外抛出一个惊人的结论:“告别革命”。从论述中可以看到，这里的“革命”，便包括辛亥革命在内。

“二战”后，特别是20世纪60年代的学生风潮过后，西方知识界开始向右转，革命受到质疑和否定。对此，美国学者摩尔在其名著《民主与专制的社会起源》中作出辩护说:“应当公正地意识到，几乎所有的历史记叙法，对革命暴力都带有严重的偏见。这种偏见之深确乎十分可怕。把暴力压迫同暴力反抗混为一谈，是十分荒谬的。然而，从斯巴达克思、罗伯斯庇尔，直到现代，以武力反抗他们从前的主人的被压迫者，总是备受责贬。与此同时，正统社会日复一日的压迫，却在大多数历史书籍的背景部分一笔带过。甚至那些激进派历史学家在强调革命以前时代的非正义性时，也只是把注意力集中于革命爆发前一段短暂的时间里，这样，他们便非常不理性地扭曲了历史。”不是责难旧制度，而是百般贬损由这制度所激发的革命，真是咄咄怪事。

随同“告别革命”的口号滚滚而来的，是保守主义的浊流，泛滥于近20年中国的知识界和思想界。在辛亥革命问题上，我们可以看到不少被歪曲的、颠倒的历史画面，圣徒变成魔鬼，小丑化为英雄。革命的正当性和历史的公正性遭到遮蔽。正如鲁迅当年不满于同样的情状所说的那样，许多烈士的血被踏灭了，在战士的缺点和创伤那里，围绕着一大群嗡嗡营营的“完美的苍蝇”。

辛亥革命留给现代中国的最大的政治遗产是什么？是结束了长达两千年的专制主义君主制度，倡言民主共和。仅此一项，革命已是功德无量。

当然，一个专制制度的覆亡是由多种力量促成的，所谓“力的平行四边形”；但是毋庸置疑的是，以孙中山、黄兴为首的革命党人从中起到了杠杆的作用。中国历史上从来未曾出现过这样一群理想主义者、实干家，勇于追求、热情赴死的猛士。在同一个拥有庞大的镇压机器的旧制度作殊死斗争的过程中，他们焕发出集体创造的活力、历史的首创精神。辛亥革命是观念革命，制度革命，城市革命，与历史上大大小小的宫廷政变和农民起义根本不同。革命的领导层是新生的知识分子，他们盗取西方的“天火”，以政党和现代社团的方式组织起来，并且利用现代宣传媒介进行社会动员，让传统社会中的士农工商，包括海外华侨共同参与，这都是没有先例的。特别需要指出的是，革命党人在论战和斗争实践中所培育起来的自由、民主的精神，普遍参与公共事务的共和精神，是注入守旧的、令人窒息的社会意识中的新鲜空气，激荡，播迁，

孙中山

影响深远。

民国建立伊始，虽然在社会底层中不见得具有深厚的基础，但当借武力逞雄、上下其手、不可一世的袁世凯试图挑战它而复辟帝制时，立即遭到举国的唾弃。对于政治寡头、僭主、独裁者，我们的国民什么时候有过如此一致的、公开而明确的反对态度呢？可见这场革命是一次有效的思想操练，而且头一次，就把一种普世价值的力量表现出来了。

黄　兴

十分可惜的是，革命的成果非但没有扩大，反而转眼之间萎落了。在“共和”的废墟上，出现“一党专政”，出现不称帝的帝王式人物。用鲁迅的话说:革命以前是做奴隶，革命以后，竟做了奴隶的奴隶了。

历史出现反复，固然有革命者自身的问题，包括思想意识的缺陷、政治策略上的错误等等，但是最主要的，还是专制主义政治传统的势力过于强大。幽灵的可怕，在于它可以化为革命的肉身出现，革命到头来吞噬自己的孩子。因此，必须善于辨识真革命与假革命，真共和与假共和。作为辛亥革命的亲历者，鲁迅即使确信革命已经蜕变，对于革命的前驱者，乃至革命本身，始终不曾有过不负责任的指责；相反，他认为革命的遗产是珍贵的，所以希望有人认真做一部“民国的建国史”给青年人看，而深恐失传。

这就是纪念的意义。晚清著名的洋务派人物李鸿章说是“开三千余年未有之大变局”，而我们至今仍然置身于这“大变局”之中。在未来的时间维度上，想必我们会一再重逢诸如“自由”“民主”“共和”的字眼；要知道，中国大地上第一次出现这些字眼的时代，正是100年前以辛亥革命为标志的时代。

从“自强”运动说起

世界上少有像中国这样具有辽阔的内陆，干旱、封闭，人民则以坚忍著称的国家。几千年一治一乱，王朝兴替，循环往复。清王朝到了乾隆皇帝逊位之时，已经开始衰败，即使有历史学者罗列当时的人口和经济持续增长的数据，从整体上说，依然无改于一个停滞的帝国的面貌。

马克思这样评论中国:“正如小心保存在密闭的棺材里的木乃伊一接触新鲜空气便必然要解体一样。”1840年，解体的时间开始了。马克思说:“历史好像是首先要麻醉这个国家的人民，然后才能把他们从世代相传的愚昧状态中唤醒似的。”是英国的鸦片加大炮，最早打开这个古老的密闭的空间。

这是中国皇帝所不能接受的。帝王有帝王的荣耻观。在他的眼中，中国乃“天朝上国”，居“天下之中”，所有国家都是藩属国，使节前来都要行跪拜礼的。想不到终有一天，朝贡关系变作了条约关系，自然是奇耻大辱。然而，就在英法联军攻入北京的次年，1861年，咸丰“龙驭上宾于天”了。

晚清政治的要角慈禧从此登场。皇位的合法继承人同治帝不过是体制的一个象征而已，权力一直掌握在这位阴鸷而强硬的母后手中。由于根基未稳，又缺乏治国经验，从身份来说只能“垂帘听政”，这样，就暂时腾出了一个舞台空间，由恭亲王奕䜣和军机大臣文祥，结合外省的几位封疆大臣，一起折腾他们的所谓“自强”运动。她一面虎视眈

1839年，林则徐监督销烟。

眈，一面集结保守势力，随时准备出击。

“自强”，是第二次鸦片战争挨打后冒出来的一个新词。它最初用于外交方面，后来就跟办洋务联系起来了，所以自强运动也称洋务运动。先驱者是林则徐、魏源、冯桂芬等。魏源的名言是“师夷长技以制夷”。林则徐的学生冯桂芬则提出“用夷变夏”，而“自强”作为一种政治主张，也是他率先提出来的。知识分子的言议无足轻重，检验真理的最后标准唯是最高当局的实践。这时，奕䜣和文祥有了明确的指示：“探源之策，在于自强之术，必先练兵。”“自强以练兵为要，练兵以制器为先。”稍后，地方领袖张之洞写成著名的《劝学篇》，其中“中学为体，西学为用”的观点，实质上代表了整个洋务派的观点，也是贯穿晚清整个改革的纲领。“体用”是个纲，纲举目张，路线被确定为引进、购买、仿照。改革最先是器物的改革。科学技术是第一生产力。

太平天国被镇压之后，地方督抚的势力得到迅速扩充。对于一个专制政体的命运来说，中央政府处于强势还是弱势，是一个很重要的观察点。显然，现在的中央大权已经旁落，督抚们正好借助办洋务的机会，谋取地方利益，扩充个人的实力。在两江总督、钦差大臣曾国藩的倡议下，上海建立了江南制造局，由第一个毕业于耶鲁大学的容闳购买机器，铸造枪炮船舶，并开设翻译馆。10年间共翻译98种西洋著作，其中47种自然科学，45种军事和技术类，可知当时“新学”的趋向。闽浙总督左宗棠创办的福州船政局也是有名的，打造了40艘船舰，所属还有船政学堂，培训干部，其中就有后来留英做《天演论》的严复。继任两江总督的李鸿章开设了金陵机器制造局，在上海和广州开办外语学堂，接着派遣留学生，尝试教授西方自然科学等。随着曾国藩的去世，左宗棠赴任西北，奕䜣遭到慈禧的惩戒而淡出政坛；李鸿章被调往天津，长达25年担任直隶总督和北洋大臣，但由于职地靠近北京而且得到慈禧的宠信，成了中国洋务运动的首席设计者和倡导者。

张之洞

到了19世纪70年代，洋务的范围渐渐有所扩大，除了国防工业之外，轮船、铁路、开矿、纺织和电报等高利润的企业也发展起来了。开始时，企业都是国营的、官办的，接着有了官督商办，纯粹商办性质是后来的，而且比重很小。只要官方插手，所有企业必然带上官僚机构的僵化的管理模式和裙带作风。官商结合加剧了官场的贪污腐败现象，李鸿章据传留下4000万两家产，有可能是最大的“官倒”。他挪用300万两海军军费为慈禧修造早已被毁的颐和园，以致甲午战败后，有人把账算在他的头上。

恭亲王奕䜣

对于改革，国家的权力结构是一种动力，无疑也是一种阻力。它完全可以通过人事调动和政治决策进行直接干预，连同文馆这样的机构，慈禧也要“掺沙子”；她要在所有能够控制的机

李鸿章与英国首相格兰斯登

构内安插亲信，以牵制改革派。而改革派之间则又充满各种矛盾，“内耗”不断。

意识形态的阴影是巨大的。郭嵩焘是一个较为清醒的知识分子，在洋务运动中，不谈练兵制器而主张“创制”“通洋人之情”，为此饱受攻击；出使英国后还有人参劾他，回国时竟至于不敢入京。一种普遍的文化心理是因循守旧，人们害怕新事物。鲁迅记叙说，摄影从西洋传入后，男男女女都说是洋鬼子挖眼睛。然而，更可怕的是对于新知的冷漠态度，人们置身局外，仿佛改革只是当局和知识者的事情。

整个七八十年代，世界变化极大，霍布斯鲍姆称为“革命的年代”已经过去。1866年，美国南北战争结束；1868年，日本改元明治，废除旧制；1870年，法国结束普法战争，成立第三共和国。此时，中国的改革正在蹒跚起步。

中国最早“开眼看世界”的是谁？是最大的政治利益集团及智囊知识分子。改革的动力资源，全部来自体制内，这就有了一种制度的规定性。李鸿章对自强运动打了一个比喻，说：“使其强就此途也，擎琉璃冷盏以探汤，有不猝然破裂乎？是故华人之效西法，如寒极而春至，必须迁延忍耐，逐渐加重。”意思就是慢慢来，摸石头过河，不能操之过急。那结果，常常是进一步，退两步。

改革是一个魔瓶。而今，盖子已经打开。按逻辑发展下去，最终竟闹出一场革命来，将改革者也给革掉，这是改革者所始料未及的。所以，有论者论及“中体西用”的发明者、中庸的改革家张之洞与革命的关系时，说是“种豆得瓜”。

同时代的托克维尔有这样一段近乎预言的话，说:“对于一个坏政府来说，最危险的时刻通常是它开始改革的时刻。”

戊戌维新:一场流产政改

鸦片战争之后，屈辱条约的签订似乎已经让惯于遗忘的中国人处变不惊。当中国在甲午海战中惨败的消息传出之后，举国上下，仍然无法承受这意外的刺激。日本，在中国人看来不过是东夷小国，中国即使如何战败也不能败在它手上。然而这是事实。而且，日本在谈判桌上显得那么骄纵、贪婪，除了迫使中国开放更多的商埠和支付数倍于前的巨额赔款之外，还得放弃朝鲜的宗主权，割让包括台湾、澎湖列岛和辽东半岛在内的大片领土。中国的“自强”改革已经进行了20多年，成效在什么地方呢?

最可怕的是，帝国列强接踵而至，掀起争夺租借地的狂潮。德国占领胶州湾，俄国占领旅顺，法国则声称华南和西南属于它的势力范围。一时间，中国书报不断出现“神州陆沉”“豆剖瓜分”一类字眼。中国人笼罩在一种亡国的焦虑和恐惧之中。

只有当全社会感受到危难将至的时候，思想界才会变得活跃起来。最先觉醒的知识者发现:自强改革已经彻底失败，究其原因，就在于不敢触及现行体制。为此，他们呼吁:必须刻不容缓地进行政治体制改革，否则必至亡国!

其实，有关制度改革的思想，在华的基督教传教士早就宣传过，只是不被注意。到了19世纪90年代，情况有了转机，作为西方的文化掮客，他们提供的西方的非宗教思想以及相关的知识，获得相当大的市场。他们发起成立一个叫作“广学会”的组织，在精英阶层中影响很大。广学会的出版物中，除了论述西方政治、历史及国际时事的相当数量的译著以外，还创办了一份十分流行的报纸《万国公报》，开了报界批评社会的风气。虽然，这些书报未曾直接挑战清政府，但是它的趋向是颠覆性的，饱含激进的内容，为中国的制度改革运送了必需的“军火”。康有为承认，他的变革思想，就是来源于传教士李提摩太和林乐知的著作。

中国的传统学者，总体上是昧于政治的，直到19世纪90年代还耽留在国学的故纸堆中间。有志于改革的是极少数，像冯桂芬、郭嵩焘这样明确主张采用西方的政治制度和教育制度的人物，在清政府中尤其罕见。不过，他们的思想，仍然免不了拖一条儒教的尾巴。曾经为清政府通缉而避居澳门的报人王韬，做过买办的郑观应，还有在香港写作的何启和胡礼垣，由于身份不同，显然思想更为彻底。他们从政治和道德方面质疑现行政体的合法性，但因此，在庞大的传统势力面前，只好被边缘化。

在中国思想界，最有影响的当是康有为和他的学生梁启超了。比起别的改革派人士，康有为有一个较为完整的思想体系。这位出身于具有理学传统的士大夫家庭的南方学者，从小就以“圣人”自命，要做“帝王师”。他继承今文学派的余绪，重新阐释孔子，所谓“托古改制”，目的在于辩护改革的正当性。他解说孔子的“三世”说，据乱世为专制君主制，升平世为君主立宪制，太平世为共和政体制，历史直线发展，最终通往“大同”社会乌托邦。康有为改革思想的核心是保国和保教，思想形式很传统，但是君主立宪作为一个政治纲领，在老祖宗那里是没有的；所以一出台，便显得咄咄逼人。

作为弟子，梁启超的知识视野比康有为更为开阔。这是一个带有政客倾向的狐狸型学者，天生的宣传家。他那被称为富有“魔力”的文字，对于传布康有为的变革思想，发挥了极为出色的作用，但也常常有所超越。不过，对于君主立宪的宣传和履践，梁启超始终忠实于老师的宗旨，不曾改变。

康梁对中国社会的影响，不只是思想方面，主要在于政治行动，而且是集体行动。

中国知识分子有“上书”的癖好。康有为28岁时曾为译事向当时的广州总督张之洞上书，两年后在北京应试时又向皇帝上条陈，请求“变成法”。那结果，当然是石沉大海。甲午战败次年，中国和日本在下关签订屈辱的和约；此时正值北京会试期间，康有为便抓紧机会起草了一份奏折，让1300名士子共同签名，敦促政府拒绝和约，着手改革。这就是有名的“公车上书”。

与此同时，康有为和他的追随者开展变法维新的启蒙工作，所谓“开民智”。办法似乎是模仿传教士的，一个是组织学会，一个是创办报纸。最早建立的学会是北京的“强学会”，开始活动时有不少中外名人参与，包括像翁同龢、张之洞、刘坤一、李鸿章一类高级官员。强学会主办日报《中外公报》，免费散发，印数最多达9000份。接着在上海设立分会，出版《强学报》，时任南京代理总督的张之洞在经费方面曾经给予有力的支持。

但是，所有这些带有颠覆性的活动，不可能逃过政府当局及其意识形态的监控。1896年，学会、报纸均遭取缔。

当康有为的维新运动在京沪受挫之后，开始转移到湖南，长沙随之成为精英集结的中心。

自19世纪90年代起，湖南有两位学者官僚吴大澂和陈宝箴在省内相继主政，湖广总督是改革家张之洞。外交家诗人黄遵宪任湖南盐法

康有为

梁启超

道，代理过按察使，他曾是强学会上海分会的会员。还有任湖南学政的江标，到过日本，也曾参加北京的强学会。在这批人物的经营之下，湖南无论是经济、技艺、文化教育，都很有点革新的气象。

1897年秋，时务学堂创立，在上海任《时务报》主笔的梁启超被聘为总教习，《湘学报》主笔唐才常和《仁学》的作者谭嗣同协助他讲课。这些青年激进分子聚集到一起，以西方的知识和思想灌输给学生，还印制禁书《明夷待访录》和《扬州十日记》，向校外秘密传播。

这个时期的梁启超相当激进，当他得悉德国占领胶州之后，甚至向陈宝箴提议，如果必要，湖南应脱离北京中央政府而宣布独立。他表示，如果不能推动改革，唯一办法是以日本萨摩和长州为榜样，同中央政府分离。明治维新就是从萨摩、长州等少数封建领地率先实行变革，然后推及全国的。这种反对中央的自治思想，在当时可谓闻所未闻。

1897年冬，一个颇具规模，被梁启超看作地方议会的组织"南学会"成立。这时，维新的队伍出现分裂，温和派开始对激进派产生畏惧，于是结合社会上的保守势力施与攻击，最后，连地方最高长官也加入了这个阵营。张之洞下令辖下官署和书院停止订阅维新报纸，还特地写信警告湖南官员；陈宝箴奏请朝廷烧毁康有为著作的木板，并且禁止再版；御史向朝廷陈奏，必须以强硬手段对付维新派，还有学者甚至要求将康梁处以死刑。

湖南的维新运动失败了。在一个集权国家里，地方就是地方，中央是不可以挑战的。

1898年，即戊戌年初春，康有为重返北京活动。他再次上书政府，要求变法，意想不到的是，事情的发展非常顺利。（一）大气候影响小气候。国际环境且不说，国内民族主义情绪空前高涨，这对统治者来说颇有压力。（二）偶然因素，就是关键的人物翁同龢和光绪皇帝本人。

翁同龢是光绪的老师和心腹顾问，倾向改革。他把冯桂芬的《校邠庐抗议》推荐给光绪，引导光绪赞成维新。光绪到后来居然不满足于阅读汉人的著作，包括陈炽、汤震等维新派著作，要跟同文馆的教师学习外语，以便日后直接阅读西著。如此看来，对于有争议的人物康有为，这位年轻的皇帝是有兴趣的；加以翁同龢举荐，于是君臣间便有了历史性的会见。

首先，皇帝下令总理衙门安排李鸿章、荣禄和翁同龢等高级官员接见康有为，接着正式宣布变法，突召康有为入宫。首次陛见之后，康有为被赐予总理衙门中的一个特殊位置，并享有直接向皇帝上书言事的特权。

光绪皇帝画像

光绪决心大力推行维新活动，从6月11日至9月21日，一百天内接连颁布一百多道上谕，可谓紧锣密鼓。改革的范围除了经济、军事、文化教育之外，还有政府机构包括要害部门在内的调整。教育改革比较大胆，取消了八股文考试，代以时事和实学的策论，实际上是以考试标准改变教学内容，此外就是各种学堂的设立，著名的京师大学堂，就是在这时创建的。大刀阔斧的改革当数机构改革了，一批政府衙门被废除，一批官员被黜退，而另外一批激进的青年改革家受到重用，像杨锐、林旭、刘光第、谭嗣同等被调至军机处任章京，参与审议和制订政策。

为皇帝陛见所鼓舞，康有为又陆续呈上20多件奏折，提出各种具体的建议。从公布的变法诏书看，康有为大部分意见都被采纳了，只有政改方面的建议，如颁布宪法和建立国会等被悬置起来。等到9月中，光绪竟然宣布可以讨论政治体制改革问题了。这是值得庆贺的事。然而，就在这时，丧钟轰然响起。

按常理，光绪不会不知道，他根本不是国家的最高决策者。像政改这种大事，怎么可以忘记帘子背后的那位老人的存在呢？无论如何，改革只能限制在让老人感觉到个人权力不被触犯的程度；而且，她的个人权力，是与满朝元老、既得利益者、特权集团的安全感紧密联系在一起的。朝廷大多数高级官员都是由她提擢，大家看到，虽然她早在1889年宣告退休，但是实权仍然掌握在她手中。史家有所谓“后党”和“帝党”的说法，如果“后党”是指以慈禧为核心的保守势力集团也未尝不可，但“帝党”明显被夸大了，严格说来是不存在的。除了后来的一小撮维新狂热分子，在太后仍然炙手可热的情况下，哪一个政客愿意把赌注倒押在光绪那里？何况，光绪帝还有一个王位的正当性问题。同治死后，他并非法定继承人。他是慈禧的外甥，和大行皇帝同辈，按王朝的继承法，皇位不可以在同代人之间传承，只是慈禧出于摄政的需要，才把他置于这个尊荣而尴尬的位置。只要慈禧动一下小指头，他随时都会摔下来。

在专制国家里，军队实质上不是属于国家，而是属于个人的；谁掌握了军队，谁就是胜利者。6月15日，翁同龢在慈禧的压力下被黜退；

就在同一天，慈禧的宠臣荣禄被任命为直隶总督，统领华北一带咽喉之地的全部军队。这个时间并非巧合。但是，作为一个极为危险的政治信号，被光绪忽略了。

9月21日，慈禧把光绪软禁了起来。同一天，她宣布重新当权“训政”，月底突击发起一场清洗运动。许多康有为的追随者遭到逮捕、监禁、革职和流放，谭嗣同等6位青年维新分子，所谓“六君子”被处死，血溅菜市口。康有为本人逃往香港，著作被禁；梁启超流亡海外；光绪帝在此期间所发出的多数关于改革的上谕，一律宣布无效。朝廷同时发布禁令，禁止结社，关闭国家出版社，下令逮捕上海、汉口和天津的出版人和编辑，禁止就国事上书。

维新运动在血光中结束，史称“百日维新”。

有人分析说，维新派改革所牵涉的面太大，甚或指责说不讲策略，操之过急，这些都不是根本原因。只要是改革，就必然破坏部分阶级、阶层、集团和个人的利益，改变既定的社会关系和政治秩序。就是说，冲突是无法避免的。

改良主义者倡言改革而反对革命，据说改革可以避免暴力和流血。戊戌变法不是很温和的一种方式吗？结果怎样呢？合法性暴力往往为学者所忽略，他们从来不防暴政而防暴民，所以才有了貌似平和其实是为有力者张目的主张。不问国家和制度的性质，就预设了一种“放诸四海而皆准”的社会改良方案，事实上只能是欺人之谈。

关于中国的改革，鲁迅在一次著名的演讲中说道：“中国太难改变了，即使搬动一张桌子，改装一个火炉，几乎也要流血；而且即使有了血，也未必一定能搬动，能改装。不是很大的鞭子打在背上，中国自己是不肯动弹的。”

新政改革:帝国的绝唱

已经开启的改革不能不继续进行，尤其是政治体制改革。但是，改革愈往前进行，阻力愈大。自然，保守势力愈是阻碍改革，反抗的力量也就愈强；而且愈往后拖延，付出的代价愈大。

在“百日维新”之后，慈禧以为依靠镇压和权谋两手，就可以抚平政局，恢复稳定，想不到黄河决堤，华北大旱，教案蜂起，拳民闹事，乱象丛生。特别是后者，被山东巡抚尊为“义和团”的大批拳民，打着“扶清灭洋”的口号，进入京津，滥杀传教士和教民，以致使用洋物如纸烟、火柴者，外国使馆和外交人员受到严重威胁。清政府不但不加制止，反而大力支持这种“完全民族主义”的行动。当西方列强组成联军，以“保护使馆”的名义兴师问罪时，慈禧竟然决定“向各国宣战”，命令政府军与义和团一起攻打使馆区。结果，八国联军血洗北京，慈禧继前次同咸丰帝一起避难热河之后，再次挟持光绪逃往西安，创下中国统治史上，同朝皇帝在外敌面前两度逃离京都的纪录。

据说慈禧为此懊悔不已，因为她缺乏政治判断力而过于听信端亲王和军机大臣刚毅等人的意见。这个昏谬无知的家伙，在签订了《辛丑条约》，且应列强“惩办祸首”的要求，杀掉一批随她主战的宠臣之后，为了挽回形象，不得不在天下人面前下了“罪己诏”。

改革的压力随着政治灾难的降临而有所加强。压力不但来自各省督抚，连列强也在促使中国政府进行改革，特别是宪政改革。1901年1月29日，经慈禧指示，皇帝发布“变法”上谕，改革得以重新启动。

戊戌变法是由光绪帝按照康有为的蓝图推动的，而这次新政不同，改革的总设计师换成了慈禧，一个风烛残年的老人。

慈禧在骨子里头是反对改革的，她对西方事物有一种本能的厌恶。

所以赞成改革，或者是迫于形势，或者是出于策略的考虑，目的在于转移国内的注意力，尤其在“义和团”事件发生之后。张之洞在一封致一位军机大臣的电报中透露玄机:“嗣闻人言，内意不愿多言西法，尊电亦言‘勿袭西法皮毛，免遗口实’等语，不觉废然长叹:若果如此，‘变法’二字尚未对题，仍是无用，中国终归澌灭矣！”由此可见，这种形式主义的改革很难产生实质性的成果。

慈禧太后

满清王朝的最后10年，在教育、军事、经济文化方面，比起自强运动和戊戌维新阶段毕竟有了相当的进步。美国学者卡梅伦把新政改革的上谕称为“改革运动宪章”，任达则称新政为“革命”，甚至说，晚清改革所发生的转变，“无论在速度、范围和持久性方面，是直到当时为止的近代世界史上所无与伦比的”。仔细分析，未免言过其实。

改革的波及面确实比较广，但是流于肤浅，无法深入。由于政治体制改革未及同步进行，来自不同范围的改革难免互相牵制。尽管改革的项目不少，其实大半是洋务运动时代的扩大或顺延。按照海外学者徐中约的说法，新政最大的成绩只此三项:废除科举、建立现代学校、派学生出国。此外，当然也还可以列举一些，比如官制改革、军事制度的改革、新兴城市改革，其中包括裁撤冗衙、组建新军、建立警察制度等。不过，应当看到，所有这些都是直接出于一般统治者减负维稳方面的考虑，目的在强化国家机器，扩大国家权力，而非出于社会改造的根本性规划。

就拿徐中约所说的三项来说，数字是可观的。从1905年到1909年，官办学堂从3605所增到14301所，公办学堂由393

1895年中国最早创办的大学——天津中西学堂

所增至32254所，私人所办学堂由224所扩至5793所；课目新增中外历史、地理、外语以至其他自然科学如数学、理化等。1900年以前，留日学生仅几十人，1904年已近2000人。但是，在数字背后，清政府的“看不见的手”却无处不在操纵和遏制。新学堂既废了科举，还要举行祭孔，还要朗读和讲授“四书五经”；礼堂课室都要贴上雍正皇帝的《圣谕广训》，作为基本原则，规定齐声朗诵，而且被用作教官话的课文。1902年，政府派遣一位专事监督的官员到日本，禁止留学生议政，不准出版涉及政治的报刊，或有破坏国内社会稳定的行为，甚至要求日本方面协助监管。1906年还拟定了一项决议，要求派至日本留学必须是精通“国学”经典的学生。科举制废除后，学堂仍可授予毕业生以相应的进士、举人和生员的学衔。这些毕业生，包括留学生，优先进入政府公务员队伍并占有重要职位，代替传统的有功名者。正如1904年皇帝钦批的《奏定学堂章程》所说的那样，新制度的目的在于培养接班人，即“尊崇孔教，爱戴大清国”的人。

表面上看来，政府很重视政改。新政的上谕一下来，随即创立政务处，收集并审查官员关于政改及行政管理的意见。1905年12月，派出以载泽为首的五位大臣出洋，分别到日本和欧美考察，回国后立即汇报，研究，讨论，还成立了考察政治馆，决定采取立宪政体，并开始宪政的准备工作。

其实，一直拖到1908年8月，才出台宪政计划；按计划，还要等到9年（即1916年）以后才能颁布宪法，召开国会。

这就是任达所说的“持久性”。

在《伟大的中国革命》一书中，美国汉学家费正清否定清政府的“中国的开放”的观点。他认为，这不是开放，而是让步。他提到早期的东突厥斯坦同浩罕的协议，是一种驯服蛮族的操演，即拿地方性的经济让步换取边境的稳定。而1842年至1843年同英国签订鸦片战争的协议，与此是十分相似的，无非是把内地的经验应用于沿海地区而已。他指出，归根结底，满族统治者是把他们的王朝利益放在首位的。后来的改革，其实也一样，只是修复、填补已然毁损的政治机制，而不是致力于改变制度的基本架构。另一位美国汉学家魏斐德设想，如果中国不是内战，以及后来与西方关系的急剧恶化，像李鸿章等的军队和江南制造局之类，统统都要解散。

中国历史不同于西方历史，或者说，中国改革难于仿制西方的制度，就因为“百代都行秦政制”；甚至更早的时候，就已经发展出了一种中央高度集权的政治体系。它的完善、成熟程度，致使任何改革都近乎儿戏，无法从统一性中衍生出多元的观念和制度来。晚清的改革更是如此。它是从鸦片战争和太平天国以后出现地方分权趋势时才开始发动的，因此，在改革中收回政治军事权力并加以强化，也就成了势所必至的事。

中央的权力，从最高统治者到政府大员，所有权力都是由继承、封赐和垄断得来，如何可能做到为民所用？集权而非分权，甚至没有“民权”的立足之地，叫什么改革呢？像张之洞这样的改革家，居然说“民权之说，无一益而有百害”，而督抚也都一致取反对的态度。对于这样的改革，无怪乎当时有日报批评说：“庚子以来，迭诏维新……而外则言词奋发，内则腐败更甚；名则革旧趋新，实则顽持而已。”

真共和与假共和

清帝国打倒了，民国已经建立，革命向何处去？

在各级政府中，革命派不能形成主导的力量，反而被边缘化，原来的立宪派纠合旧官僚势力，顺利地进入权力中心。孙中山和黄兴被袁世凯派去督办铁路，他以经济性事务羁限他们，使之脱离实际政治。在共和的旗帜下，革命党还能干些什么呢？建国的亢奋毕竟短暂，他们普遍感到郁闷和迷惘。最活跃的恐怕要数宋教仁，他在民初结社组党如春草怒生的情况下，积极组织国民党，并在国会选举中取得压倒性胜利。但因此，他招致暗杀。

袁世凯的野心隐藏极深，但终究要浮出水面，而且愈来愈暴露。他包围国会，废宪制宪，解散政党，禁止集会结社，完全用专制的老手段。尔后，他竟然冒天下之大不韪，公然反对共和，妄图恢复帝制。他的宪法顾问、美国政治学协会前任会长古德诺鼓励了他。古德诺认为，中国传统中缺乏自由民主所应具备的东西，所以，最适合的政体还是君主立宪制。杨度不失时机地鼓吹“去共和”“求君主”，组织“筹安会”拥袁称帝。一个国家主义者与独裁政体结盟是必然的归宿。严复对于中国是否可能实行民主一直抱怀疑态度，这时，也被列为筹安会六委员之一。其实这也不足为怪，从自由主义走向保守主义，这在中国式的自由主义者中间，倒也是常见的事。1915年11月20日，国民代表大会代表一致同意改变国体，请求袁世凯同意就任中华帝国皇帝。参政院作为总代表，于12月11日山呼万岁之后，再次提出请求。请愿书、劝进信，雪片般飞向政府。袁世凯故作姿态，表示勉强接受“民意”的推戴，13日正式宣布翌年开始他的“洪宪”王朝。

此前，胡鄂公便说：“于清帝退位之时，而畀世凯以临时大总统，此非革命之自杀而何？”

袁世凯就任临时大总统后与北洋将领的合影

为了反对袁世凯，革命党人发起“二次革命”；称帝之后，致声讨的声浪更为浩大，护国之役随之打响。众叛亲离，千夫所指，袁世凯不到半年病死。随后，黎元洪上台，张勋复辟，政权最后落到袁世凯的忠实部属段祺瑞手中。

在为共和所营造的“政党政治”的气氛中，原来立宪派的一批人物，在资政院时代以君宪为目标，现在君主退位，没有了目标，就又纷纷组党，如共和党、统一党、民主党之类，后来又合并为进步党，与国民党对抗。他们利用“共和”的新形势，推行老一套的宪政主义，其实质是反对民众参与，扼杀革命精神。梁启超作为立宪派的精神领袖，最先依附清帝，后来吹捧袁世凯，待到群起讨袁时，又站到蔡锷的护国军一边，极力攻击帝制。当时就有评论说：“护国者，所以覆袁而已。”意指如梁启超一般的“护国”英雄，唯是为了“自求树立”，争夺权位，并非出于政治道义感。在段祺瑞的内阁里，9个部长中有6个来自“研究系”，领导者梁启超出任财政部长。

袁世凯之后，民国的政权基本上为北洋军阀所掌握。但从军人到政客，多年来各据一方，合纵连横，扰攘不已。孙中山总结说：“夫去一满洲之专制，转生出无数强盗之专制，其为毒之烈，较前为甚。”又说：“今日变化，非帝政与民政之争，非新旧潮流之争，非南北意见之争，实真共和与假共和之争。”

民国成立之后，很快出现南北分立的局面。北方的军阀统治，往往是一个大军阀统治几个省；南方的军事集团则主张反联省统治而行之，主张各省通过立宪，先行自治，然后由立宪的各省联合起来统一中国。从国体制度来看，很有点像美国的联邦制。

在19世纪90年代的留学生运动中，兴起一种省籍意识，这种意识在继起的各省督抚的地方自治行动中得到加强。省籍意识缘于个人自治的民主意识，藉“省”寻求某种身份认同，以结合为政治共同体，挑战中央集权。联省自治常常被说成“地方自治”，无论作为地方精英的政治和军事策略，还是作为融地方自治与民权于一体的现代话语，在它经由湖南、四川等地提出并加以实践之后，在全国得到广泛的响应。北京和各省主要报刊展开热烈争论，此间，还曾有过大规模的集会支持。联省自治有10个省，其中浙江、四川、江苏、山东和广东五省都先后起草了省宪法。

1923年的民国宪法，虽然避免了“联邦”或“联省”一类名词，但在国权和地方制度两章中所列举的有关中央与各省所有权限的若干条款，都有着相当明显的联邦主义特色。可以说，这部宪法本身就是“联省自治”运动影响力的一个反映。

青年毛泽东把省自治和激进的民主联系到一起而给予肯定，从1919年末到1920年10月，他几乎不停地起草关于湖南自治的文件和文章。李大钊也是主张联省自治的。陈独秀持反对意见，他说联省自治实质上是联督割据，省宪、省议会不过是军阀的驯服工具而已。但是，在五四运动前后，左翼知识分子，还有自由主义者，多半支持联省自治主张。

不能说孙中山没有地方自治的理想，他是主张学习美国的。1911年

11月1日发表“对外宣言”时，曾明确宣示今后中国要建立“联邦共和政体”。他的主张是先消灭军阀，再达致地方自治。广东军政领袖陈炯明是一个地方自治的坚定的信仰者。1922年，孙中山与陈炯明分裂；1924年，共产党与国民党合作。自此，联省自治运动遭到谴责。时过境迁，至今已为历史话语所遗忘。

19世纪末20世纪初，现代民族国家崛起。这些国家，主权是不容分割的，而且必须集中于一种单个的中央。联邦主义作为它的对立面而存在，它为民族国家提供了另一种范式，一个矫正物，一种“针对共和政体疾病的共和政体疗法”。在中国，民国初期的联省自治，是共和主义的产物。但是，当打倒军阀、统一中国作为孙中山及国民党人的政治目标时，就必然倾向于中央集权，而视联省自治为危险的去中心主义、分散主义而结束其命运。

联邦主义理论认为，政治权力及其管理机构存在于人民之中，因此，一定需要公众的参与。“共和”拉丁文为“公共事务”，意含就是公众参与。各省自治时期，城市社团获得了较大的发展，表现了人们参与公共事务的热情。“公民会”曾被袁世凯政府所取缔。与传统性社团以同乡关系或行业关系为基础不同，它以居住区为基础，从城市精英向下一直渗透到一般市民。社团自治与联省自治是有联系的，或者可以说是构成后者的一部分。巴金在作品中多次写到福建和广东地区的自治团体，结局自然也是风流云散，与联省自治的命运相同。

北洋政府申明自愿社团不得干预政治，国民党政府其实走得更远。1927年，当时还是国共两党联合执政的武汉国民政府，第一次出台《反革命治罪条例》，将“反革命”列为一种刑事罪名。30年代，国民政府规定，人民团体的组织和活动要接受各级国民党党部的监督和指导，各级党部必须及时制止任何社团的不适当活动，必要时出动警察和军队。它通过各种法令，操纵意识形态，镇压所有有害于民国的社团。

自愿社团不能见容于所谓的民主共和政体，真是莫大的讽刺。

民国成立后，孙中山反对同盟会或国民党一党独尊，也不赞成独尊本党的三民主义，他说："文明各国不仅有一政党，若仅有一政党，仍是专制政体，政治不能进步。"宋教仁案发生后，他将国民党重组为中华革命党，将同盟会时期制定的军法、约法、宪法改为军政、训政、宪政三阶段。这个宪政过渡程式表明，他原来的英美式政治理念已然转变为一党专政的思想。

五四运动后，孙中山又重组了中国国民党。十月革命的成功，使他对列宁主义有很大的认同，他在1923年的一次党务会议上讲话强调："此后欲以党治国，应效法俄人。"他总结苏俄经验时说："俄国完全以党治，比英美法之政党握权更进一步。"在国民党的"一大"会议上，他指出:应当学习俄国，"先由党造出一个国来"，然后，"将党放在国上"，"完全以党治"。改组后的国民党，党权高于一切。

孙中山逝世以后，蒋介石以孙中山的忠实继承者自命，将孙中山及其学说绝对神圣化。对此，连胡适也颇为不满，提出批评。蒋介石执行孙中山提出的"革命三阶段"，从1927年起，即开始实行"训政"，但训政时间并无限定，直到1946年11月在南京召开国民大会，通过《中华民国宪法》，宪政才得以实行。国民大会议员85%是国民党员，宪法成了蒋介石及其政党独裁的合法化工具。

蒋介石迁往台湾以后，仍然使用在大陆时制定的宪制，建立"党国威权政体"。1949年即行颁布戒严令，禁止有组织的反对力量存在，剥夺人民组党的权利，以确保一党独大，"以党领政""以党领军"。直到1988年，台湾才终结家族式统治。蒋经国在临去世前，宣布取消长达数十年的党禁、报禁，至2000年代，首次出现政党轮替。

革命向何处去？革命走向共和。然而，共和的实现是如此艰难。由孙中山缔造的中国国民党发展到最后，竟至于成为革命的死敌，这是这位“伟大的革命先行者”预料不到的。而共和原则的实行，又竟然以国民党，曾经作为唯一的执政党的解体或失位为前提！回顾辛亥革命一百年历史，令人感慨百端。

美国学者林·亨特说:“法国革命是一种至高的经历。”

克莱蒙梭在法国革命开始时，就指出:“作为解放的普遍的象征，法国大革命将永远以其深刻的意义，起到分水岭的作用:一边是试图埋葬革命以维护自身特权的人；另一边是主张建设一个公正世界的人。显然，法国大革命并没有结束。”

阿伦特推崇的是美国革命，因为它缔造了一种共和制度。但她同时指出，政治的真正目的乃是自由、革命精神、参与，以及公众幸福的存续。她说，无论哪一场革命，只要其最大任务在于促进统治形态的变革，也即创建新的政治体，那么革命精神就包含了两种看似矛盾的要素:一是稳定性，一是创造力。这种稳定性并非出于保守，恰恰相反，它唯是信守革命的初衷，巩固了公众而不仅仅是精英对公共问题的关心，确保他们有机会参与政治，因为那正是他们不可分离的命运本身。

2011年8月18日

五四之魂（节选）

起来！让我们把精神从这些妥协、这些可耻的联盟以及这些变相的奴役中解放出来！精神不是任何人的仆从。我们才是精神的仆从。我们没有别的主人。我们生存着是为了传播它的光明，捍卫它的光明，把人类一切迷途的人们集合在它周围。

——罗曼·罗兰等:《精神独立宣言》

没有暴风雨，将会是一个多么污浊的天空！

——齐美尔

重新发现历史

密芝勒在《人民》的开篇写道:“谁把思想局限于现在，谁就不能了解当今的现实。”

伟大的时代是具有历史感的。唯有平庸的时代，人们才会只顾眼前的事务，像猪狗一样，为有限的施予感到幸福，从来不曾想到把目光从食槽旁边移开，投向栅栏之外那延绵无尽的森林和原野。如果没有历史，我们在现实中将找不到判断事物的标准，以及通往未来的坐标；我们无法走动，更不会想到飞翔。如果没有历史，我们既意识不到自身的能力，也意识不到自身的局限。是历史照亮了我们，驱赶着、鼓舞着我们；如果没有历史，我们的全部生活将失去意义。历史以其固有的“相对论”原理，通过现存，从另一维度接连人类的未来。

然而，历史的轮廓未必是清晰的。有时候，它显得异常神秘，恍如海市蜃楼；有时候很曲折，天梯石栈，云翳重重；有时候则为大手所倾覆，全然不见形迹，有如火山灰下深埋的庞贝城。许许多多的人物、事件，关键性时刻，彼此错综的关系，都期待着我们用实证的方法逐一加以钩稽。当历史事实变得相当彰显的时候，我们竟发现:它仍然无法识辨。尤其难以置信的是，愈是明白的事物，往往愈见隐晦。历史是可分解的。它的任何局部，都存在着两大元素:现象和精神。现象是外在的，孤离的，纯粹属于过去的；精神则居于深部，具有历史的主体性，主动性，呈弥漫、流动的状态，而富于凝聚力，所以能够赋予诸多现象以整合的能力，并使之复活，带上各自的形象和意义，走出封闭的时间。

历史是精神的历史，是精神对于人类集体记忆的再发现。由于精神的介入，历史才是真正可理解的。精神的指向、质量、深入的程度不同，我们回顾时所目及的一切便有了不同的价值。可以肯定，那些不断地为人们提及的历史断片，都有着相当丰富的精神含量，闪耀着启示之光。即以“文革”结束以后的20年为例。“焚书坑儒”成为利用率最高的典故，就因为事关知识和知识分子；政治文化专制主义并不局限于秦王朝，没有随同祖龙之死而进入骊山墓。近世的“太平天国”，作为几千年中国农民造反的大结穴，其令人触目惊心之处在于:鼎盛的“天朝”

五四运动中，走上街头的学生队伍

毁于一旦，并非来自官方敌对势力的打击，而是因为内部的特权阶层的存在，大一统思想，控制欲，享受欲，以及与此相关的激烈的权力斗争。这个戏剧性事变，在70年代末，同时成为多部长篇小说的题材。“戊戌变法”以血的事实，揭示中国政治体制改革的必然命运，因此，引起知识界的广泛关注和探讨的热情决非出于偶然。正是这样一种历史精神，贯通了如此众多的不相连属的人物故事，使之成为现存世界的组成部分。

在20世纪，具有重大开发和利用价值的历史事件，大约当首推五四新文化运动了。

其实，把五四说成是“事件”并不十分确切。这是一个短时段，唯凭一群知识者的努力，累积了巨大的精神能源。在中国，从颟顸的官僚到中学生，从愚鲁的武人到遍身油污的工人，很少有人不知道“五四”这名目，可是对它的意义，则普遍缺乏了解的兴趣。他们也许会从因循的教科书或报刊那里得知游行示威的情节，把汹涌的人潮和赵家楼的火光，当做狂欢节的象征。实际上，这是新文化启蒙运动濒临结束的信号，甚至无妨视作一场提前举行的悲壮的葬礼。他们不知道，未曾经过充分的理性启蒙的革命，潜伏着怎样的危机；不知道现代知识分子出师未捷而中途败绩，在多大程度上影响着中国现代化的进程；他们不知道，目下匮乏的，正是当年的运动所竭力争取的；不知道80年来，几代人的命运竟会如此交叠扭结在一起！

五四新文化运动是知识分子的“创世纪”。可是，他们全面背叛民族文化传统的英雄主义行为，并没有得到赓续；新的价值观念体系未及形成，就遭到毁灭性的打击。这种悲剧性的结局，甚至整个的过程结构，包括它的意义所在，长期蒙受障蔽。比如，作为运动的主体是知识分子的自由集合体，自组织，自生长；在政治家的眼中，则明确地被置于党派的领导之下。生机勃勃的思想革命，完全成了政治–经济的被动的反映，成了世界革命的一部分。其实，无论是国民党人或是前共产主义者，当时都不可能左右运动，相反只能服从运动自身的独立指向。而这，正是现代中国第一代知识分子的骄傲。起源于中国民族文化深部的危机，新文化运动就其性质而言，是一次启蒙运动，是反对专制主义和蒙昧主义的叛逆性行动，而不是单纯的反帝爱国运动。把它看作爱国主义运动，仅只符合后期政治性转向的表征，而无视于运动的全过程，完全抽掉了其中个人主义和自由主义的内容，抹杀了世界主义也即“现代性”这一根本特性，而把民族主义、国家主义、集体主义、权威主义推到神圣的地位。启蒙运动的对象是广大国民，主要是劳工大众，结果启蒙主义者，知识分子成了革命改造的对象。当年的知识者高叫“到民间去”的口号，满怀热忱，到处播撒盗来的火种；到了后来，却带着洗刷不清的“原罪”，“与工农大众相结合”。作为一个具有自己的生产方式和职业特点的独立的阶级，被人为地削减为“阶层”，作为“毛”而依附在被指定的“皮”上面。由于启蒙的先驱者们立足于社会的改造，不曾为权力者准备种种治国平天下的方案，因此表面看起来，好像他们都是一群梦想家，并不存在确定的斗争目标。其实，他们把所有一切都写到旗帜上去了，那就是:民主，科学，自由，人权。他们希望中国能够成为一个没有压迫和奴役的国度，真正的人的国度，并且为此奔走呼号；然而不出几年，竟意想不到地陷身于国民党“一党专政”，“以党治国”的黑暗王国里了。

关于五四，长期以来存在着两个阐释系统:一个是政治的，或者称作政治家的；一个是文化的，也可称作知识分子的自我阐释。在前一个系统里，五四知识分子的作用，明显地被缩小为“先锋”作用，而不是主体的作用；由此出发，知识分子在整个社会变革进程中所应担负，而实际上也完全有能力担负的启蒙－批判－文化建设的角色，就给否定掉了。至于后一个系统，知识分子往往过于自轻自贱；及至九十年代，有少数以权威自居的学者，相率发起对五四的启蒙性和战斗性的攻击。至此，两个系统便合而为一了。

五四表面上轰轰烈烈，纪念起来好像也颇热热闹闹，事实上运动早已经完结。说它完结，并非因为时过境迁，也并非因为政治势力对思想文化领域的入侵，而在于知识分子或者被逼，或者主动地放弃了自身的权利和责任。

历史的复活，有待精神的觉醒。这精神，不属于“历史客体”，它植根于当代人的每一个个体中间，且为他们的生存状态所决定。不同时代的人们，如果都为同一种精神所唤醒，所激发，给历史划界将会变得多余，当代舞台会因此而获得大幅度的扩展，人类谋求自由民主与科学的斗争，前前后后也就有了热烈而深长的呼应。

五四:知识分子的自治运动

20世纪是一个伟大的起始。

其实，早在19世纪下半叶开始，中国的现代化运动就已经艰难地挪动它的脚步了。改革是被迫进行的。清政府官员在“内乱”面前，犹能做“中华大帝国”的酣梦，直到洋炮的轰鸣从南方海岸传来，震撼了宫廷的座椅，这才下决心“师夷之长技以制夷”。先是做军火买卖，接着开矿山，修铁路，废科举，兴学堂，派遣留学生出国，以及官员出洋考察，等等。马克思描述说:“与外界完全隔绝曾是保存旧中国的首要条件，而当这种隔绝状态在英国的努力之下被暴力所打破的时候，接踵而来的必然是解体的过程，正如小心保存在密闭棺木里的木乃伊一接触新鲜空气便必然解体一样。”解体太缓慢了。这种速度，不但不能满足少数先觉者的期待，而且实际上，也不可能使中国免受挨打的耻辱与覆亡的危险，这样，政治体制的改革便成了迫在眉睫的事情。然而，最高统治者对于死亡异常敏感。在大独裁者，长期垂帘听政的慈禧看来，政改如同玩火，其结局只能加速以其个人为中心的权势集团的崩溃，于是及时地把光绪帝及其政改计划给扼杀了。“百日维新”的悲剧，堵死了和平改革的道路。所有曾经为改革的浪潮所感召的人们，开始强烈地意识到:依靠目前的政府，是不可能把改革有效地进行下去的。正是这个专制腐败的政府，成了外国强权利益的保护者，成了民族独立、自由和进步的死敌。这时，法国大革命的电火，穿过时空的密云迅速来到东方，在日本东京的留学生群中开始酝酿暴风雨。

革命势在必行。武昌城头枪声乍起，全国随之易帜。一个为转战数年、席卷了大半个中国的太平军所无法推翻的政府，顷刻之间，居然结束在一场纸扎般的战斗里了。胜利的欢乐十分短暂。革命党人开始蜕变，从中央到地方，各级政府依然为旧势力所把持，然而一律换了“革命”的招牌。袁世凯称帝是其间的一个带有代表性的事件，虽然不成功，却使温和的共和主义实验严重受挫。革命党领袖孙中山不得不再度组党，而专制军人，则利用袁世凯死后的权力真空，极力发展私人势力，以致争城夺池，战乱频仍。人们在绝望中发现:革命前，他们是奴隶，革命后一样是奴隶；所谓革命，不过是一个幻象而已。

北京大学讲演团在街头演讲

几千年的封建帝国，犹如一头巨兽，头被砍断了，庞大的躯体不但不见腐烂，而且依旧完好无损地活着。这是极其可怕的。事实证明，肤浅的政治改革无济于事，必须有一个普遍深入的思想文化运动，启发国民的“最后的觉悟”，以促进社会的根本性改造。这个启蒙教育的使命，历史地落在中国第一代知识分子的身上。

“知识分子”一词，于20年代末才开始在五四的继承者中使用。在整个新文化运动期间，启蒙的先驱者都不曾找到合适的名词为自己命名。五四则为其开出了一张“明确的出生证”。就像这新式名词一样，这批人物，获得了为中国传统士人所不具备的新型品格。他们大抵出身于绅士阶级家庭，有着相当一致的经历:进私塾，也入学堂，然后出洋留学；既熟读经书，也通晓西学，这样完整的知识结构，在国外的知识分子群体中也是罕有的。所以，他们会变得那般的胸怀博大，视野开阔，气质不凡。与此同时，东西方文化的差异性，又带给他们以内在的分裂性质:随着斗争环境的展开，而易于趋向对传统的偏离和决裂。作为西方观念的传输者，康有为、梁启超、严复等清末民初的一代，确也显得非常大胆开放，但正如美国学者许华茨所说，他们“就其个人文化而言，都是颇为惬意地深居于传统文化之中”。

科举制度的废除，切断了知识者与权力社会的联系，甚至使他们失去了身份的依据。他们成了名副其实的自由职业者。这种不再需要官方认同和缺乏物质保障的生存状态，加强了他们与社会的亲和力。这时，众多教育机构——其中主要是大学——为他们提供了新的生活空间，新的同一性；报纸杂志蜂起，据胡适保守的说法，1919年就涌现了四百种报刊；出版业随之有了很大的发展。教授、学者、编辑、记者、文艺家、翻译家，在短短几年内，知识分子的人数剧增；青年学生作为一种后援力量，环绕在他们周围。他们可以独立地说话了。新文化运动的领导者和参与者都非常清醒地知道他们的身份，他们不属于任何政治派别，因此不但与权力者对立，而且自觉疏离和力图摆脱以军事组织为基础的革命势力，坚持批判的精神和与政府相反的立场，以慷慨赴难般的热情，致力于破坏上等社会以护卫下等社会，传播自由、民主、科学，新人类解放的知识、观念和种种信息。

五四一代知识分子的最大幸运，在于没有一个独裁而强硬的政府。民元以后，北京政权先后换过好几批人物，然而都因为立足未稳，而无暇或者无力顾及知识分子的存在。这样，他们仿佛生来就拥有言论、出版和结社的自由——人类最重要也是最基本的自由权利。这些权利有没有写到宪法上并不重要——在一个专制国度里，“法治”往往更糟，因为其立法的精神永远是敌视而不是确保自由的生存——重要的是实践的可能性；由于权力松弛，也就给思想在中国的传播造就了千载难逢的有利机会。从1919年起，新文化运动通过一本期刊和一所大学——陈独秀的《新青年》和蔡元培的北京大学——在全国迅速形成一个山鸣谷应、风起云涌的局面。这是一个探索的时代，争鸣的时代。哪里有知识分子，哪里就有他们的社团，有他们的报刊，有他们的各种各样的讨论。这些知识分子团体既是职业性的团体，更是精神性的团体；虽然散布很广，却为共同担负的变革的使命和崇仰的西方现代观念联结到一起。这种状况，颇有些类似法国历史学家科尚在论述雅各宾主义时使用的概念："思想协会"。什么叫"思想协会"呢？这是一种社会化的形式，并非组织严密的存在实体，因此它不牵涉每个成员的具体利益，这些成员的聚合只是与观念有关。在这里，"思想协会"不包含科尚说的有关民主政体方面的内容，它所呈现的是成员的松散的一致性。正是这种一致性，显示了五四知识分子集体作战的"团队精神"。

1919年3月，法国发表了以罗曼·罗兰为首的世界多个国家的知识分子代表人物共同签名的《精神独立宣言》。他们对知识分子放弃独立思想的权利和能力，屈服于武力，为了政治、党派、民族和阶级的利益而参加罪恶的战争，作出严正的批判。这个宣言被译成中文，于年底和《新青年杂志宣言》一同发表，表明了五四知识分子强烈的集团意识和独立自治的精神。他们高扬现代理性批判的旗帜，努力通过由他们自己发动和领导的思想文化革命，促使"党派运动"向"社会运动"转化。在运动中，他们表现出了高度的团体认同感。早在章太炎因反对袁世凯而被囚的时候，他的学生，一群出色的知识者多次探访他。为此，北大文科学长朱希祖辞职以示抗议，黄侃拒绝接受袁世凯的金钱收买；为了抗议袁世凯坚持帝制，马叙伦辞去教职，胡仁源也递交了辞呈。在蔡元培愤于北洋军阀的政治压力而辞职赴津时，北京多所大学的校长教授也都纷纷辞职，以此要挟政府，支持蔡元培。当陈独秀被释出狱，胡适、李大钊、刘半农等人以此为专题，在《新青年》杂志集中刊发了一组白话诗，包括陈独秀的答诗，以示庆祝之意，并抗议权威。这种一致抗议的精神，就是知识分子精神。

但是，作为"思想协会"，中国的五四成员并没有因为"社会的"意识形态的幻觉而放弃个人的自由意志。德国学者迈纳克在论述历史时，有一段话，用来概括五四新文化运动应当是恰当的。他说："震撼世界的划时代事件，总的倾向或思想，以及活跃的人物都前后呼应，呵成一气，形成一个单一的和强大的过程。这种过程由于构成它的个人动机的充实内容，也就排除了一切概念化的抽象形式，然而却使我们都懂得，它是一个仍然具有个性联合体的、无穷无尽的丰富的生命潮流。”

与意大利文艺复兴运动比较，被胡适称作“中国的文艺复兴”的五四新文化运动不曾像前者那样恢复往昔的光辉。运动的先驱者发现，中国古代文化遗产乏善可陈，没有什么值得继承和营救的东西。与欧洲大陆的启蒙思想家如卢梭、伏尔泰、狄德罗、康德相比，他们没有那种由基督教培养的坚定的信仰，和活在希腊传统中的健全的理性，而他们，只是一批西方化的人，只能从遥远的异邦习得和植入所有一切，以代替传统陈腐的宇宙观，和诸多大而无当或者烦琐无用的教条。从文艺复兴到宗教改革和启蒙运动，思想传统在西方是自然演进的；而在中国，各种思想观念的引进和确立，都是一种人为的“社会工程”。正因为他们对于现代化具有很强的自我意识，所以会那般无情地抛弃旧传统，虽则挽救中国的民族情结是那般牢固。这种矛盾而又决绝的二元态度，同时反映在同西方的关系上面。他们从民族的创痛中，埋下被殖民的耻辱和仇恨，但是他们并不像高倡“反帝防修”的后来者那样，拒绝西方文明，而是以十分令人钦佩的“拿来主义”的眼光和气魄，从西方列强那里获取有用的东西。这些东西，在五四时期，已经不复是器物和技术之类；它们扩大到了文化领域，其中包括从文学、哲学、伦理到社会制度，以及风俗习惯各个方面。现代性需要整体的革命。“全面反传统”和“全盘西化”——“现代化”一词直到40年代才开始进入中国，所谓“西化”，其实就是现代化——是革命的两面。在改革者看来，西方文明的本质是科学和民主，于是在《新青年》那里也就有了拥护“赛先生”和“德先生”的说法。在这里，科学是一种思想和知识的法则；至于对民主的阐释，则往往同人权问题有关。所谓人权，在《新青年》刊发的大量文字中，其意义蕴涵了人格独立，权利平等，思想自由，即对于个体价值的张扬。被哈贝马斯当作现代化方案的标志的“主体的自由”的实现，贯穿在五四一代所理解的科学和民主的口号上面。这就是“人的发现”。由于政权的衰败，在“共和”旗帜下的国民不成其为国民，唯是新的奴隶而已。这样，五四时期所要求的自由和民主的权利，开始就落在“人类”上面，而没有局限在“公民”那里。这是带根本性的，具有更普遍更长远的意义。五四的功绩，要而言之，就是在中国历史上第一次实行价值观念的更新；它唤起人的自由意识，并使之建立在为人类历史实践所确立的普遍价值的公理之上。

我们为什么称五四的思想启蒙运动为“新文化运动”呢？雅斯贝斯说:“所谓‘新’，就是说在我们的时代，历史第一次正在变成世界范围的，以现代交流赋予地球的统一性来衡量先前的全部历史都只是局部历史的一种单纯的集合体。”大独裁者袁世凯试图以“特殊国情”为隘口，阻挡中国的现代化进程，而自信“一夫当关，万夫莫开”，结果如何呢？事实证明，五四之后，没有哪一个人，哪一个集团，可以拒不接受西方的观念、思想、主义、文化制度、生活方式而能长久固守旧的传统，只是所接受者分属于西方不同的部分而已。

整个五四时期处于一种创造性的震荡之中。这是在社会被控层次发起的震荡，由于新奇性的层次彼此沟通而不断扩大的整体性震荡，控制等级结构的松弛和崩解在加速进行。这个解体的结构，其主要部分是中国的文化传统，它是历代专制政权不断更迭而又能保持长期稳定的根本所在。面对如此古老的庞然大物，五四一代唯以一种“新态度”去对待它。胡适称作“评判的态度”，蒋梦麟称作“进化的态度”，其实也就是我们所惯称的批判的立场。正是知识分子群体的集中而猛烈的批判，给黑沉沉的中国带来了一个大动荡、大破坏而又充满蓬勃生气的奇异的黎明。对于新文化运动，著名的领导者之一胡适作了这样的描述:“整个运动，用尼采的话说，就是以价值重估为特征的一场运动。在这场运动中要推翻一切，要尝试，要判断；要批评，要怀疑，根据新标准去评价旧事物。在这价值重估的过程中，任何事物，不论怎样高贵，也不论怎样低贱，都应重新估价。婚姻、同居、守寡、就学、基督教——没有一样神圣得可以不接受人们批评的东西。对于我们来说，这是一个怀疑、批评、反抗的时代。”

民族文化传统本身是一个复合整体，所谓“全面反传统”并非全盘否定其中包括富有活力的某些成分，这只是一种笼而统之、大而化之的说法罢了，其实它反对的是传统中的主体部分，正统部分，也称“实质性传统”。新文化运动中有两个突出的波峰:一个是“文学革命”，反对文言文，提倡白话文；一个是“打倒孔家店”，铲除封建纲常。教条主义，公式主义，权威主义，偶像崇拜，确实是传统文化中的核心部分。对于提倡白话文学，领袖人物陈独秀的态度十分坚决:“必不容反对者有讨论之余地，必以吾辈所主张者为绝对之是，而不容他人之匡正也。”对于孔教，他认为“本失灵之偶像，过去之化石”，但是当时政府居然把尊孔之文写进宪法，以一种学说一种思想一种原则为宗教，其结果必然是“敷衍民贼”，“阻思想信仰之自由”，因此必须加以破除。知识者纷纷起而批判旧文学和旧道德，率先尝试制作白话文学；作为新文化运动的旗帜和灵魂，《新青年》于1915年正式改用白话刊行。在它的号召和影响之下，至1919年全国已有400种以上报刊采用白话；1920年，北京政府教育部决定中小学使用白话语文教材，青少年可以呼吸到新文化运动带来的新鲜空气了。但是，斗争的道路不是平坦的。运动的先驱者在行动之前，并没有绘制出一张周详的地图和日程表；他们也不曾充分考虑到，当他们向意识形态霸权挑战的时候，会遇到怎样的抵抗。“新旧思潮之激战”，与其说像一场布置停当的阵地战，毋宁说是“遭遇战”更适合些。但是，这批人物毕竟是英雄主义的一代，他们唯以坚强的胆魄，决斗的意志和团结的力量，击败了所有的对手。从林纾到吴宓，从杜亚泉到梁启超和梁漱溟，他们对新文学新道德的攻击也并非完全出于“学理”，不少时候仍然像“激进派”一样感情用事。政府历来是喜欢保守主义者而憎恶激进分子的。当时，即有官员动员安福系控制的国会，弹劾教育总长和北大校长，并且要求教育部解聘陈独秀、胡适、钱玄同等激进的教授。在保守派的压力下，陈独秀被迫辞去文科学长的职务，一些地方也曾一度禁止政府和学校购买和阅读批评旧文学和旧道德的书刊。有学者认为，如果不是适时地发生了“五四事件”，北京大学及其他大学的新思想运动，将会受到政府严厉的镇压。正如胡适后来回顾五四时反诘的那样:“我们都是私人、个人，都没有钱，也没有权，也没有力量，我们怎么可以提倡一种东西。”革新者所依凭的仅仅是“真理”。在西方，真理一词仅含纯粹的认识论的内容，而在俄国知识分子及中国辛亥－五四的一代中，则包含了一定的社会道德内容，被视为带有社会变革指向的客观实在的理论依据。在斗争中，第一是针锋相对，比如保守派极力赞美“国粹”，吴稚晖就称科学为人类的“公粹”。第二是极端的、偏激的、反中庸主义的态度和方法。最突出的例子是钱玄同的“废灭汉文”的主张，他认为:二千年来用汉字书写的书籍多属孔学道教之类，内容无不荒谬有害，中国文字纯属“记载孔门学说及道教妖言之记号。此种文字，断断不能运用于20世纪之新时代”。中国之救亡，“必以废孔子，灭道教为根本之解决；而废记孔门学说及道教妖言之汉文，尤其根本解决之根本解决”。他主张以世界语取代汉文，并以新体白话国文与西文并用作为过渡。陈独秀也认为废汉文是进化公例，进而主张一并废除中国语言，但以先废汉文、存汉语而改用罗马字母书写为过渡。这里除去乌托邦的性质不说，光是这种主张本身，实施起来就足够消灭一切古旧的经典。它的威慑作用，大约正如鲁迅的关于“开天窗”的比方:你要开窗子，主人不肯；你说是要把屋顶给掀掉，天窗就开成了。这是弱势者的方法，被迫使用的方法，也许是唯一有效的方法。“与其……不如……”的句式，是一种别无选择的句式，比如鲁迅说的:“与其崇拜孔子和关公，不如崇拜达尔文和易卜生，与其牺牲于瘟将军五道神，还不如牺牲于APOLLO。”这种句法，所以流行于五四时代不是偶然的。对于这种看似矫枉过正的“过激主义”，当年的北大学生领袖傅斯年表示说:假如要摆脱我们头上肩上背上抱着的一个四千年的垃圾箱，必有感情的策动与过分的批评；“但激流之下，纵有旋涡，也是逻辑上必然的，从长看来，仍是大道运行的必经阶段。”法国历史学家傅瑞在其名著《反思法国大革命》中指出：“法国大革命中有一种与形势有关，但又不由形势决定的新型的历史实践和意识。”他认为，必须对此进行清理，才能对大革命作出合理的解释。

这是一个革命的时代。在这样一种精神氛围中，几乎每一个人都是激进分子，一元论者。连胡适，也都“拼命走极端”。但是，五四是一条大河，支流众多。由于来自不同的源头和经历不同的地带，它们便各各以不同的流向与流速，互相融汇，互相冲突，推动着左右着运动的发展。

运动的领袖和中坚分子是一批归国的留学生。清朝末年，从西方归来的学生基本上不参与当时的改革运动，五四时情形就颇不相同了。这时，大部分留学生都是在日本、美国和法国学习的，这三个不安分的国家，以它们各自独特的历史，启发留学生从不同的角度和视域反思中国的问题。这三个国家的文化差异，显示了他们的思想差异。留美学生大抵重视文化教育问题，留日和留法的学生则更多地关注军事和政治问题。在政治方面，留日学生容易接受社会主义和民族主义的影响；留法学生或受法国社会思潮影响的知识分子，基本倾向于民主、乌托邦社会主义和无政府主义，在他们中间甚至明显地带有法国浪漫主义的风味；至于留美学生，则比较一致地接受美国式的个人主义和自由主义。知识分子中的不同的思想渊源和知识结构，埋下了五四后期大分化的伏线，甚至对此后的中国现代化的进程，也都产生着潜在的影响。五四冰河解冻，众声喧哗。不同的问题，不同的主义，甚至主义中仍然有主义。同为自由主义者，陈独秀是激进的自由主义，胡适则是渐进的自由主义；同为保守主义者，张君劢是保守自由主义，梁漱溟则是保守传统主义。这时，作为最具影响力的一种思潮，无政府主义也都存在着不同的派别，或者倾向于社会主义，或者倾向于个人主义，或者主张互助，或者主张暗杀，主张可以很不同。新文化运动是精神解放的运动。运动是多元主义的，相对主义的，反体系化反制度化的。借用丹尼尔·贝尔在《资本主义文化矛盾》中的说法，五四时期当是一个独立于政治经济之外的文化领域，以其轴心原则——“自我表达和自我满足”——支配社会的时期。发生在这一时期中的许多大大小小的论战，无论发生在革新派内部或是在革新派与保守派之间，都是没有结论而只有争论的。东西新旧文化之争，“解放”与“自由”之争，“普及”与“提高”之争，“问题”与“主义”之争，“科学”与“玄学”之争……运动就是一切，怀疑就是一切，争论就是一切。1922年，北京出现反宗教运动。由于教会学校当局禁止学生参加罢课及其他社会活动，引发多起冲突事件，一些国际基督教组织决定4月份在北京的清华大学举行一次世界基督教学生联盟大会。针对这种情况，无政府主义者李石曾等提前发起成立“反宗教大同盟”。其时，已经成为中国共产党领导人的陈独秀，是加盟并予以积极支持的。陈独秀的行动，立即遭到周作人等五教授的攻击，接着钱玄同等也发表宣言，极力反对大同盟运动以群众压力干涉和威胁个人思想信仰的自由。周作人一再声言，说陈独秀的态度予人以恐怖感和压迫感。陈独秀公开致函作答，强调基督教的反科学性质，以及基督教教育有“强有力的后盾”，与国内外反动势力相勾结的事实，认为基督教是强者，并提出:“请尊重弱者的自由，勿拿自由、人道主义许多礼物向强者献媚！”周作人则答辩道，“承认这些对于宗教的声讨，即为日后取缔信仰以外的思想的第一步”，“是对于个人思想自由的压迫的起头”。他强调说:“思想自由的压迫不必一定要用政府的力，人民用了多数的力来干涉少数的异己者也即压迫。”无论是政党或是多数，因为没有“组织”的存在，人际关系变得天然的民主，所以，周作人等少数派也就仍然能够自由地发出，而且确实留下了异议的声音。

这就是五四式的宽容。

宽容，是只能在可能自主的环境下发生的。这是一个事实判断。如果作为价值判断，作为一种主观态度，宽容也是只能对权力和权威而言的。可是，五四的时候没有偶像，没有权威，没有“霸权话语”。张东荪对“宽容”的认识说得很好:“有势均力敌之对抗，然后始能有容。”强势者对弱势者喋喋什么宽容呢？如果对强势者实际上造成的压迫不予限制，还说什么宽容呢？如果不能容忍抗议、对抗和冲突，还叫什么宽容呢？在许多时候，所谓宽容是虚假的，而冲突才是社会的生命之所在。五四的魅力，在于各种主义和思想的毫不设防，是没有局限的冲突和斗争，而不是高度一致。五四是伟大的异构体。

知识者往往是空谈家，饶舌者；他们获得知识，只是作为一种专业技术，或是作为通常的有文化的标志，而不是为了社会和人生的应用。五四一代不同，他们是理想主义者，周作人说北大学风“迂阔”“明其道不计其功”，指的就是对理想价值的追求。但是，他们却并不作启示录式的布道；他们对知识、科学和各种思想的渴望，全出于变革的热情的驱遣。在本质上说，他们是实践家，是蒙田形容宗教改革说的那样，是把“超天思想和入地行为”结合到一起的人们。在五四初期，最流行的是功利主义的、实用主义的原则。陈独秀分析东西方文化时指出，东方注重形式，西方注重实际，因此积极提倡采用实用主义作为中国的教育原则。许多著名的知识者，如高一涵等也宣传功利主义，钱玄同则公开宣布说:“我始终是一个功利主义者。”五四期间，美国实用主义哲学家和教育家杜威来华，在知识分子群中，进一步扩大了人文主义－实用主义的影响。卢梭的人民主权理论，尼采、易卜生的个人主义，俄国的民粹主义－人道主义，英国的功利主义和美国的实用主义的融合，共同构成了新的价值原则，犹如初露的朝暾，照亮了广大青年知识者脚下伸展的茫茫前路。

陈独秀认为五四特有的精神有二：（一）直接行动；（二）牺牲精神。关于直接行动，他的解释是“人民对于社会国家的黑暗，由人民直接行动，加以制裁，不诉诸法律，不利用特殊势力，不依赖代表”。看得出来，这里有卢梭的思想和法国大革命的“直接民主”的影响。首创“五四运动”一词的北大学生领袖罗家伦，对五四精神的总结也提到牺牲精神，其具体描述为“奋空拳，扬白手，和黑暗势力相斗”。鲁迅是社会革命实践的积极鼓吹者，在《灯下漫笔》一文中，曾这样两次提到“青年的使命”，其一说：“创造这中国历史上未曾有过的第三样时代，则是现在的青年的使命！”再是说：“扫荡这个食人者，掀掉这筵席，毁坏这厨房，则是现在的青年的使命！”世纪末的学者鄙夷世纪初的战士，说是只有破坏没有建设，其实，自从发出反叛的第一声战叫，他们就在一面前进，一面开拓和创造。这些先行者，他们始终以宏放的眼光注视着未来；但无论新梦如何辉煌，都不会离开时代问题，停止当下的战斗。要扫荡的旧物太庞大太沉重了。然而，即便在那般恶劣的环境，大批的青年知识者，依然怀着奔赴的热情，创造他们的新生活。他们组织工读互助团，广泛开展大众教育计划，比如组织讲演、讲座，散发自行印制的材料和普及杂志，为工人和穷人的孩子开办夜校，创办免费普及学校等等，在全国掀起一场社会组织和社会服务活动的热潮。北大有一个名为“平民教育讲演团”的团体，创办于1919年，在艰困动荡中竟然坚持到了1922年。为了社会改造，他们是怎样耗费着青春的生命！王尔德说：“不包括乌托邦在内的世界地图，是不值得一瞥的。”我们不妨把他们称为乌托邦主义者，难道你会觉得这是一个带贬义的语词吗？何况，他们还不仅仅是乌托邦主义者！现在的犬儒，居然有勇气讥笑五四是一个没有建设的时代，——世界上有什么创造比精神的创造更富有价值呢？有什么建设比人格的建设更为重要呢？

周作人为新文学下了一个简明的定义：“人的文学。”许多作家，包括鲁迅在内，也都如此概括自己的写作基调:“为人生。”这是普通人的人生，既属于大众，也属于个人。五四关于个性解放的宣传，同“民主”和“科学”一样，在中国历史上带有革命的意义。此前，中国人什么时候曾经争得独立的人格？虽然不能说五四时人们已经拥有了个人的权利、价值和尊严，但是，至少先觉的知识者，已经能够使自己从权力的阴影和群体的包围中脱离出来，而有了自己的选择了。胡风把五四精神引申为“平凡的战斗主义”，“平凡”就是人生的，实际的，经验的，正如他所说，这里有着一种“对于社会现象的认真的凝视”。五四的人文主义，首先是集问题的焦点于现代人的生存，以此出发，作为对西方理念、传统文化、社会问题和学术问题的评判的基点。在对“国粹家”的批判中，鲁迅写道:“问题不是我们能否保存国粹，而是国粹能否保存我们。”的确，“保存我们”是第一义。所以，在《京报副刊》征求“青年必读书”的书目时，鲁迅的答复是“我以为要少——或者竟不——看中国书”，等于交了“白卷”。他附带说明了理由:“我看中国书时，总觉得就沉静下去，与实人生离开。”他要的就是这“实人生”。他说不要“鸟导师”，要“韧”，要“有一分热，发一分光”，要“个人的自大”而不要“合群的自大”“爱国的自大”，就是因为这“实人生”。他问“我们现在怎样做父亲”，问“娜拉走后怎样”，也都因为这“实人生”。他有一段很著名的话说:“我们目下的当务之急，是:一要生存，二要温饱，三要发展。苟有阻碍这前途者，无论是古是今，是人是鬼，是《三坟》《五典》，百宋千元，天球河图，金人玉佛，祖传丸散，秘制膏丹，全都踏倒他。”其实，他一生的著述，都在重复着这段话。对于他，以及他的同时代人，重要的唯是“实人生”。

在运动的盛期，胡适打从旁门踱进研究室，“整理国故”去了。这是一支不和谐的插曲。为此，颇为革命派所诟病，认为是对中国青年的误导，转移了学习当代科学的注意力。对胡适来说，却并不认为有违运动的精神。他把“重新估定一切价值”的评判态度引入国故研究，提倡疑古主义；企图在中国文化史上搞出个具体而微的哥白尼革命。除了撰写像《中国哲学史大纲》这样自称为“开风气的作品”以外，他还研究《红楼梦》和其他古典小说，研究神会和尚，改写禅宗史，校勘整理相关典籍，为其恢复名誉，把它们提高到与传统的经学、史学平起平坐的地位。的确，其中是包含了运用西方现代科学的观念和方法的尝试在内的。这样具有开拓性的学术事件，当大有益于混沌荒芜的中国学术界。但是，学术实践毕竟不能算作完整的社会实践。至于它在整个社会改造中间占据着怎样的位置，知识分子应当在多大程度上介入社会革命，其“专业性”和“业余性”的关系到底如何，胡适遭逢的革命-学术的两难境遇，为后来的知识者留下了一个有意味的话题。不过，胡适本人对此是有过反思的。他认为其中有“教条主义”的危险倾向，后来还告诫青年说:“这条故纸路是死路。”综其一生，无论为著作家，为教育家，为政府官员，都无法摆脱人生意义的纠缠，因为这是同他所曾经参与领导的运动连在一起的。

对于五四运动，胡适多次强调，对发现的意义，认为“与欧洲的文艺复兴有惊人的相似之处”。他总结道:“首先，它是一场自觉的、提倡用民众使用的活的语言创作的新文学取代用旧语言创作的古文学的运动。其次，它是一场自觉地把个人从传统力量的束缚中解放出来的运动。它是一场理性对传统、自由对权威、张扬生命和人的价值对压制生命和人的价值的运动。最后，很奇怪，这场运动是由既了解他们自己的文化遗产，又力图用新的批判与探索的现代历史方法论去研究他们的文化遗产的人领导的。在这个意义上，它又是一场人文主义的运动。在所有这些方面，这场肇始于1915年，有时亦被称为‘新文化运动’‘新思想运动’‘新潮’的新运动，都引起了中国青年一代的共鸣，被看成是预示着并表明了一个古老民族和一个古老文明的新生的运动。”

五四的最大成就，就是造就了大批新人:现代知识分子。

在一个处于生死转换途中的大时代里，每一个为之奋斗的人都是英雄。这批向20世纪走来的使徒，内心无不充满一种道义感，一种近于神授的不满情绪，理性而激情，怀疑又自信；他们谴责所有的教义，亵渎所有的神圣之物，反对宿命论；置身于社会的潮流之中，感受到世俗的一切苦痛，却不甘沉沦；他们相信进化，为进化所推动，又是社会进化的原动力，勇于进取，敢于牺牲；大胆幻想，富于远见，既属于时代又超越时代，是那种面对一片荒野却看到了一座乐园的人。他们是持不同政见者、社会的反对派、叛逆者、偶像破坏者。他们走在社会变革的前面，以思想激进和天生好斗的个性，而常常被人们当作无事生非的肇事者、冒险家、谵妄者、精神失常的人。正是这样一批以“新青年”自命的人，具有自由天性的人，彻底抛弃了奴性的人，如此完美地体现了一种沉埋已久的民族精神气质。春秋的百家争鸣，盛大的汉唐气象，都曾经为这种精神气质所涵养。五四精神是什么精神？就是自由的精神，解放的精神，创造的精神。

知识分子凭借着这种精神，使自己成为一股真正的自治力量而发挥作用，对历史发展的进程施以决定性的影响。蔡元培明确主张大学“自治”，认为“教育超乎政治之上，不受政治控制”。他提倡教职员治校，学生和教师之间保持个人关系，教授可以私人资格发表政治主张。在知识界，人人各行其是，自己组织社团，自己创办报刊；产生意见上的分歧，也都没有统一的标准，用鲁迅的话来说，仍然是自己裁判，自己执行。所谓“自治”，意味着人类自觉思考，自我反省和自我决定的能力。它包括在私人和公共生活中思考、判断、选择，以及根据不同的行动路线行动的能力。作为“自组织”，五四知识分子在运动中自己领导自己，自己管理自己；连这种民主、开放的管理方式，也是由自己创造、争取并且加以维护的。他们通过自治，把知识分子能量发挥到了最大限度。按照我们的一个经典的公式是:经济基础－上层建筑－意识形态，完全的决定论；即便承认后者的反作用，它的独立性也没有得到充分的肯定。其实，观念、计划、世界观和意识形态，其中即包含着现在可以进入交换过程的价值或整个价值体系，它们带来许多新奇性因素。知识的发展，社会文化的发展，已经在相当大的程度上从环境的支配中解脱出来。五四知识分子以其高度自治的有效性，为“观念生态学”提供了一个范型。

著名汉学家费正清指出，中国的专制政府在专政和民主两个方面提供了经验，有两个传统与此相关:一是士大夫传统，一是农民传统。从生产关系的意义上说，农民阶级与封建地主阶级其实是一副“对子”，是属于土地的，野蛮的，暴力的，占有的；由于长期的科举制度，“学而优则仕”，士大夫只能作为统治阶级的一个依附阶层而存在。这样两个传统实际上是一个传统。中国的工人阶级人数稀少，构不成一个传统。中国的无产阶级革命，本质上是农民革命。中国革命的胜利，正是遵循了毛泽东的“农村包围城市”的武装斗争路线而取得的，这在历史教科书上早有定论。五四知识分子则完全改道而行，它们凭借城市市民阶级的成长背景，以西方的现代科学观念，反对和改变绅士阶级－士大夫阶级的儒学价值观和方法方式而取得了传统的突破。他们是一群破茧而出的自由的飞蛾，赴火的飞蛾。从此，知识分子传统与农民传统两大传统的对立局面才告真正形成。

正因为有了这样异质性的意识和物质力量的出现，中国现代化的进程开始进入了一个新阶段。

“若要官，杀人放火受招安”

五四期间访问中国的杜威，对这块急剧变动的古老的土地，以及生活和斗争于其上的知识界同行充满了礼赞之情。1919年6月，他在给女儿的信中写道：“一位曾对50种学生报纸作过仔细研究的朋友说，这些报纸的第一个特点是有大量的问号，第二个特点是要求言论自由，以便能够找出这些问题的答案。在一个信仰既定权威的教条，又是使人感觉满足的国家里，这种提出疑问的热潮，预示着一个新时代的到来。”

然而，这个时代没有到来。

启蒙思想者们面对的社会太黑暗、太腐败、太贫困落后了，他们要着手解决的问题实在太多。随着时间的推移，现实问题——而不是观念问题——变得愈来愈突出。但是，由西方观念所唤醒的国民，首先是知识者自身，对变革的期待已经变得十分急迫。这是一种普遍的时代急躁症。这时，苏俄政府决定放弃在华租界的消息不断传来，使亢奋的知识者看到了新的方向。在启蒙运动中，各种派别无论如何宣扬个人的价值，同时也都强调个人对社会的责任；而且，作为一个思想革命运动，原来便带有双重的社会实践的倾向，于是以五四爱国事件作为转机，文化激进主义开始演变为社会激进主义。这时，知识者更加注重西方－苏俄社会主义学说的介绍和吸收。由于苏俄对西方持严厉的批判态度，加上国民党和新成立的共产党的共同的意识形态宣传，知识界开始一边倒，坚持维持其在华特权政策的西方国家的价值观念、社会改造的方案和经验，逐渐失去市场。思想这东西，原本处在一种开放的、自由竞争的、多元互补的状态，后来也就随着党派斗争的进行，而趋向于偏胜和封闭，成为二元以致一元的了。一直潜在着的民族主义迅速上升，与社会主义－列宁主义结合在一起，代替个人主义、自由主义和无政府主义，成为上世纪20年代的思想主潮。

五四运动时知识社会－市民社会是漩涡的中心，其他各个阶级和阶层的震荡，不过是同心波而已。及至五卅运动以后，工农运动蓬勃地发展起来。这时，全国的政治重心发生位移，国共宣告合作，南方成了革

胡适（右二）和他的朋友们

命的策源地。当学生运动的火焰刚刚点燃，政党只是配角，等到蔓延开去以后，便与学生组织建立各种联系，争取吸收学生入党。随着政府的镇压，左右派别的冲突，大众斗争的规模化，学生的政治兴趣大大增强，积极参与政党的组织工作。许多有名的知识分子，无论何种派别，也都在国民革命军的炮声中纷纷南下，向政治势力靠拢。走俄国式道路，这本身就意味着暴力革命、集权主义，意味着新生的脆弱的知识分子传统，必然为根深蒂固的农民传统所吞并，从而丧失独立的地位。

苏俄著名的流亡学者别尔嘉耶夫在《俄罗斯思想》中写道："在我们这里，革命是精神文化的危机和精神文化的压迫。"又说："社会革命者是文化上的反动派。"革命与文化是否真的如此势不两立？革命是否必然导致精神文化的毁灭？这是一个带普遍性的公理呢，还是仅仅因为这位流亡者为革命所抛弃——或者说革命为他所抛弃——时发出的呓语？

但是，无论如何，新文化启蒙运动被迫中断是一个事实；并因此造成五四一代知识分子的精神损伤和萎顿，也是一个事实。对此，胡适后来作了这样的总结："从我们所说的'中国文化复兴'这个文化运动的观点来看，那次由北京学生所发动而为全国人民一致支持的，在1919年所发生的‘五四运动’，实是整个文化运动中的一次历史性的政治干扰。它把一个文化运动转变成一个政治运动。”大陆学者李泽厚也曾有过一个后来变得很流行的说法，就是“救亡压倒启蒙”。作为一个社会改革运动，它最终必须超越诸如个性解放的范畴，而扩展到经济平等，以及社会和政治进程中的大众参与问题。这种超越，并不说明启蒙工作的不合时宜，或者文化批判注定没有效果；让知识-观念走向社会，参与变革实践，本来就是知识分子终极关怀的所在。在这里，我们说“启蒙”和“救亡”，就是对知识分子而言的；也就是说，启蒙是知识分子的启蒙，救亡也是知识分子的救亡。救亡中的知识分子，自有不同于工农大众的特殊的位置、工作和方式；可以说，这就是救亡中的启蒙。这里的分界点是，当文化实践过渡到社会实践，文化斗争成了政治斗争的一部分，知识群体不复成为社会主体的时候，知识分子个体是否继续保持自身的主体性，维持自治的原则；是否继续保持知识分子的独立身份和批判立场；是否继续以自己的专业知识和思考，为打破现状也即社会改革提供可靠的精神文化资源？五四新文化运动作为知识分子运动，其中途夭折，重要的还不在于外部的“干扰”和“压倒”，而在内部的溃败和自身的不支。一个很简单的问题是:当团体散失之后，中国思想知识界是否还有“散兵战”？

一个很可怕的事实是:知识分子成了五四之敌。

海外学者林毓生在《中国意识的危机》中，把陈独秀、胡适、鲁迅三人当作五四一代知识分子的代表性人物加以论列，应当是合适的。他们有着不同的思想渊源、不同的党派或竟无党派，不同的倾向和不同的风格。对于知识分子立场的恪守或转变，色彩都很鲜明。

陈独秀以法国大革命的思想底色，狂飙般不羁的性格和雷霆般的处事作风，很可以当作五四的象征性人物。他提倡“科学”“民主”最力，破坏偶像，扫荡“国粹”，有一种冲决的力量。在他那里，国家也是偶像。对于政府、法律，以及人民的自由权利，他指出:“世界上有一种政府，自己不守法律，还要压迫人民并不违背法律的言论，我们现在不去评论，我们要记住的正是政府一方面自己应该遵守法律，一方面要尊重人民法律以内的言论自由。法律只应拘束人民的行为，不应拘束人民的言论；因为言论要有逾越现行法律以外的绝对自由，才能够发见现在文明的弊端，现在法律的缺点。”只需几句话，就把问题说得明明白白，全没有学者的那般绕弯子。“党派运动”“政党政治”，也是他抨击的主要目标。他说明所以非难“党见”，主要出于这样两点理由:“其一，政党政治，将随1915年为过去之长物，且不适用于今日之中国也”；“其二，吾国年来政象，唯有党派运动，而无国民运动也。”所以，他极力强调要区别“政党政治”和“国民政治”，主张推进全无政党背景的“民众运动”。他把根本的政治问题归结为以下三条:“第一当排斥武力政治；二是当抛弃以一党势力统一国家的思想；三当决定守旧或革新的国是。”对于是否加入政党，他的态度，在《新青年》宣言中表达得很明确:“至于政党，我们也承认他是运用政治应有的办法；但对于一切拥护少数人私利或一阶级利益，眼中没有全社会幸福的政党，永远不忍加入。”

次年陈独秀开始鼓吹非和平的革命；又次年，发起成立中国共产党。这时，好像他有着把原来视作对立的“党派运动”和“国民运动”加以整合的意味。在新文化运动中，他一直注重团体的活动，尤其是劳动团体，致力于群体意识——所谓“新集合力”——的阐扬；相对而言，对个人意识缺乏足够的关注。集体主义与霸权主义本来是一壁之隔，当围绕人的个体性的问题一旦被搁置起来的时候，两个房间的通道就被打开了。《新青年》的同仁曾经商定“二十年不谈政治”，几年之间，陈独秀和李大钊不但谈政治，而且还在《新青年》之外，另行创办了一个专谈政治的新刊物《每周评论》，并与从来有意疏远的孙中山领导的革命活动接近。后来，陈独秀还置同仁的反对意见于不顾，不惜偏离启蒙的立场，牺牲文化的利益，坚持把《新青年》办成政治性刊物，办成党刊。其实，胡适也不是不谈政治，他在创办的《努力》周报上，就有对孙中山及国民党的激烈批评。为此，李大钊致信胡适说："《努力》对中山的态度，似宜赞助之。"并且发表文章，强调首要问题是"以中国国民党作为中心"。事情大约正如陈独秀所说，"既然有政治便不能无政党"；总之，这位社会民主的斗士，已经成为政党政治的鼓吹者了。"政党是政治的母亲，政治是政党的产儿。"激进如此，不可谓变化不大。此外，他从世界主义退向民族主义，从民主主义退向国家主义；放弃一度宣扬的联邦自治的思想，在"爱国"的旗帜下，强调"统一"和"集中"。他说："集中全国爱国家而不为私利私图的有利分子，统率新兴的大群众，用革命的手段，铲除各方面的恶势力，统一军权政权，建设一个民主政治的全国统一政府。"他表示："权力集中是革命手段中必要条件。"李大钊也强调"团体的组织与训练"。其实，李大钊的所谓"精密组织"和"政党精神"，与陈独秀说的"权力集中"是一致的。

但是，陈独秀很快就尝到了"权力集中"的滋味。在中国共产党内，作为总书记，他发现无法摆脱"共产国际"和斯大林的控制。为了维护党的利益，他对抗过、挣扎过，但是无能为力。1927年，在国民党血腥"清党"之后，他作为一个牺牲品被抛弃了。由于处在共产主义的大系统内，他以自己的一贯的信仰、热情，独立的意志和见解，视苏联政治反对派领袖托洛茨基为同志。这样，致使他与曾经委身的政党长期无法达致和解。他一生中，坚持与帝国主义和封建势力作斗争，与国民党政权作斗争，同时与共产国际和共产党内的自以为错误的思想路线作斗争。在他晚年，他关于民主包括党内民主的思想，是十分光辉的思想，大可以看作是五四民主意识的回光返照。这时，民主于他已经不是观念的产物，而是社会、政党和个人的现实命运的产物，沾带了许多鲜血和痛苦，因此有着从前所没有的深刻和独到。例如，1940年9月他写给西流的信，就有很大的篇幅论及民主问题，发人所未发，至今仍然具有启示的意义。他认为，民主是“大众政权”的根本所在，“如果不实现大众民主，则所谓大众的政权或无级独裁，必然流为斯大林式的极少数人的格柏乌政制，这是事势所必然，并非斯大林个人的心术特别坏些”。所以，“以大众民主代替资产阶级的民主是进步的；以德、俄的独裁代替英、法、美的民主，是退步的”。但是，他又认为“资产阶级的民主和无产阶级的民主，其内容大致相同，只是实施的范围有广狭而已。”因此，他给予近世民主制，也即“资产阶级民主制”以高度的评价，认为是近代人类社会三大天才发明之一。他还论述了个人领袖与政治制度的关系，确认制度先于个人，大于个人。他指出:“斯大林的一切罪恶，乃是无级独裁制之逻辑的发达，试问斯大林一切罪恶，哪一样不是凭藉着苏联自十月以来秘密的政治警察大权，党外无党，党内无派，不容许思想、出版、罢工、选举之自由，这一大串反民主的独裁制而发生的呢？若不恢复这些民主制，继斯大林而起的，谁也不免是一个‘专制魔王’，所以把苏联的一切坏事，都归罪于斯大林，苏联样样都是好的，这种迷信个人轻视制度的偏见，公平的政治家是不应该有的。苏联20年的经验，尤其是后10年的苦经验，应该使我们反省。我们若不从制度上寻出缺点，得到教训，只是闭着眼睛反对斯大林，就永远没有觉悟，一个斯大林倒了，会有无数斯大林在俄国及别国产生出来。”毕竟是一个经历了五四运动的“老革命党”，所以才会在意识形态的浓雾的包围中，保持如此澄明的科学理性；在政治指挥棒的击打下，显示出一种独立的人格力量。自然，也得感谢命运的安排，如果不是脱离了共产国际的羁系，不是经历过不自由的监禁和自由的流徙，他也将很难领会到民主的真谛。

但是，无论如何，他已经不可能恢复从前的启蒙思想者的身份，操持着一种人文知识分子的文化话语了。

与陈独秀不同，胡适的思想背景是美国式的自由主义，性格温和、儒雅、放达，从不履险，城府甚深。两位新文化运动中的合作者，结果却先后卷入政治，并且分道扬镳了。胡适走的是政府的道路，虽然有时也会同权力者闹闹别扭，但大抵是和谐的，因此无论在政界还是学界，都是“圣之时者也”的人物。陈独秀却无论入党还是出党，始终是“叛徒”，结局十分悲惨。

正如把陈独秀称作激进主义的领袖一样，胡适一直被看作是中国现代自由主义之父，近年来国内对他抬举尤甚。中国到底有没有西方式的自由主义者？事情实在很可疑。如果单说“自由主义”，那么不妨像我们的学者说的那样，从“学理”方面审查一下理论的坚脆即可；但是如果要论及“自由主义者”，除此以外，大约总须看看实践方面的情况如何，是否与有关的自由倾向相一致？总须看看个人与权力、环境、形势的关系，当发生了许许多多的纠葛之后，倒过来是否有损于原来理念中的自由？

胡适是一个二元论者:文化上的激进主义，政治上的保守主义。或者可以认为，在本质上他是个保守主义者。他自称：“我本是个保守分子。”早在留学日记中，他就表示说“不赞成不成熟的革命”，而赞成“好的政府”，因此立志要为中国的好政府创造“必要的前提条件”。后来参与领导新文化运动，也都是“要想在思想文艺上替中国政治建筑一个革新的基础”。1922年5月，《努力》周报发表由胡适起草16人署名的宣言《我们的政治主张》，提出政治改革，要求成立“好政府”，鼓吹宪政政治。这就是有名的“好政府主义”。胡适在哲学上是一个渐进主义者、实用主义者，反映在政治上则是一个改良主义者、宪政主义者。他信奉的是英美宪政文化中的理性、民主、法治、秩序的成分，而“好政府主义”，正是这些价值成分的综合体现。他批评“东方自由主义运动”，说是始终没有“走上建设民主政治的路子”。所谓“建设”，按他的主张，就是把个人自由置于现政府的宪政的保护之下；也就是说，合宪性是个人自由的准则与行为方式。因为看到政府中“没有一个强有力的、有效能的领导阶层”，于是到后来，竟自一头扎进去了。可以说，“好政府主义”，是胡适一生的大纲。

其实，胡适对权力和权力者一直抱有好感。1912年，南京临时政府成立后，清帝溥仪（宣统）被迫逊位。退位后，曾在故宫约见胡适。关于接见的情形，胡适在《宣统与胡适》一文中有着微妙的记述，其中说:“三十日上午，他派了一个太监来我家中接我。我们从神武门进宫，在养心殿见着清帝，我对他行了鞠躬礼，他让我坐，我就坐了。……他称我‘先生’，我称他‘皇上’。……”1924年底，冯玉祥的国民军以武力驱逐溥仪出宫，胡适即公开表示反对，一时舆论哗然。1925年初，胡适又以“有特殊资望学术经验者”的身份，出席段祺瑞召开的“善后会议”。正是这个段祺瑞，发布“整顿学风”的命令，剥夺学生参加社会活动的权利；接着，开枪射杀学生和市民，血腥镇压北京和平请愿运动，制造著名的“三一八惨案”。惨案发生后，还下令通缉“啸聚群众”的领袖分子。作为政府，还有什么比屠杀学生更能暴露其反动面目的呢？但是，现代评论派的陈源等一流学者教授，居然站在政府方面，诬蔑群众死者为“暴徒”！好人政府运动中的知识分子领导人，此刻哪里去了？他们基本上对北京政府采取容忍的态度。胡适与现代评论派是关系密切的，在这次事件中，他的态度相当暧昧。

1927年，蒋介石实行“清党”，在一场“血的游戏”之后，在中国建立了一个比北洋军阀时代更庞大更独裁更有实力的中央政府。胡适认为:“现在人所谓专制，至少有三个方式:一是领袖的独裁，二是一党的专政，三是一阶级的专政。其间也有混合的方式，如国民党的民主夺权的口号是第二式，如蓝衣社的拥戴社长制则是领袖独裁而不废一党专政；如共产党则是要一阶级专政，而专制者仍是那个阶级中的一个有组织的党。”对国民党的“一党的专政”，他明确表示反对，在《新月》杂志上率先发表文章，批评政府，呼吁“人权”。在一个充满侵害、禁闭和杀戮事件的国度，提出人权问题是有意义的。但是，当“人权”作为一个法学概念被提出来时，新月派批评家便故意回避了政府屠杀人民的事实。他们不是在对立和抗议中阐述人权立场，不是以非官方的、团体的、舆论的力量迫使政府就范，这样，也就等于把人权的解释权最后交还了无须普选而凭武力攫取权力的、肆意蹂躏人权的非法政府。胡适声明要做政府的“诤友”，他和他的新月朋友们的“自由言论”，丝毫不会有不利于党国的恶意，相反是为对方设想的，是唯政府智囊式人物才有的宪政思想的一部分。然而，对于一个独裁政府，即便这样一点微词也不可能被接受。于是，胡适们焦大般地被塞了一通马粪，《新月》被迫停刊。这就是当时颇为轰动的“人权案”。“我们走哪条路？”1930年，胡适再度亮相，发表自觉与政府保持一致的立场。1931年底，国民政府成立财政委员会，胡适被指定为委员。1932年1月，他又被邀出席国难会议。出发前，与丁文江等人约请多位与会者交换意见，共同商定:“不要对国民党取敌对态度，当以非革命的方法求得政治的改善。”胡适于1932年11月首次同蒋介石会面，12月作《中国政治的出路》一文，明确表示要“努力造成一个重心”，并说：“国民党若能了解他的使命，努力做到这一点，我们就祝他成功。”稍后，就从权门清客进而成为政要人物了。1931年9月，他题写过这样一首诗:“几枝无用笔，半打有心人，毕竟天难补，滔滔四十春！”他是一个十足的“补天派”！

1932年12月，宋庆龄、蔡元培、杨铨等发起成立中国民权保障同盟。鲁迅和胡适都曾加入该组织。但是，胡适很快就与其他盟员发生分歧。他认为他们的致命伤，在于“把民权保障的问题完全看作政治问题”。同盟对各地监狱的黑暗实况进行调查和揭露，他却美化监狱生活；对于同盟要求援助和释放政治犯，他则认为这是对一个政府要求革命的自由权。他辩护说:“任何一个政府，都应当有保护自己而镇压那些危害自己的运动的权利。”正如瞿秋白所讽刺的，他在这里所要的已经不是人权，而是“政府权”了。1934年11月27日，汪精卫、蒋介石发表致全国的《通电》，其中有“人民及社会团体间，依法享有言论结社之自由，但使不以武力及暴动为背景，则政府必当予以保障，而不加以防制”等语。12月9日，胡适即发表《汪蒋通电里提起的自由》一文，声称“我们对于这个原则，当然是完全赞成的”，并颂赞其中“不以武力及暴动为背景”一语，说是“比宪法草案里用‘依法’和‘非依法律’一类字样，清楚多了”。此种附和，已近乎肉麻。1947年，蒋介石邀请胡适出山做国府委员兼考试院长，胡适说：“我在野——我们在野——是国家的政府的一种力量，对国外，对国内，都可以帮政府的忙，支持他，替他说公平话，给他做面子。若做了国府委员，或做了一院院长，或做了一部部长……结果是毁了我30年养成的独立地位，而完全不能有所作为。结果是连我们说公平话的地位也取消了。——用一句通行的话，‘成了政府的尾巴’。”7月4日，国民党政府发布了“总动员戡平叛乱案”，胡适次日即对新闻界表态拥护，随后还发表了题为《两种根本不同的政党》的文章，赞扬国民党的宪政改革，并多次应邀到北平电台和国民党华北“剿总”作反共演讲。他说：“政党争取政权应当依法进行，以求取大多数国民的支持。用武力推翻政府是不合法的，是暴乱。政府为了自己，有责任平定叛乱。”他曾表示：“在国家危难之时，我一定与总统蒋先生站在一起。”鲁迅称郭沫若式的革命文学家脚踏两只船，一只是“革命”，一只是“文学”。当环境较好的时候，就在革命的船上踏得重一点，待到革命被压迫，则在文学的船上踏得重一点，变成纯文学家了。胡适的情况其实也颇类似，一直在学院和政府两者之间游弋，这就是一个“自由主义者”的恒态。不同的只是，他表现得相当忠勇，一旦政府陷于危难，却是不惜舍身作陪葬品了。

美国学者周明之这样评价胡适，说：“他倾心于一种无行动的维持现状，使他得以进行一种‘最根本的建设’，‘为未来世世代代的建设打下基础’。而这实际上就是把无论何种环境中的行动都无限推迟，并无条件地拒绝承认任何反政府的行动。这便是胡适文化与精神变革的心理基础。”格里德指出，胡适的政治态度反映出他对自由主义理论有一种根本的误解。他明确而持久地把政府想象成实现公共目标的工具，但对于这类目的怎样才能由与他的民主倾向相一致的手段来决定，却没有清楚的认识。格里德还把胡适同他的老师杜威做了对比，说杜威是从特定的假定条件出发的，他的假定是根据西方的，尤其是美国的社会经验推导出来的；这些经验，几乎在每一个重要方面都是跟中国不同的。而胡适的民主宪政构想是建立在一种“普遍性的信仰”之上的，在他的自由主义信条中，最致命的，就是绝对排除对专制政治的自由反抗。格里德承认，这是一个危险的位置:“在公开反对现存秩序和无条件向现存秩序投降之间，正是胡适所走的狭窄的路。”但是，他毕竟明显地倾向后者。格里德说:“胡适对于现存政权的原则始终是十分尊重的，因而，尽管国民党无视他的合法性标准，他也不得不为国民党的统治权力辩护。”鲁迅说:“新月博士（胡适）常发谬论，都和官僚一鼻孔出气。”据说鲁迅是胡适的对头，不足为据；而洋鬼子对胡适的批评，却也都集中在这上面，结论是一致的。权力这东西，注定要劫夺知识分子的自由意志的。对此，法国学者鲍德里亚有一段话，结合福柯的情况，说得很好:“话语实践并不是一种政治行为。政治行为是另外一回事。当一个知识分子被要求采取政治行为时，也就是说，当他被整合到权力机制之中时，他就完全站错了。……福柯便碰上了这样的问题。他希望自己能够成为最高决策层的政治顾问，他也获得了这一职位。如果说有谁愿意这样的话，那就是福柯，无论如何，他作了尝试，却发现自己难以胜任:这是一次失败。”在这里，胡适就是福柯。

关于自由主义在中国的失败，胡适研究专家格里德认为，并非因为自由主义者没有抓住为他们提供的机会，而是因为不能创造他们所需要的机会。自由主义者需要秩序，中国却处在混乱之中；自由主义者理想的共同价值标准在中国并不存在，而他们又不能提供可以产生这类价值准则的手段；自由主义者崇仰理性，而中国人的生活是依靠武力来塑造的。简言之，自由主义的失败，是因为它无法为中国面临的重大的社会问题提供答案。接着，他提出:“如果中国的自由主义者更愿意与现存的秩序进行斗争而不只是设想借助这个秩序，他们很可能会成为现有秩序的更为有效的批评者。如果在他们看来，革命不是那样的意义不明和危险的药方的话，他们也许就会成为激进变革的更有说服力的拥护者。但如果他们是为另一种案情辩护的话，它们也就不再是自由主义者了。”格里德本来强调的是环境的关系，结果回到了立场的问题。中国的自由主义，首先关心的并不是人的境遇和自由选择，而是关心中国应当如何使国家——其实就是政府——对它与个人的合法（契约）关系实行控制和干预；正是为此，确认宪政的价值，通过修宪而把个人和政府联结起来。在此之前，它对政府本身的正当性和合法性是不予考虑的。在人权——人的拯救——与党国—国家的拯救发生矛盾时，宁可舍弃人权而维护党国。宪政的存在，对于自由主义——好政府主义者来说，其实是一个间接控制权力的装置，借以维持一如古代谏臣所谋求的那样一种君臣间的恰当关系，而不是作为君臣—君民关系的消解，确保各个臣民作为现代个人的存在的权利。别尔嘉耶夫在阐释俄罗斯思想时，感慨总结道:“自由主义在俄罗斯始终是薄弱的，我们从来没有获得过道德上有威望和鼓舞人心的自由主义思想体系，注意到这一点是很重要的。60年代的自由主义改革家们当然是有意义的，然而，他们的自由主义，仅仅是实践性的、事务性的，常常打着官腔。它们并不具有俄罗斯知识分子永远需求的思想体系。”中国的情况，大抵也如此。

鲁迅是特异者。在新文化运动中，他始终是一个孤独的战士。虽然，他也曾参与《新青年》的编辑工作，为声援运动的先驱者而做过“遵命文学”，但从来没有个人的圈子。他很少从事组织活动，很少做宣言似的文字，但也论战，论战时经常使用匕首般的短文，随感而发，很有点像古代的独行侠——就像他关于复仇的小说中的“黑色人”——的作风。然而，更多时候采用独语的方式，记叙着他的记忆和梦境。他是听从一个其实很空洞虚无的历史的指示——他笔下的过客听到的那个“前面的声音”——其实是内心的指示写作的。即使是这样一个惯于担负黑暗的重担的人，在他曾经寄予希望的运动一旦烟消云散之后，也不能不深感彷徨：

> 后来《新青年》的团体散掉了，有的离开，有的退隐，有的前进，我又经验了一回同一战阵中的伙伴还是会这么变化，并且落得一个“作家”的头衔，依然在沙漠中走来走去，……新的战友在哪里呢？……“路漫漫其修远兮，吾将上下而求索”。

这种境遇，确乎损伤了他的内心，却使灵魂更加粗粝。集体溃散后的空缺，固然使个体变得孤独，但也可以因此获得前所未有的自由。他是撒旦的化身，不惮神的打击。且看他稍后记录的另一幅情景：仍然站在沙漠上，但看飞沙走石，乐则大笑，悲则大叫，愤则大骂，即使被沙砾打得遍身粗糙，头破血流，而时时抚摩身上的凝血，犹自喜欢这伤创的斑斓……

“五四”退潮之后，鲁迅以自己的方式，坚持自由、民主、科学的思想观念，从不考虑政党或者政府的立场，因为这是与五四无缘的。尤其是“宪政”之类的玩意，由于它完全以现存的专制秩序为基础，所以什么“立法”，都是旨在膨大和加强国家权力，限制和剥夺个体的一种政治建设，而非壮大民间社会的文化建设。他要破坏这偶像，破坏与官方利益相关的一切。在他那里，始终清楚地存在着一个身份问题，界限问题；从来不曾偏离作为一个民间知识者的边缘的立场，不致堕落到知识界自行设置的多元—宽容之网而放弃斗争，相反执著于战斗的一元态度。没有一元也就没有了多元。他所要的是“在场”，而不是自我逃逸——所谓“缺席的权利”。

对于鲁迅，权力和权力者是一生攻击的主要目标。他抗议他们赤裸裸的屠杀罪行，揭露独裁、专制、卖国，种种的欺骗性政策，嘲笑当局者的无知。他攻击传统文化，也主要是历代统治者所着意保留的部分，各种神圣的经典，万世一系的训谕，最恶辣的手段和最巧妙的戏法。譬如反孔，他反对的就是“现代中国的孔夫子”，而不仅仅是僵尸。他批判国民性，也都是为统治者所渗透所改造的改变中的性质。其实仍然是“治绩”。包括自我批判，他追踪“毒气”和“鬼气”至自己体内，因此必须割除与统治者有任何沾缠的东西，哪怕切肤之痛。这是一种彻底，一种五四式的“洁癖”。他坚持自由思想、自由写作的权利，而与权力者相周旋，原因就在于，权力者始终是自由、民主和科学的死敌。他抨击大批的知识界同行，尤其学者，甚至不惜在自己的周围树立“私敌”，都因为他们不同程度地为权力者及其意识形态所同化，从根本上背弃了五四的立场。在表达中间，他不避“褊狭”“刻毒”的恶名，直击猛人、阔人、流氓，形形色色的小丑，捣毁“文明”的面具；然而，也不断变换笔名，使用反语，曲曲折折，吞吞吐吐。说到底，他要在已经被大量侵吞，而且将继续被侵吞的话语空间中，护卫自己的独立性；在夹缝中左冲右突，亦唯在伸张内心的自由而已。他是弱势者，独战者，是后五四时期的唐吉诃德。

关于启蒙，五四以后不断遭到来自知识分了的攻诋。他们认为，知识分子实在只配关心知识专业问题；什么启蒙，都是狂妄的表现，一种自我扩张的行为，甚至是反角色的。于是，他们叫嚷回到知识分子自身。但是，鲁迅不然，他站在广大的哑默中间，却无时不感到权力的压迫，无时不觉得有一股黑暗之流贯穿自身，从而产生本能的反弹和对抗。他无法与一个专制社会安然相守，因为诉诸痛觉的现实的东西是那般巨大、深刻和尖锐。在压力面前，当被压迫者不能已于言时，其话语形态一定是不平的、阴郁的、反拨的、击刺的、动荡的、粗犷的。他就是这样。世上有所谓恬静的、精致的、旷达的、隽逸的、典雅的话语，在他看来显然是一种变态，一种卑怯的风格。

当革命或者救亡成为一种主体话语的时候，启蒙是否成为必要？如何启蒙？启蒙是否有可能深入目标明确的群众性运动，并产生持久性影响？至少，从鲁迅的身上可以看到，无论环境如何迁流，他仍然坚持作为一个启蒙战士的立场。对于一些革命论者提出的关于他的思想“突变”之说，他是不以为然的，甚至是反感的。1935年，日本侵略军攻占我国东北，民族存亡迫在眉睫，这时，左联领导人周扬提出“国防文学”的口号，以使文学有一个“统一”的主题。在这个口号已经在文艺界产生很大影响的情况下，鲁迅却支持胡风提出另一个口号：“民族革命战争的大众文学”。长期以来，文学界一直把“两个口号”之争看成是宗派主义之争，或者无谓的纠缠，其实不然。由于“国防”这个概念容易产生障蔽，“国防”也可以成为政府的一个代名词，“一切通过国防”，通过国防的最高机构，最高统帅，这是鲁迅所不愿意认同的。救亡是大众的，这是他的思想。民族问题往往掩盖阶级压迫问题。战争需要一种集中强化的群体形式，这是专制政治的最好保证；正如齐美尔指出的，外部冲突将使群体的内聚力和中央集权得到加强。因此，民族主义的宣扬永远是有利于统治者的，尤其在战争时期。“与其做外国人的奴隶，倒不如做本国人的奴隶好”，这就是当时流行的民族主义论调的内核。问题是必须从根本上改变奴隶的命运，而不问主人是谁。因此，鲁迅强调“大众”在民族战争中的主体地位，其实质仍然是一个民主性问题。民主思想，是五四的遗产。在国民党通过杀戮夺取国家政权之后，鲁迅倾向于同情共产党，这是人道主义的一种自然的延伸。但是，上海文化界的共产党人拒绝了他。革命是什么呢？他继续着从留日时期以来关于这个问题的痛苦的思考。革命有可能从反对一种霸权过渡到形成另一种霸权。在与这些共产党人的论争中，鲁迅明确地表示他对他们的不信任态度，强调说：“革命是并非教人死，而是教人活的。”他把革命同人的生存权、自由权，也即人权联系起来，注重的是政治中的人性。后来他加入左联，本意是支持进步的文学青年，乐于被青年——青年是五四的标志——所利用；结果悖论般地遭到来自左联的领导核心，党组书记周扬及所谓“四条汉子”的打击。这时，“奴隶”，在鲁迅的文本中再度成为一个被反复使用的中心性字眼。从本来意义上说，革命就是奴隶解放运动。奴隶的背面是人，解放奴隶就是“立人”。无论何种革命，它所以成为必要就在于确立人作为独立的价值主体和利益主体。鲁迅正是带着“立人”的不改的初衷，加入五四文化启蒙运动中去的。他说过，他有过受骗的经验:在民元革命以前，他是奴隶，革命以后变成奴隶的奴隶了。不料辗转而至无产阶级“革命营垒内部”，居然还会如此!

正如陈独秀组党以实现社会革命，终于进入一个控制之网一样，胡适也因宪政主义计划而将自由主义倒押在政权的保护之下，终于丧失自由。两人一生的活动都同权力—组织密切相关。唯鲁迅从来不曾加入党派组织，对政治权力也是取对立态度的。他固然“不愿意在有权者的刀下，颂扬他的威权”，但也深恶那些“手执皮鞭”的“革命的大人物”，而终至于夺他们的鞭子。然而，就处境而言，他是一直没有自由的。

“寂寞新文苑，平安旧战场”。活跃在五四运动前沿的其他人物如何呢？1930年，鲁迅重返北京，感慨万端:“旧朋友是变化多端，几乎不剩一个了。”而“昔之称为战士者，今已蓄意险仄，或则气息奄奄，甚至举止言语，皆非常庸鄙可笑，与为伍则难堪，与战斗则不得，归根结蒂，令人如陷泥坑中”。不到10年，一个旨在推动社会革命的启蒙运动，结果为社会革命所淹没。由于缺乏足够的后援力量，特别是知识者的精神气质和人格力量，运动不但在短期内无法为继，即在20世纪，长达数十年间也未曾兴起类似的波澜。伯林说的“积极自由”和“消极自由”，都为启蒙的先驱者们分别争取过，捍卫过，结果所得到的唯有鲁迅所称的“伪自由”。格里德对欧洲和中国的启蒙人物作过这样的比较，他说：“18世纪的欧洲和20世纪前半叶的中国是大不相同的。启蒙哲学家所进入的是一个与他们的目标十分相宜的环境，而他们的中国模仿者却没有这么好的命运。盖伊告诉我们，启蒙哲学家‘向之讲道的欧洲，是一个已做好了一半准备来听他们讲道的欧洲……他们所进行的战争是一场在他们参战之前已取得了一半胜利的战争。’就二三十年代自由主义的中国知识分子来说，这个精妙的判断却是不适用的。……当他们在五四时代精神的鼓舞下勇猛向前的时候，他们所寻求的胜利很近了，然而，当他们退却的时候，胜利却又随之远去。一个世代以后，死亡，革命，把他们的队伍缩小了。”卢梭等人的思想引发了法国大革命，倒过来，法国大革命扩大了这些启蒙思想家的影响。五四不同，它的追求一直没有结果，而革命的发生，尤其是统一的“党国”的建立，则基本上消灭了植根于知识分子之中的自由、民主、人权的五四意识形态。鲁迅总结道：“北京学界，此前固有其光荣，即五四运动的策动。现在虽还有历史上的光辉，但当时的战士，却‘功成，名遂，身退’者有之，‘身隐’者有之，‘身升’者更有之，好好的一场恶斗，几乎令人有‘若要官，杀人放火受招安’之感。”

经历过种种风波，可以理解一位启蒙老战士的内心的怆痛。

价值领域中的诸神斗争

在20世纪20年代，列宁主义和苏共制度对中国国共两党均起着支配的作用。1927年，蒋介石背弃“国共合作”，以大规模的屠杀清除异己，糅合苏联的党治经验和传统的帝王霸术，推行“一党专政”，“以党治国”。党的领袖统领军队，支配全党乃至全国；党和政府密不可分，从中央到各级党部，凌驾于政府之上，通过政权把它的组织和影响力渗透到社会各个领域。过去曾经发动和组织群众团体支持国民革命，而现在对于游行示威、学生运动和群众集会等等，则必须有效地加以控制和禁止了。蒋介石公开宣称:“以后各社会团体一定要养成党化、军队化的习惯。”“谋中国人思想统一。”他提出“一个主义”“一个政党”的口号，扬言“再不许有第二个思想，来扰乱中国”。还强调说，必要时“就得于人民集会、结社、言论、出版等自由，在法律范围内加以限制”。南京政权首创中国新闻审查制度，30年代对书刊审查愈加严厉；此外，通过行政手段，使党的意识形态社会化，以抵御其他思想及意识形态对权力中心的威胁。

作为政治家，“国父”孙中山对五四新文化运动的现代意义便缺乏认识，只是就如何利用知识分子和群众力量方面作权宜的考虑。五四事件后，他曾写信给北大校长蒋梦麟，要他“率领二千子弟，助我革命”，也即要求他们脱离独立的文化批判立场，转化为党性立场。新文化运动中的全面反传统的态度，是他所不能接受的。他跟共产国际代表马林说，他的革命思想的基础，是由孔子集大成的中国“道统”。他认为，中国人的自由已经很充分了，构成了对国家和民族的祸害。欧洲是因为没有自由而革命，中国则相反，是自由太多，所以要革命。他认为中国所有的是坚固的家族和宗教团体，而没有民族团体，缺乏国家观念，所以强调国家的自由，整体的自由，而主张限制和牺牲个人的自由，甚至说:“中国人用不着自由！”他对卢梭的天赋人权论，以及法国大革命持基本否定态度，认为法国大革命是为个人争取自由的，与他的旨在争取民族自由的自由思想并不一致。以这样一种政治哲学作为基础的“三民主义”，与五四精神是相去很远的。自由首先是个人的自由，如果民主不是有意识地与个人自由联系到一起，势必沦为独裁统治的牺牲品。蒋介石借助孙中山的名义上台，在孙中山故世之后，仍然打着三民主义的理论旗帜，实际上坚持的是其中的权威主义－国家主义的内容，以此强化对党和领袖个人的向心力。他无限期延长国民党政纲所规定的“训政”阶段而延缓“宪政”建设、民主改革，目的仍在于将中国置于极权主义的铁掌之下。

如果把五四运动看作是一个“自维生”组织，作为一个开放系统，它已经不可能从外部环境连续输入自由能和输出熵了。这时候，党化的环境切断了交换的渠道，非平衡态无法维持，代谢反应消失，自我更新中止。从国民革命到“党国”的建成，就是新文化运动从开放到闭合的过程。正如雅斯贝斯在《历史的起源和目标》中指出的:“在自由条件下必须有几个党，至少有两个。从概念上及语义上，党派只意味着一个部分。在自由条件下，一个党无疑要求一党执政。但一党要求独裁主义，是与自由相抵触的。它的胜利就意味着自由的结束。”

严格说起来，国民党政权只是形式上统一中国，各地军阀仍然纷争不已，在政治上不能说是稳定的。五四新文化运动造成的自由精神的氛围，在短时期内未及消失。思想文化界的各种论争，依照知识者的特质和惯性，在专制政权的有限度的容忍之下继续进行。

可是，比起五四时期，后来的论争好像已不复具有那种主题的纯粹性和个人的独立性，而是带上浓郁的政治色彩，与当时的政治斗争产生相当密切的联系。论战的双方因为存在党派的背景，而分别代表了各自的政治利益。有一个很清楚的倾向是:代表五四的科学民主思想的力量，在论争中受到压制和削弱，也就是说，反对新文化新思想的势力逐渐增强。

1923年2月，张君劢在清华大学作关于人生哲学的讲话，引起丁文江等一批知识者和科学家的激烈批评，由此展开了长达一年多的“科学与人生观”论战。论战结束后，出版了《科学与人生观》论文集，胡适为之作序，此事被称作中国与西方文化接触30年以来的第一次学术大论战。张君劢接受梁启超和梁漱溟的影响，认为孔孟以迄宋明的理学侧重内心修养，成就了中国的精神文明，他给予其高度评价。同时又认为，科学解决人生观是无能为力的，它没有精神价值，只能导致人生的机械化。不能说张君劢的命题没有一定的启发性，如注重生命本体，注重精神，以及科学的有限性等；但是，由于他使用梁启超的“中国精神文明，西方物质文明”的二分法，而又坚持精神优于物质，因此其实质是否定科学化－现代化的必要性。在论战中，有的科学家支持“科学的人生观”，而不同意“人生观的科学”的提法，这与胡适等人对科学的态度是不同的。文化运动的领袖对科学持一种人文主义的理解，一种哲学的理解；但是，由于“科学”的概念涵盖面大，这种力倡科学的态度往往被概括为“科学主义”或“唯科学主义”。其实，这种态度的着眼点并不在科学本身，而是利用科学，对全社会进行包括民众文化心理、思维方式的改造。

这场论争表面上看起来，好像科学派大获全胜，实际上并非如此。正如美国学者费侠莉所观察到的，首先从中国的知识舞台上隐退的是科学派，他们的进化自然论在20世纪20年代末败给了马克思主义。人生观派是暂时的退守，等到30年代后期兴起了“中国文化本位”与“全盘西化”之争时，他们就又从传统文化的掩体中跑出来了。

20世纪20年代末到30年代初，发生了一次更大规模的学术性论战，就是关于中国社会性质的论战。论战最早由陶希圣发表的《中国社会之史的分析》引起，但是紧接着，就在国共之间，中共与“托派”，左派与右派，以及不属任何派别的人物之间广泛展开。论战的焦点是:中国社会究竟是资本主义社会还是封建主义社会？哪一个占优势？其性质及发展情势如何？中国历史阶段如何划分？关于中国国情，可以提供哪些具体的历史实证材料？等等。由于论争趋于政治化，结果徒有其表，学术成就不大。即使论争的各方在名目上自称从中国的现状和历史出发，实际上没有回到现实和历史那里去。论战从总体上体现为教条式、学院式，有的简直讨论伪问题。如果要说实绩，当是马克思主义对众多学科的全面进入；但是这种进入，排除了发掘其他思想资源的必要性和可能性，从而在价值观和方法论方面导向单一化。

20世纪30年代以后，蒋介石的个人势力不断增长。1932年秋，蒋介石在庐山军事领导人会议上号召恢复革命时代的战斗热情，得到众多追随者的热烈响应。他们提出中国有必要像德国等国家那样，建立一个强有力的独裁政府，加强政治控制。同年，希特勒在取缔和解散其他政党之后，随即颁布《禁止组织新政党法》，在德国确立一党制；同年还颁布了《党和国家统一法》，进一步确立纳粹党的绝对地位。纳粹提出“一个国家，一个民族，一个领袖”的口号，使德国很快演变成一个“领袖国家”。在国民党中国，除了两广的一个集团尚未与中央保持一致之外，其他各大政治派系对纳粹主义的反应良好。

其实，有关独裁问题，在知识界也以非常明确的方式提了出来。中国的知识分子同样有一种极化现象，或者趋于集权，或者趋于民主。对他们来说，国家民族至上的观念是根深蒂固的，20世纪初年，便曾经一度流行“开明专制”的观点；五四的冲击，也未能使之稍减，哪怕是长期留学欧美的学生。如读过哈佛大学的政治学专家钱端升，即大肆鼓吹仿效欧洲的极权主义，1934年公开表态拥护极权政府，一种“有能力、有理想的独裁”，说:纳粹主义的胜利，法西斯主义在意大利和共产主义在苏联的胜利，都给民主以致命的打击，民主的弱点已暴露无遗。他的观点，得到哥伦比亚哲学博士陈之迈的赞同。陈之迈承认，在“当前形势”下，一个集权政府更加合适，更富有效能。丁文江则倡导一种“新式的独裁”；所谓新式，无非增加一点专家型人才的条件。他承认：“目前的中国这种独裁还是不可能的。但是我们大家应该努力使它于最短期内变为可能。放弃民主政治的主张就是这种努力的第一个步骤。”以打倒民主作为政治代价，完全是对五四的颠覆。清华大学历史学家蒋廷黻提供的是一种独特的、以现代欧洲早期国家为模型的中央集权独裁政体，途径是“办实事”。他明确表示：“谁办了实事，我们就支持、崇拜谁。”甚至公开表示不满意现实政治中的数十人的专制，主张拿一个“大专制”来取消“小专制”。地质学博士翁文灏呼吁科学家与政府携手，为政府能履行其责任提供帮助。早在1926年，傅斯年便说，希望中国出现一位有能力的“独裁者”，“他将把秩序与文明强加给我们”。迟至1936年，罗家伦选定希特勒著《我之奋斗》为商务印书馆的“星期标准书”，并作序云：“希特拉之崛起于德国，在近代史上为一大奇迹。”他们两人同为《新潮》人物，五四学生运动的悍将；当时著名的《北京全体学界通告》，即出自罗家伦之手。

曾几何时，风云色变。所有被后来的学者称作“自由知识分子”的，几乎都跑到拥护独裁的合唱团里去了。剩下胡适在唱独角戏，后来多出一个配角，就是新月的老伙伴罗隆基。胡适认为，首先得有一个“共同的政治信仰”，就是以“政治”而非“暴力”的手段解决国内问题。“满清的颠覆，当然不是武力之功，当然是一种思想潮流的力量。袁世凯帝制的推翻，也不是武力之功，也是一种新‘意态’的力量。”他说：“这一类的新意态不是武力能够永久压服的。在今日这些新意态已成不可无视的力量的时代，独裁绝不是统一政权的方法。”所谓“新意态”，其实就是“五四”的推动力，胡适得以重温文化运动的旧梦了。罗隆基发表的文章题为《我们要什么样的政治制度？》，声明站在“国家论”的立场上，从根本上反对独裁制度：“独裁制度是和平、安宁、秩序、公道的破坏者……无论在开明或黑暗的独裁制度下，它最大仇人是思想自由。独裁制第一步工作，即在用一个模型，重新铸造国人的头脑，这就是思想统一运动。”独裁制的结果，是使“国民成为绝无思想的机械”，所以，他主张从“党高于国”“党权高于国权”那里收回“国民的政权”。总之，“我们是绝对的反对独裁制度。我们反对永久的独裁制度，我们亦反对暂时的独裁制度。我们反对任何党所主张的独裁制度。我们反对任何人所解释的独裁制度”。

“党天下”，正是罗隆基在本文首创的一个语词。后来，储安平以此而名惊海内，只是借用而已。关于政党，著名社会学家韦伯在其名著《经济与社会》中做过深入的分析，否认用以表明竞争性的自发政治活动的“政党”与用来形容铁板一块的统一的“政党”有任何相同之处。李普塞特在《一致与冲突》中这样描述这种党政合一的极权主义政体：“铁板一块的政体不鼓励公民对体制和在职官员作出区分。公民们易于把政体与个别领导人的政策相提并论，一些掌权者自然而然地利用对国家的忠诚来为自己获取支持。在这种社会里，任何对政治领导人或对主要政党的抨击都很容易被当成攻击政治制度本身的炸弹。有关具体政策或具体义务的争论，很快便会提出制度存亡的根本性问题。”一党专政，也即党政合一的政体形式，把君主制和共和制在时间上的接续，放在同一空间中叠合，以“现代性”掩蔽其传统的反动性质。美国学者柯伟林在回顾中国30年代这场论争时，以极简明的线条勾画了总体的轮廓：这些知识分子言论反映了一种思想氛围，在这种氛围里提出的中心问题，已非“是否实行独裁”，而是“实行什么样的独裁”了。

有意思的是，独裁派和民主派双方，原来信奉的都是“好政府主义”。论争是温和的，是在保证现存的政治框架的前提下进行的；胡适持解释的态度，而丁文江们也不见得奉旨行事，毕竟是“贾府”内部的问题。在知识分子群体中，没有抗议的声音。大约也正是为此，柯伟林说胡适的反驳是无力的，“极其脆弱”的。虽然法西斯主义运动并未因此发展起来，没有建立起一个相应的意识形态体系，但是一党专政的独裁性质依然存在；而蒋介石个人，也始终不曾放弃他的“领导原则”，直至接受总裁的头衔。

至于知识界，拥护独裁的嚣声刚刚沉落，至20世纪40年代初，又在一个叫作《战国策》的杂志那里散播出来。有教授者流，即所谓“战国策派”，大谈“学理”，断言历史已经回复到古代战国时期。“列国阶段”存在着两大潮流：个性焕发的潮流与国命整合的潮流，而以后者为主导，最后进入大一统的帝国阶段。由于时代的主流是增强国力，强化全能国家，因此民主政治是理应废弃的。他们批评五四运动，就因为其中的个性解放潮流，使中国丧失了凝聚力；所以必须拨乱反正，使自由个体皈依国家。比起30年代的独裁派，这种论调实在毫无新意，只是多出一点哲学文化的油彩而已。

如此旷日持久的论争，不禁令人想起伯恩斯《领袖论》里的一段话："权力与自由是对立的，事实上，权力天生就要捕食自由。权力与自由二者均为合法，不过，正如伯纳德·贝德所说，它们的活动范围先天性地相牴牾，'一个是粗暴，不停地活动，毫无顾忌；一个是谨慎，被动，而且敏感。'麦迪逊指出，欧洲自由宪章已被权力所认可，而美国的权力宪章却被自由认可。"而中国，连像样的"宪章"这东西也没有。

从五四到三四十年代，无论是科学与玄学之争或是独裁与民主之争，始终没有脱离五四的基本命题。这些争论，固然有各种形式之争，包括程序和手段的差异，但主要是价值观念的冲突，用韦伯的概念，就是"价值领域中的诸神斗争"。在诸多价值观念中，传统与现代、东方与西方的冲突是最基本的。20世纪30年代中期发生的"本位文化"论与"全盘西化"论之争，以文化的容含性，可以看作是前期诸多论争的一个汇合。比起启蒙的先驱，"全盘西化"论者带有明显的学术性倾向；他们以深远的目光，明澈的头脑，挑战的勇气和充分的信心出现在倾斜的舞台上。但是，他们人数太少，由于缺乏物质性力量的结合，而使固有的理论优势大大削弱，终于陷落在传统势力的重重包围之中。就像彗星一闪而过，除了天文图谱上记下悲剧般的短暂的光辉，我们再也找不到它遗下的痕迹。

1935年1月，陶希圣等10位大学教授发表《中国本位的文化建设宣言》，又称"一十宣言"。宣言声称中华民族在外来文化的冲击下已经失去存在的依据，因此，"要使中国能在文化的领域中抬头，要使中国的政治、社会和思想都具有中国的特征，必须从事于中国本位的文化建设”。鉴于这种文化本位思想，必然对“以解放思想束缚为中心”的五四文化运动实行颠覆。对于欧美文化，宣言承认吸收“是必要而且应该的”，但是反对“全盘承受的态度”；吸收的标准，则明确表示“决定于现代中国的需要”。宣言说:“中国是既要有自我认识，也要有世界的眼光，既要有不闭关自守的度量，也要有不盲目模仿的决心。这认识才算得深切的认识。”客观，全面，无懈可击。实际上，由于强调“中国本位”，西方文化思想的引进就是先定的，预设的，有限制的。什么“现代中国”，其实就是中国政府；其对西方文化的选择，只能以国家——实质上是上层既得利益者——为主体，而不可能立足于国民个体。一种具有自由品格的文化，对于失去自由个体的民族而言是没有任何价值的。所以，强调特殊国情，固守本位文化，是抵御和延缓专制政体走向解体的根本措施。宣言的发起人以学术文化掌门人的身份出现，其实都有着政党的背景，是“党治文化”的拥护者。陈立夫出出进进，几次介入由宣言引发的文化建设问题的大讨论，并非出于纯学术的兴趣，是显而易见的。

由于五四反传统的整体性与彻底性，使得传统文化的保守主义者在坚持其固有立场的时候，不得不退让半步，接纳西学作为工具，借以披饰传统思想，于是，从此有了所谓“新传统主义者”之称。单看这名目，就知道五四是建立了功绩的，容不得抹杀。然而，他们正是借了五四创造的条件，化中为西，反过来攻击西方文化，包括五四本身。早在《新青年》点燃启蒙之火时，杜亚泉及其《东方杂志》派与之对峙，就开始批判西方文明，以及新文化运动的西化倾向。梁启超以巴黎和会观察员身份旅欧，归国以后，发表《欧游心影录》，大力宣传西方科学文明的破灭和东方精神文明的优越，高叫打破“现代化万能之梦”，一度引起轰动。梁漱溟出版《东西文化及其哲学》的著作，以儒家的人生理念批判西方近代科学理性，力倡“回归”儒家文化，“根本改造”西洋文化，预言“世界未来文化就是中国文化的复兴”。然而，他们的徒众愈来愈少，后来也就不复为人们感兴趣了。大约在他们仿效先辈，“拉车屁股向后”的时候，大家发见了那打在臀部的鲜明的封建纹章的罢？代之而起的，被叫作“新儒家”。据说这一概念，是在张君劢出版其英文著作《新儒家》之后才变得通用起来的，但是范围并不严格。在这里，主要是指活跃在三四十年代的一群学者，代表人物有熊十力、张君劢、冯友兰、贺麟、钱穆等。面对中国的变局，这批人物怀有一种深重的危机感，于是决心投入民族文化的重建工作。他们把哲学视作文化的内核，着意择取最富于民族文化特点和伦理精神象征的宋明道学作为材料，利用西方哲学的学术语言，建构新的价值体系，以求从根本上影响和改造民族生活，“上追先哲之精神，翼吾族类，庶几免于危亡”。不论他们的哲学路向有着怎样的不同，也不论他们是否参与了文化建设问题的大论战，反对“全盘西化”和维护传统文化的基本立场是一致的，都是“儒”。熊十力把当时中国的历史境遇比作五代时期，因受佛教的冲击而陷于分裂，因此，他提出必须学习宋儒，使民族精神团聚在孔孟的道统中。冯友兰论证“中体西用”时说，中国宁可在现代化的道路上走得慢一些，也要维护传统的立国精神。针对“全盘西化”，贺麟提出“全盘化西”的主张，所谓“以儒家思想为体，以西洋文化为用”，极力阐扬以臣民对国家的绝对义务为核心的新三纲五常。可见，现代中国的传统思想势力是十分雄厚的；在清静虚玄的形而上境地里，竟然充塞着如此陈腐呛人的气息！

早在五四时期，通过启蒙，通过东西方文化论争，相关的观点已经表达无遗，学习西方成了一种共识。鲁迅说:“中国的精神文明，早被枪炮打败了，经过了许多经验，已经要证明所有的还是一无所有。……人必须从此有记性，观四向而听八方，将先前一切自欺欺人的希望之谈全都扫除，将无论是谁的自欺欺人的伪面全都撕掉，将无论是谁的自欺欺人的手段全都排斥，总而言之，就是将华夏传统的所有小巧的玩意儿全都放掉，倒去屈尊学学枪击我们的洋鬼子，这才可望有新的希望的萌芽。”然而中国人健忘，事情又正如鲁迅所说，中国的改革往往反复，多年的沉滓只要被搅拌一下就又泛起来了。在“一十宣言”发表之际，当年扫荡旧物大呼猛进的人物如陈独秀，已在国民党狱中；鲁迅自是坚持原来的激进立场，却是独立卓行，不为别的人为的运动所羁；唯余胡适一人正面应战。关于东西方文化，胡适曾经说过，在早期与梁漱溟等人的论争中，便已发现了一种“全新的态度”。这种态度就是:“一方面公开地承认我们自身的弱点，东方文化中所有的糟粕；而另一方面又以一种坦诚的态度来真正理解西方文明的不仅是物质繁荣而且是精神的实质。”在政治上，胡适是一个保守主义者，在文化观方面却显得相当激进。他否定东方有所谓“精神文明”，亵渎东方式的“深沉智慧”，认为是对人类正当的精神需求的压抑、阻挠和禁锢。在文化问题上，他反对诸如“选择性现代化”的折衷态度，主张“全盘西化”。他说，“我们必须承认我们自己百事不如人”，“肯认错了，方才肯死心塌地的去学人家”。他公开著文批驳“本位文化”论，指出中国的问题不在于“中国本位”的摇坠，而在旧文化的惰性太大。所以，中国应当虚心接受世界文化，与之自由交流，以促进传统文化的变革。但是，他到底给论敌留下了缺口，在《充分世界化与全盘西化》一文中，他提出以笨拙的“充分世界化”代替原先的“全盘西化”的说法，原因是后者惹出“许多吹毛求疵

沈钧儒（中）、罗隆基（右）、章伯钧（右）1946年8月25日在民盟举行的上海记者招待会上。

的争论”。他承认，“全盘西化”从量的角度看不易实现，并且文明就其本性而言是保守的。

在胡适的后面，是一个年轻的顽强的狙击手:陈序经。这位来自南蛮之地的战士，挑起“全盘西化”的旗帜，荷戟叫阵，不挂盔甲，同来自多个方面的论敌交锋。他不但批判了辜鸿铭和梁漱溟等的复古主张、折衷主义的几大派别，而且，对陈独秀和胡适的全盘西化的不彻底性也提出了批评，说胡适的文化主张实际上是调和折衷派的一个支流。他认为，文化的差异，其真正的意义是时间的差异。西洋文化，是新的文化，现代世界的文化。世界任何一国都是朝向这种文化，采纳这种文化，没有哪一个进步的国家是例外的。可是，中国的文化，无论是在时间上或是空间上，所谓发展不外是死板的延长和放大，决无改变的可能性，更不用说进步了。他援引黑格尔的话说:“过去的中国，就是现在的中国，而现在的中国，也就是过去的中国。”从东西文化接触以后的事实、发展的趋势和目前的需要来看，中国是不能不整个地全盘西化的。要彻底的全盘西化，除非彻底打破中国的传统思想的垄断，解放个性，发展个性，提倡作为西方近代文化的主力的个人主义。但是，我们没有痛定思痛去变换态度。对于西洋文化，外来东西，我们从来是蔑视排挤以致趋于畏惧的。回顾西化的全部历史，错误就在于迟疑不决的态度上面。至此，他进一步引用俾斯麦的判断:中国和日本竞争，日本必胜，中国必败，因为日本到欧洲来的人，讨论各种学术，讲求政治原理，谋回国做根本的改造；中国人到欧洲只问某厂的船炮造得如何，价值如何，买回去就算完事。他以印第安人和美国黑人的命运做比较，说:“一个中国人不愿去接受现代趋势的西洋文化，而要保留过去的文化，从一个旁观者来看起来，他必定说道:其异于奴隶者几希？”

然而，“全盘西化”要实施起来实在太难，而作为一种理论，在已有几千年文化传统的国度里传播，也如跟奴隶讲说期货交易或者环球旅行一样，几乎是不可能的。美国学者施瓦支指出，“破坏”和“危险”，这是西欧和中国的启蒙先驱受到的共同责难；但是，中国的启蒙者还多出一个罪名，就是“非中国化”。在讲究忠孝的人们看来，这是大逆不道的。对于文化，从来存在两种不同的认识态度:一种是受进化史观的影响，侧重于历时性的文化变迁，因此承认文化有先后优劣之分；另一种是相对主义的、共时性的，重在不同文化类型的区别。站在变革的立场上，大抵取前一种态度。“全盘西化”，就是承认西方文化从观念到制度的先进性。艾森斯塔德在其著作中这样描述现代化的轨迹:“现代化是社会、经济、政治体制向现代类型变迁的过程。它从17世纪至19世纪形成于西欧和北美，而后扩及其他欧洲国家，并在19世纪和20世纪传入南美、亚洲和非洲大陆。”西方是现代化的起点，原点；所谓“西化”，就是现代化。这是一个事实。波普说:“我相信，尽管有我们可以十分正当地挑剔的一切缺点，西方文明却是整个人类历史中我们所曾知道的所有文明中最自由、最公正、最人道主义的最好的文明。它所以最好，是因为它具有最大的改进能力。”这也是事实。“全盘西化”所以不同于“文化殖民”，是因为后者的主体是“文化帝国主义”，它是带侵略性的、支配的、控制的；对于殖民国家来说，相反则是被动的，被支配和被控制的。在五四人物那里，西方的东西都是“拿来”的，而不是被迫接受别人硬塞进来的东西，如清廷的统治者对待英国的鸦片和炮弹一样。在这里，侵略与非侵略带有划界的意义，决定了政治-文化革新运动的性质。其实，“西化”之西，也只能是部分之西。譬如政制，是英式的立宪，还是美式的共和？譬如主义，是自由主义，抑或社会主义？即以社会主义论，是欧文们的空想社会主义？费边社会主义？还是希特勒的国家社会主义？因此，在“西化”过程中，也就势必要在众多的，其中包括互相牴牾的思想学说和文化制度中进行分析、研究和选择。这个选择的过程，也就是“化西”的过程。由于不同民族的诸多因素的作用，在文化移植的过程中，必然产生变异。所谓“南橘北枳”，这在生物界是一个公理，文化变迁亦然。批判即选择，它是隐含在变异之内的。这样，说到底还是“中体西用”。问题是保守主义者打出“中体西用”的口号而又要反对“全盘西化”，实质上是拒绝充分“用西”，以保持原来的一成不变的“中体”。恰恰相反，“全盘西化”论者的目的，则是要改变这“中体”。在这里，弄清楚理想、手段和事实的关系是重要的。因为正是要变革文化主体，“全盘西化”才作为对抗传统文化霸权的口号被提了出来。由于“西化”是一个选择过程，因此“全盘”根本不可能实现；但所以仍然要坚持“全盘西化”者，要而言之，乃是一种态度而已。

自然与人类社会本身带有互相制衡的性质，也即折中的性质。但是，当事物之间出现冲突时，这种不平衡现象，往往不能以“中庸”之道克服之。相反，不是加强弱势以对抗强势，便是削减强势以缓冲弱势，才能维持固有的均衡。但是，强势者是少有自弱的，迫不得已时，则采取“维持范式”策略，于是激进主义的实行也就变得势不可免。“全盘西化”，作为事实的无效性和作为口号的必要性就在这里。

恩格斯说:“无论什么地方，从印度起到俄国止，凡是古代村社习俗还保存的地方，这种习俗便做了数千年来最横暴的东方专制政体的基础。”但是，当中国帝王仍然封闭自己，把改革局限在天文历算和器物制造上面时，俄国彼得大帝已在强制推行全面的向西欧学习的政策。俄国在18世纪有一个积极鼓吹西欧民主共和制度的启蒙知识分子群，而且，这种启蒙工作一直未曾中断。恰达耶夫——别尔嘉耶夫说俄国知识分子传统从他这里开始——猛烈抨击一种无所不在的“爱国主义”，他指出，正是那种“爱国主义将国家引到了毁灭的边缘”。他所以高度评价彼得大帝，也就因为他首先教导俄国人不要偏袒自己，不要死憋在自己的历史中。他赞扬道:“正是他，使我们摆脱了所有这些历史的残余，这些残余充斥着历史社会的生活，阻碍了社会的运动；他用人们中间存在着的那些伟大、壮丽的思想开启了我们的智慧；他把我们完全转交给了西方，一如时代将他转交给了西方一样，并将西方所有的历史交给我们作为历史，将西方所有的未来交给我们作了未来。……彼得大帝在自己家中找到的，仅仅是一张白纸，他用他那只有力的手在那张白纸上写下了两个词:欧洲和西方；从那时起，我们便属于欧洲和西方了。”俄国的马克思主义者都是坚定的西欧派人物。普列汉诺夫说:马克思主义者以“西欧主义”的责难为自豪，“因为所有那些在我国智力发展史上曾经留下最良好影响的遗迹的优秀的俄罗斯人，都是坚决的和无条件的西欧主义者。”列宁肯定欧洲派那种对中世纪的一切东西所采取的“绝对敌视态度”；对于启蒙者，他提出其主要特点之一是“热烈地主张教育、自治和整个俄国全盘欧化”，而马克思的俄国学生“不仅能够而且应当全部地接受启蒙者的遗产”。

但是，在当时中国的“党国”中，并不具备像俄国那样的向西方开放的气魄阔大的政治人物，也不具备像俄国那样“被派向全人类”的富于使命感的知识分子，他们是被伟大的同一种俄罗斯民族精神所孕育所充实的。30年代中国的东西文化论争，在主张有选择地迎受西方文化，实现传统文化的转化，批判“全盘西化”的喧嚣声中收场。论争“一边倒”的情况表明，五四的余波渐渐歇止；一个全面反传统的现代性行动，在知识分子队伍中间，尤其在精神的内部联系中间，正在走向死亡。

20世纪20年代中后期，随着文化运动的退潮，中国进入政党和政治强人的霸权时代。在党国之上，蒋介石一手加强政治控制，一手致力于思想统制工作。他把“三民主义”确立为全国的“中心思想”，宣称“思想统一，比什么都要紧”。在党内，他强调党的纪律，说:“党要我们生，我们就可以生；党要我们死，我们就要去死。”“党员所有的一切都要交给党，交给领袖。”“党员要有服从性，不能有一点自由。”在党外，宣扬爱国主义，领袖崇拜。1934年，他亲自发动“新生活运动”，将国民党的政党文化社会化。他规定运动的目标是“改革社会，保国保种”，必须“使全国公民的生活彻底军事化”；对于“公民”，则强调以德国和意大利为“卓越榜样”，结合儒教传统的“礼义廉耻”教育，使之按照义务行事，遵守社会秩序和集体法规，履行其对国家的职责。在1938年3月召开的临时全国代表大会上，蒋介石仿效纳粹的做法，公开提出“一个主义，一个政府，一个领袖”的口号。1940年初发表《中国之命运》，说“今日的中国，没有了中国国民党，那就是没有了中国”，标志着国民党一党独裁，已经进入它的巅峰状态。

在蒋介石的党化宣传中，爱国主义是一个中心内容。再没有什么语汇比“国家”和“人民”更能够让大家获得那种利益分享的愉快了。蒋介石的“爱国主义”是什么呢？那是国家主义、法西斯主义与儒家大一统思想，以及一整套封建伦理观念的结合。韦伯说:“国家本身不具有内在的价值，它只是实现其他的价值的一个纯粹的技术性工具，国家唯有从这些其他价值中取得它自身的价值，而且只有当国家不追求超越它的这个仅仅是辅助性的地位时，它才能保留它的这种价值。”在和平时期，“爱国主义”的提倡，只能有利于权力者或最高权力者，因为国家权力在其中代表了“最终的”价值。但是它不可能给人民带来任何好处，反而因为概念自身的含混性，容易唤起他们关于幸福的幻觉，在国家的祥光之下，模糊、忽略，以致放弃个人权利的追问，和争取这权利以及与此相关的所有合法权益的斗争。

中国共产党正是在被剥夺了存在的合法权利的情况下，从艰难曲折中走过来的。20世纪40年代的延安时期，是一个相对稳定、发展和壮大的时期。在这个西北偏僻的小镇里，刚刚上升至党内领袖地位的毛泽东，成功地领导并完成了两大运动:大生产运动和整风运动。通过整风——“抢救运动”是其中的一段插曲——这样一种带有首创意义的群众性运动，结合严密的组织措施，把全党全军和个体知识分子统一到以毛泽东的名字命名的主流意识形态，即中国化了的马克思主义之中。当时，全国正处在抗战阶段。毛泽东的讲话和文章，在阶级论的内容中，增加了比以往更为浓厚的民族色彩。当蒋介石发表《中国之命运》，大肆宣扬其爱国主义——独裁主义时，毛泽东阐述的是民主主义，一种独具特色的政治哲学。他有一个总结性的著作，就叫《新民主主义论》。在论著中，他把民主主义分为新旧两部分："旧民主主义"属于资产阶级，资本主义性质，"新民主主义"却是无产阶级，社会主义性质，可谓泾渭分明。这种观点，给历史的阐释带来很大的方便，而且有利于现实政治的操作。但是，文化发展的阶段性，并不可能像描述的那么明显。这种带有机械论味道的划分，在时间的纵轴上，容易造成对辛亥－五四一段思想文化成果的排拒；而这个时段，正是被称作"新文化运动"的伟大的启蒙时期。同时，这种划分，也容易从横向拒绝西方的民主理论和经验。这两种可能性，完全为后来的事实所证明。

储安平（1909—？），宜兴人。留学英国，从学于拉斯基，回国后长期从事新闻和教学工作。20世纪40年代中后期，先后创办《客观》《观察》两种刊物，鼓吹"第三条道路"，后加入九三学社和民盟。1957年划为"右派"，不知所终。

……

在国统区随着"党治"的加强和战事的紧张，知识分子的自由空间越来越小。除了当局的压力以外，这同知识分子自身的状态的改变也大有关系。从多次论争可以看出，许多动议和观点，是明白维护"党国"，向政治权威邀宠的。而且，在实际行动上，也都有大批煊赫的学者进入"好政府"，以自己的知识资本和全部才智，为统治者效劳。为了迎合知识分子中普遍的"权力饥渴症"，从20世纪30年代初开始，蒋介石政府便在政党保持不变的政治框架之内，实行专家治国。1932年，由地质学家翁文灏等主持的国防设计委员会在蒋介石的支持下成立。汇聚了一批来自不同领域的专

《观察》封面

家学者，参与政治、经济、社会调查和改革方案的研究工作。其中计有胡适、丁文江、杨振声、王世杰、吴鼎昌、陶孟和、吴蕴初、刘鸿生等，堪称一代名流。1933年，征集马寅初等一批著名学者参与《五五宪章》及其他有关法规的制订工作。1935年12月，国民政府行政院改组，蒋介石任院长，下属九个部中有三个由专家主持。30年代，蒋介石还委任了一批专家教授和社会名流担任立法委员，任命蒋廷黻为外交部次长，朱家骅为教育部长，还任命和聘用了一批著名学者担任国家高级官员、大学校长，和研究机构的负责人。此中有几个重要人物，正是独裁主义的拥护者。1938年，国民参政会建立，从此又多出了一批知识者，充当中央政府高级幕僚的角色。1941年民盟成立，其他党派随之纷纷兴起，短短几年内形成一股组党热潮。这就是中国现代被称为自由主义知识分子的一群，他们努力通过参政议政，试图改变长期以来的无权状态。20年间，尤其是抗战胜利以后的几年，知识分子相率改变工作的书面性质，而热衷于具体的政治实践。知识分子与政治家合流，是20世纪40年代的一个突出的现象；在整个20世纪的中国，也是一道罕有的风景。

雅斯贝斯一再论及自由，说："也许人类最深刻的对立，是由人们意识自由的方式决定的。对一部分人是通往自由之路，对另部分人则正好相反。在自由的名义下，人们几乎要求一切，但是也很有可能踏上奴役之路。"1944年5月，著名的西南联大开过一个五四历史座谈会。在会上，张奚若说："辛亥革命是形式上的革命，五四则是思想革命。"闻一多则总结道："张先生说现在精神解放已走入歧途，我认为还是太客气的说法，实在是整个都走回去了！是开倒车了！……”他不往回走，他逆风前行，结果死在政府爪牙的子弹和身后学者的讥嘲中。

难得的是抗议的声音。但是，在20世纪40年代后期，那类具有批判立场而又富于道德力量的独立的知识分子实在太少了！在知识界，很少有人不为党派所罗织；笼盖于五四时代的人文精神荡然无存，后启蒙时代的氛围已然为政治斗争所代替，虽不见文化思想的交锋，却一样的闪动着刀光剑影。储安平是活跃于其中的一位出色的人物。作为一个时评家，他表达的不是深层的文化思想，而是最坦率最直接的政治见解；从《客观》到《观察》，以办刊代替组党，意在“干政”。虽然他显示了在两党斗争中的独立不倚的决心，但是从个人文字和编辑倾向来看，毕竟是偏袒政府的。他不同程度上接受过胡适和拉斯基的影响，一直向往秩序和法治，希求“在岗位有所建树”，“对国家有所贡献”。可以说，骨子里头是一个“好政府主义”者。一方面，他对政府许多做法的抨击，确乎十分猛烈，诸如反对摧毁舆论、践踏人权，反对豪门特权、贪污腐败，反对用政治控制的办法控制教育，出动军警，用残暴的手段对付学生等等；另一方面，仍然强调说“政治力量不能没有重心，现在中国政治力量的重心无可否认仍在国民党。所以我们能尽力来帮助国民党，努力建国大业，也就是我们尽了为国家服务的责任”。他呼吁“结束党治，开放政权”，也都是为国民党的前途设想的。用鲁迅的话来说，到底是“乱”，不是“叛”。他认为如果国民党已经无法抵抗共产党，或本身确实无法维系社会与人心，这时，只有由散布在各大学及文化界的“自由分子”出来领导。他关心知识分子的权力问题。对于权力，他所关心的也不是文化上的领导权，像五四人物一样，而是政治上的领导权。

“自由主义者往何处去？”1947至1948年间，《观察》杂志围绕这个问题展开过一场松散的争论。这个问题，牵涉到对国共两党斗争的前途的看法。所谓“天下不归杨，则归墨”，知识者是必须从中做出选择的。

在时间的峡谷里，没有任何从容思考的余地。无论信仰也好，抗拒也好，疑虑也好，时代列车的巨轮是轰隆轰隆地开过来了！

……

80—90年代:一个倒影

十年“文革”，终于梦魇一般过去了。

1978年，中国共产党十一届三中全会的召开，宣告结束以阶级斗争为纲的思想路线，代之以经济建设为中心，建设“有中国特色的社会主义”。在某种意义上说，这是一个转折，然而相当艰难。当时，像“实践是检验真理的唯一标准”这种马克思主义常识的提法，尚须通过党报审查，而且迂回曲折，由此可见一斑。一个叫作“思想解放运动”的运动，以大胆而谨慎的态势在全国展开。在短短两三年内，竟然打破了不少禁区，在政治、经济、文化教育等多个领域内取得相当的成果。“凡是派”一词，它的出现和销匿带有象征意义。从此，“阶级”宣告取消，“政治运动”不复存在，大批错案陆续获得清理和平反。“黑七类”和众多“可以教育好的子女”，可以告别残酷的现代“种姓”制度，而无须顾虑在生存空间中被“划清界线”了。人民公社解体。数万万农民以退为进，摆脱集体的束缚，恢复了“男耕女织”的自由；或者以流民的形式，汹涌进入现代都市。“个体户”出现了。中外合资企业出现了。股票和期货市场出现了。“经济特区”在南方和东方海岸先后亮相。留学潮出现了。爵士乐队和时装模特出现了。在大学生中出现“萨特热”。意识形态的缺口愈来愈宽。西方现代思潮犹如季候风，再度吹入中土。在城市，在乡村，在机关学校，到处都可以听到冰河里解冻的嘶嘶声……

庆祝粉碎“四人帮”

知识分子地位有了明显的迁升。他们从被贱视、被管制、被奴役的地方走来，经过长长的荆棘路走来，参加北京召开的文代会和科学代表大会。在大门外和走廊里，他们抱成一团，彼此抚摩伤痕，泪落如雨或笑逐颜开，庆幸自己以致整个群体的解放——他们称为“第二次解放”。在初照的阳光底下，他们书写和欢呼:春天！春天！文艺的春天！科学的春天！……

胡风“集团”分子和庞大的右派分子群的平反，在知识界是一件大事。苦难成了庆典。知青出身的作家和学者风华正茂，然而，他们也都有着上山下乡的历史，有资格使用一本美国文学史的题目，就是“流放者归来”。还有“文革”前的地位显赫的老干部，由于在运动中几乎无一不是“走资派”而被打倒，于是登台就成了“复出”。他们成了知识分子的头脑和骨干。在各级组织的领导岗位上，他们恪尽职守，由于他们的声望和成就，而被吸纳到政协或别的具有政治影响力的地方。如果“利益”这个经济学字眼是一个中性词，而可以随意用于社会学方面，那么不管如何的“失而复得”，这些知识分子都可以称为既得利益者，而知识分子群也都成了既得利益集团。长期与阶级斗争相伴随的教育环境，使他们的知识结构显得比较单薄粗陋，缺乏深厚的修养，难得有一种知识分子的气度。在斗争中，他们难以自持，心灵受到玷污，人格遭到扭曲，这在文革前和文革中的表现是可以得到足够的证明的，总之，“曾经沧海难为水”，习惯于在某个环境中生长的生物，即使一旦改变了环境，也仍然要带上被环境改造的痕迹，何况环境的迁变在短期内也不可能怎么彻底。《法门寺》里的贾桂站惯了，便坐不下来，当这批人物获得命运垂青的时候，大多进入中年，部分已届暮年。加上这样一种生理上的不可抗拒的因素，所以，除了极少数能够保持清醒的头脑以外，知识分子普遍为一种满足感所支配，基本上趋于保守。有的甚至环境愈见“宽松”，心态愈见保守，未必一定在“文革”般的专制时期便如此。只要回到组织之中，这是最普遍的心理。当时，在知识界有一个很流行的词，叫做“心有余悸”，与其说是害怕冒险，倒不如说害怕失去。这种状态与五四一代那份激浊扬清的气概比较起来，不啻霄壤之别。

20世纪80年代初，先后有过“反自由化”和“清除精神污染”的不叫运动的运动。知识分子中一时形成的那般对“反右”和“文革”的带有某种自叙成分的控诉，虽然不见得比当年贫下中农“忆苦思甜”的内容更深入，还是受到了一定的遏阻。然而，时代毕竟进步许多了。白桦的《苦恋》等等，虽然在批判声中作过检讨，毕竟规模递减了许多，不至于有缧绁之忧。鲁迅这个老练的批评家早已看透了中国知识分子“无特操”的特质，说是惯于“看风转舵”；此时却不见得都跟着转向，倒是学会了隔岸观火，与外部世界保持相安无事。或许，这也算得上又一种进步罢？总之，政治——这里已非权力操作范围，乃属现实社会关怀——淡化是一个注定的倾向；刚刚兴起的批评热情减退了，“义愤”消失了，恢复了的痛觉渐渐变得迟钝和麻木起来。随着对人道主义和异化问题的批判，知识界转向“文化热”。对文化的这种兴趣与五四不同，它不是人生的，而是复古的；不是前进的，而是退让的。中国的文学批评家大抵接受过秘书训练，总是惯于将一些复杂的现象，作出极简明规范的分类，如“伤痕文学”“改革文学”等，仿佛往昔的“伤痕”与当下的“改革”无关似的。但到了中期，善于演进的文学一股脑儿跑去“寻根”去了。现实主义据说已经过时，小说界于是有了接二连三的先锋试验。学界则大谈“方法论”，大概跟寻根或各种试验的工具有关，“价值观”无人旁顾。后期风气似乎略有变化，旧学者要“新启蒙”，新学者要“新权威”；闹闹嚷嚷地，一场风波也就这么过去了。

20世纪90年代挟风雷而至，知识界又有了新的布局。在主旋律之外，一些名流开始倡行快乐主义，幽默作风，超脱活法。在哲学界，人人争栖“语言”之塔，文学界盛行小品文，坊间塞满各式酸腐、琐碎的劳什子。学院里有提倡人文精神者，有提倡宗教精神者，自然有人提倡文件精神。老庄热过之后，孔子大行其道。海外新儒家登陆之后，国学勃兴；影响所及，竟至于朝野纷纷参拜黄帝陵和夫子庙。“后现代”巨贾不多，小贩不少，然终日剧谈“解构”而不见解构。有当代醇儒，舍“道统”而谈“学统”，发誓担此建立“学术规范”之大任。两年来，“自由主义”成了一个颇受欢迎的术语。许许多多人物，不论文化遗民或国家政要，都被尊为自由主义“大师”。在自由主义的旗号下，学者谈市场，谈效率，谈国际资本，谈社会正义，谈捍卫“封建的自由”，但也有谈“主义”而不谈“自由”者。有一种新的“无冲突论”，倡议“分享艰难”，主张“磨合”固有的差异和矛盾。从“躲避崇高”，“告别革命”，到“中国可以说不”；从保留“传统革命意识形态的某些具有镇制功能的价值符号”，到“民主是煽动社会不满和鼓动社会风潮的手段”，到“把共产主义作为宗教理想而不是社会理想”，高调不绝，出语惊人。但也有反其道而行之者，将崇高等同于个人威权，将“文革”一类盗寇式的破坏充当“革命”。10年来，种种蓄势，造成民族主义、国家主义再度高涨；而保守主义也就得以借机流行了。

黄钟毁弃，瓦釜雷鸣。

五四作为现代化中的一个文化命题，从来未曾被知识界认真探讨过:1949年以后，虽然被法定为“青年节”，亦一般限于礼仪化纪念，而当时青年叛逆者那种无所不至的批判精神，已然被今日的青年所遗忘。当个别青年起而批评“权威”时，往往遭到“借批名人出名”的大棒的威吓。出现在八九十年代的这种名人作派是极其可笑的。五四时受到挑战的名流，便从来未曾有过这般自以为高贵的论调。史学界做的多是史料的搜集工作，说是意在实证罢，却都有意避开五四与陈独秀胡适的关系，避开五四与国民党人的关系，直到近期才有极少数相关的专著出版，更不要说精神方面的发掘了。五四对于我们来说，历史是不完整的。要谈论五四，首先必须恢复它的真实性和完整性。五四的现代性为学界所关注，还是80年代后期的事情；它从来未曾像70周年纪念之际那样被热烈地讨论过。90年代中期，五四再度成为热门话题。围绕五四出现的人物、事件和问题，不断见诸报端。由于五四与中国现代化的出路密切相关，因此，对五四的讨论与评价，完全可以作为一个聚焦点，或者一个重要侧面，从中洞见知识界的生存状态和思想倾向。

对五四的批判，除去“国粹派”不说，早在运动之后不久就发生了。至少蒋介石是有代表性的一位。近几十年来，在台湾和海外，都不乏学者用洋枪加祖传火药远程射杀五四精神。在中国大陆，无论是主流意识形态的捍卫者，还是西方现代观念的宣传者，对于五四，都未曾作过话语形态的根本性否定。海外学者林毓生早在1986年在大陆出版《中国意识的危机》，其否定五四的观点，数年内未曾产生什么影响力。倒是到了90年代中期，许多学者，突然跟着花衣吹笛人跑了。

林毓生对五四的批评有许多方面，突出的“创见”有两个:一是“全面反传统”，他指责五四人物过于激进，破坏性强，开了“文革”的先河；二是“创造性转化”，就是说现代化的资源可以在老祖宗的后花园里找，“转化”比“拿来”方便。20世纪90年代，李泽厚到了国外，声言厌恶“政治”，其实倒是由自己把一个美学家给政治化了。像他就很关心政制建设，说:“即使如何好的多党制（反对党制）也不能立即直接搬用于中国，如果目前一下子全部开放，便很可能出现一万个政党。党派林立，互相攻讦，把社会的注意力吸引在大量的争论吵闹中，从而人心动荡，无所适从，任何决策和执行阻碍更大，经济发展大受影响。……20年前又有过‘文革’的经验，万一因党争、派仗发生失控的变故动乱，就会不可收拾。”“像选总统，反对党（多党）制度等政治民主的确重要，但远不是当前中国现实所急需。现在如实行这些东西，反而会糟糕。”他提出关于改革的“经济发展－个人自由－社会正义－政治民主”四顺序，方案十分具体。他是拥护权威的，说:“中央需要有权威有权力，所以我重视中央以及各级政府的权威。现在已经很弱，再弱就会对社会失控，就很危险。”所以，他谆谆告诫道:“与政府合作，也不一定就同化掉，现在有些人带着良心走进政府各部门，各种机关事业单位，……在允许的限度内，可以能多作一点……”在这里，我们撇开具体的政治问题不谈，仅仅回到五四的评价问题上。对此，李泽厚有过许多否定性的说法，但大部分重复他人，并无创意。如所谓“转化性的创造”，与林毓生“创造性的转化”，不过倒转一下罢了；他说的“西体中用”，其实贺麟早在上世纪40年代就把这个主张提出来了。在否定五四方面，他比海外学者走得更远。他明确说:“我不太相信上层建筑革命、意识形态、文化批判这套东西能使中国问题得到解决。”五四就是“这套东西”。五四的确不能解决全部的中国问题，但是，至少有助于促进问题的解决。况且，作为知识分子，只能拥有和使用“这套东西”，除了政客化的学者，他们别无长物。当然，仅就思想文化本身而言，也不能说就不成其为“问题”。李泽厚还有着比那些反对五四激进主义的林毓生们更为激进的地方，就是:“告别革命”。虽然许多学者的论调也包含了这层意思，然而琵琶半掩，毕竟羞涩，不像他这般明朗，完全走出屏风之外！

20世纪90年代的王元化，大不同于80年代的王元化。他不再“为五四精神一辩”了，在这个问题上，据说他经过“近年反思”，已经有了很出色的新见解了，就是:“今天不能简单地继承五四，而应对五四的缺漏进行补充。”他表白说，他早年也很激进，“但90年代初由于想通过思维方式与思维模式的探讨去发掘极左思想的历史根源”，于是，“反思”的结果，就不能不为真理——“最高的幸福”——“抛弃一些‘最心爱的意见’”。对五四的批评，是同“国学热”一同兴起的，想来有深因在。令人困惑的是，早在80年代末泛起的“后现代思潮”，也同时向五四发起攻击。“后现代”的才子们认为科学民主不过是西方话语霸权的产物，中国五四以来近一个世纪的文化思想都为西方话语所殖民，五四的一代对西方的殖民话语完全掉以轻心，在接受启蒙话语的同时接受了殖民话语，所以才对自己的文化传统采取了简单粗暴的否定态度。他们不知道，五四先辈即使被“殖民”，也没有半点殖民心态；倒是他们今天做定了“主权国”的英雄，却嚼着满嘴化不掉的洋名词不放，成了“梦里不知身是客”的十足的孱头！就这样，在民族主义的路标那里，“后现代”和“前现代”走到一起来了。

学者们对五四的攻击集中在激进主义上面。现代的学者比公开标榜“国粹”的传统的学者聪明，就在于他们在字面上总不肯把五四给“全盘”否定，大约因为这样将给人以有欠全面、公允和宽容的印象而有损学者的形象罢？然而实际上，这里肯定与意在否定的东西，明显是相悖的。比如林毓生评价说:“五四人物，不是悲歌慷慨便是迫不及待；但在思想上的建树，实在是非常有限的。”又说:“在一定意义上说，他们热忱地献身于激进的目标，完全无视各种客观和主观因素的限制，使他们招致了理性的批判。然而从另一方面看，他们激进地拒斥中国遗产也扫清了许多妨害解决现代中国问题的邪恶势力或毫无用处的思想和实践。”但是试想，如果五四人物不是“迫不及待”地采取“激进”的行动，那些“邪恶势力”难道是可以“扫清”的吗？难道我们不嫌“扫清”一词太激进主义一点了吗？李泽厚一再强调他不赞成启蒙运动，因为“这种运动仍然是内容第一，破坏性的”；早在1989年纪念五四时就提出:“‘五四’有一个‘激情有余，理性不足’的严重问题，它延续影响几十年直到今天。所谓‘激情’，就是指急进地、激烈地要求推翻、摧毁现存事物、体制和秩序的革命情绪和感情。”王元化扔掉启蒙的短衣，换上“国学”的袍子时，对于他一度赞赏过的五四的这点精神，也随即变得避之唯恐不速了。其实，这是一种“激‘退’主义”。“激”是一致的，丝毫不见平和。他说:“我对于激进主义的认识是用了半年多时间仔细阅读了大量资料而形成的。当时并没有想到激进主义问题，我的反思主要还在其他方面。但读了这些资料以后，我认为激进主义纵使不是极左思潮的根源，也和它有着密切的联系。”他解释说，“我是把激进主义作为采取激烈手段、见解偏激、思想狂热、趋于极端的一种表现，它并不是专属于哪一个政治党派的。”后来，他跟海外学者弄了个对话，又说:“我们在20世纪变动太厉害，这跟五四那一套有很大关系，不能不承认五四是一种历史的切断，带来了不好的后果。”“并不是说激进有什么魔力，而是有这样一个基础和背景，每一次激进改革都是失败，而每一次失败都认为是不够彻底，下一次改革就要更激进，结果到了文革时期的‘两个决裂’。这个根源恐怕要追溯到五四。在这个情况下，产生极端、偏激、暴力、极左的企图来变更社会。”何新也说，“我说激进反传统不利于现代化”，“一百年的历史经验表明，中国总是吃激进主义、急躁情绪的亏。”然而，“激进反传统”的五四恰恰成了“现代化”的一个源头。我们今天是更多地受益于五四的成果呢，还是吃了它的亏呢？从陈独秀直到闻一多，都是一直被骂为“急躁”或“浮躁”的人物的。

“1989年之后，我国学界共同对激进的思潮进行反省”，刘再复在他的学术计程表上作了如此的记录。对五四的激进主义的批判，便是“反省”中的一部分。关于激进主义，这个概念的边界不大明确，当它在西方受到攻击时，是被指为“自由主义”的，边沁就被称为“彻头彻尾、货真价实的激进主义者”。如果激进主义指的是现代的进步的观念，包括自由主义的思想成分在内，指的是旨在变革社会的一种战斗的、不妥协、不退让的状态和立场，指的是一种偏激的、片面的、批判的思维方式和行为方式，那么我们无须为五四人物辩诬。他们所以激进，是因为要在短时段内毁坏一个压迫了几千年的巨物，他们要把许多代人的任务由一代人担负起来。的确，他们是一群“夸父”，不自量力，但这，并不就像李泽厚说的那样唯凭一时“激情”的冲动而失去理性的支持，或如王元化所说的那样全出于“意图伦理”而不讲“责任伦理”。相反，这是非常富于理性、富于历史责任感的一代。他们正是充分估量了对手的强大包括民族自身的惰性等等，估量了变革的可能的无效性，所以才有了种种过激的、极端的说法和做法。唯其有了这种策略，这种拼命的努力的抗争，才取得了为此后几代人所不及的成绩。这成绩，也并不像诋毁者说的那样，是只有破坏没有建设的。在这里，建设与破坏实际上同期而至。比如推翻文言文而使用白话文，就是了不起的成就。在废科举之后，哲学、历史学、政治学、心理学、教育学、社会学，等等，作为现代学科建设，倘不是全然填补空白，就是在框架结构和研究方法上做了重大的革新。单说价值观念，也都是全新的、建设的。在宇宙观方面，仅说变化，就不是《周易》的变化。……中国一直以来是只有“家法”，没有像样的宪法。当时，辜鸿铭即力尊独裁之大权，不但指共和为叛逆，连英国式的君主立宪，也属“无道”，其意即一国中只应有“上谕”而不应有宪法。这种力图维护君道臣节礼教纲常的保皇言论，是刊载在王元化声称必须作“再认识再估价”的杜亚泉的《东方杂志》那里，并作了肯定的。现代的人道主义不是孔子的“仁”，民主也都不是孟子的“民为贵”，个人主义自由主义是绝对没有的。在五四时期，许许多多新名词的出现，其实意味着价值的颠覆与重建，而不仅仅是新名词而已。激进主义，在历史上任何天然的群众运动中几乎都变得不可避免。这个问题是值得认真探讨的。就拿五四来说，这些学者在指责当时如何“激进”的时候，就没有谈及这“激进”所由产生的条件，这种共同的忽略是饶有意味的。对于一次重大的历史性变革，激进与否，激进多少，在很大程度上是取决于变革的前置部分，倒不见得是变革者一时的头脑发热或故作姿态。五四时候，反对新文化运动的势力如何呢？从著文诅咒，一直到动用诸如解除职务等行政手段，以致出动警察，武力解决。陈独秀最后被迫离京赴沪，连生活都一度成了问题。被毛泽东称为“反人民不反共产党”的章士钊，是反对白话运动的著名悍将，任军阀政府的教育总长，对付青年学生的过激手段是人所共知的。政府是有力量的，为什么不可以宽容一点呢？“国粹”乃系正统，为什么不可以宽容一点呢？然而，我们的学者指责的，唯是启蒙思想者和新青年一代的激进与不宽容！

桑巴特的题目：“为什么美国没有社会主义？”因为那是一个没有封建秩序和贵族历史的国家，用马克思的话说，是天生的现代国家。但是，美国学者戈登·伍德偏偏辩护“美国的激进主义”。他并不认为美国不是“激进”的，因为在他看来，“激进”并非是历史的罪过和耻辱。威尔·洛支指出：“社会不平等像经济上的不公正一样，使人人心怀怨恨。没有经历漫长的封建时代的国家公民，很难想象封建时代的历史遗产将会多么持久地决定社会各阶层的态度。”统治阶级对于社会运动的反应方式，决定着人们的倾向性。当他们被引向要求政治权利的情况下，对这些权利的剥夺将会增强他们的被压迫感，增强他们采取激进主义的可能性。这是可理解的。所以，才有了戈登·伍德所说的事实：“‘激进风格’并非20世纪所独创。”

对五四激进主义的攻击与对进化论的攻击是连在一起的。他们相信，进化论是激进主义的起源。

王元化“反思”说，过去对激进主义曾经有过“同情”，这种认识上的连续，“是由于受到‘五四’庸俗进化论的影响”。他在《清园近思录》中说到:“过去我们对进化论的积极意义谈得太多了，至于消极方面则很少谈到。鲁迅在20年代下半叶说，他过去认为青年必胜于老年，大革命的血腥屠杀才使他纠正了相信进化论的偏颇。鲁迅也许是在我国现代思想史上最早对进化论进行自省的人。不过这种反省只限于指出进化论缺乏阶级观点；至于‘新的必胜于旧的’这种观点，则并未触及，甚至毫无改变。（例如纠正只信进化论偏颇的是唯有新兴的无产阶级才有未来，这里所肯定的是无产阶级是因为它是新兴的缘故。——作者补注）如果要探讨当时所形成的庸俗进化观对20世纪中国思想界带来的消极影响，就应着眼于今天仍在支配思想界的新与旧的观念。这种观念认为新的都是好的，进步的，而旧的都是不好的，落后的。所以谈论旧的就被目为保守，批评新的就被目为顽固。在进化论思潮下所形成的这种新与旧的价值观念，更使激进主义享有不容置疑的好名声。这种影响在今天的思想界和文艺界也同样存在。……据其原因，即来自长期所形成的‘越彻底越好’和‘新的总比旧的好’这种既定的看法，并以这种看法去判断是非。”近年来，在中国的文艺界和学术界，确乎存在着一种“赶时髦”的现象。而在进化论的演变过程中，出现把人类社会等同于自然界，机械搬用达尔文学说，形成所谓“社会达尔文主义”，并因此造成不良影响，这也确乎是一个事实。“新”与“旧”是相对而言之的，有时候相当含混，但是当绝对化到“新的必胜过旧的”时，是否会认为试管婴儿必优于婴儿，而未来的“克隆人”又必优于“试管人”呢？一时也很难说。但是，必须指出，在复古主义－保守主义思潮重新抬头的90年代，“新”与“旧”的划分却有了思想斗争史的特殊意义。我们知道，达尔文学说最早介绍到中国，始于严复的《天演论》。然而，这译著是“做”出来的，并不忠实于原著。译者是把赫胥黎与斯宾塞的思想进行取舍与整合，以表达一个中国近代思想先驱者鉴于“自强保种”的现实要求和基本立场。其中，斯宾塞被公认为维多利亚时代英国自由主义的代表人物，其社会进化论本质上是个人主义的；而赫胥黎，素有“达尔文的斗犬”之称而为鲁迅所赞誉。透过思想的棱镜，于是我们看到，进化论呈现出了不同的影像:有西方的进化论，也有中国的进化论；有学者的进化论，也有战士的进化论。在五四发挥影响的进化论思想，正是被严复改造过的达尔文思想，是中国的战斗的进化论。首先，作为一种新的宇宙论，它瓦解了传统的天人合一、天道不变的帝制宇宙论；在普遍价值的原则下，以一种危机感，唤醒“铁屋子”里熟睡的国民；在因循守旧的生活中，在抗击反对倒退的政治复辟势力和复古的思想势力的斗争中，它给予时代的人们以进步的信念和前进的勇气。这就是进化论在五四的意义。作为一种学说或理论，有它的局限也即“偏颇”，这是不足为奇的。奇的倒是王元化在指出鲁迅在“反省”进化论时，只限于“缺乏阶级观点”，而对“新的必胜过旧的”的观点则“并未能触及，甚至毫无改变”。他举唯一的例子是:鲁迅说了“唯有新兴的无产者才有将来”的话，而这尚未纠正进化论的“偏颇”——其实也就是鲁迅的“偏颇”——的要害就在于“这里所肯定的无产阶级是因为它是‘新兴’的缘故。”鲁迅说及进化论的“偏颇”，我们可以做两个层面的理解:浅表的层面是语言学、修辞学方面的，暗含国民党的“清党”是一种倒退、退化，世界不容乐观；另一个较深的层面是观念上的，认为社会上的事情毕竟不同于生物界，是有着复杂的阶级关系和别的社会关系的。正是在这个意义上，他能够认同马克思主义的“阶级论”。至于“以为唯新兴的无产者才有将来”一语，在原文中也当有两层意思:一是“无产者”无论在世界在中国，确属“新兴”，这是一种客观实在，没有什么可怪异的；二是不满于当时创造社、太阳社之动辄“无产阶级”，所以用了“新兴”二字，以顺带讥嘲和否定那些挂了“无产阶级”之“匾”的非急进的急进革命论者。但是，即使承认进化论有它的“偏颇”，鲁迅也从来未曾否定过进化论，否定过进化论在五四的作用，并以此否定五四。至于对“新的必胜过旧的”这“偏颇”，鲁迅太有警觉了。他早已明彻地意识到中国的改革中的羼杂和反复的特点，从来不迷信“新”。他曾经多次指出那些往往以“新”的面目出现者，实系“沉滓的泛起”，此外还有“老谱将不断的袭用”等说法。鲁迅不管如何被一些稳重的学者骂为“趋时”，总不至于天真或糊涂到不辨新旧的吧？倒是王元化之批评五四，实在未曾出“新”。即以对进化论的否定，也不过反刍为他近年所深爱的杜亚泉在《精神救国论》中的陈词老调罢了。

英国著名史学家霍布斯鲍姆在《革命的年代》中这样说:“启蒙运动的捍卫者坚信，人类历史是上升的，而不是下降的，也不是水平式波浪起伏的。他们能够观察到人类的科学知识和对自然的技术控制的日益增进。他们相信人类社会和个人发展都同样能够运用理性而臻于至善，而且这样的发展注定会由历史完成的。对于上述论点，资产阶级自由人士和无产阶级社会革命分子的立场是相同的。”波普也表述了同样的观点，说“达尔文革命仍在进行”，虽然同时指出，“现在我们也处在反对革命的潮流之中”。

革命是激进主义的极端形式，因此，同时遭到学者的唾弃是必然的。

早在20世纪80年代末，李泽厚就在改良与革命问题答记者问时宣称:“不能盲目崇拜革命。”他说，像法国大革命、辛亥革命等，都不是“好”的革命，值得重新估价。何新把“文化大革命”与法国革命进行类比。王元化则把五四的“思想革命”同辛亥革命，乃至俄国十月革命等联系起来。整个90年代，学界回荡着一片反对革命的浮嚣之声。

革命没有什么可怕，其实革命就是改革，它不是必然要产生暴力和流血的。卢森堡，这个被称为“嗜血的”女性，的确不曾否定暴力革命的作用，但是对于暴力，她只是把它看作是“最后的手段”，不得已而用之的。她说:“这不是出于对暴力行动或革命浪漫主义的偏爱，而是出于严酷的历史必然性。”法国启蒙思想家马布利撰写过一本描述法国革命史的书。直到那时候为止，在法国，“革命”一词都是用来指称动乱的，是马布利在书中赋予“革命”的词义以一种可以推动社会自由民主化的积极的意义，在法国的革命观上打开历史第一个缺口。他指出，以革命破坏秩序固然是坏事，但是对于一个民族来说，不自由或者受奴役无疑更坏。如果要在“革命”和“奴役”之间作出抉择的话，那么无论如何是宁可接受革命的。关于法国大革命，基佐在他的革命史中是这样辩护它的“合法性”的:“法国大革命是可怕然而合法的战斗，它是权利与特权之间的战斗，是法律自由与非法专横之间的战斗；唯有大革命自己才能提出节制革命的任务，也唯有大革命自己才能提出使革命纯洁化的任务。”他强调，必须首先站在法国大革命一边，才能真正批判和检讨大革命。他的学生托克维尔以同样的原则，认为必须首先站在民主一边，才能批判和检讨民主。这是一个基本立场问题。作为一场民主革命，法国大革命以它的鲜血在欧洲，在全世界浇灌出灿烂的花朵。美国——作为一个“新国家”的第一代开拓者，就有不少人同法国的革命者战斗在一起。即以美国革命本身来说，也都未曾避免血与火的洗礼的。托克维尔在美国考察后写成的著作中，高度赞扬美国的民主。他说，如果世界上有一个国家能使人们随意而公开地评价民主——人民主权原则，那么“这个国家当然只能是美国”。在一些人看来，自由与平等是相悖的，好像只能二者择一，不能并存。托克维尔在他的书中指出:民主国家爱平等比爱自由更热烈更持久，是因为真正的平等，是一定包含了自由在内的；有一个终极点使自由和平等汇合并结成一体。他认为，民主国家的人民天生就爱好自由，他们希望在自由中享受平等，在实在不能如此的时候，也愿意在奴役之中享用平等。他们可以忍受贫困、隶属和野蛮，但不能忍受贵族制度。“在任何时候都是如此，而在今天尤其如此。”他特别强调说，“追求平等的激情是一个不可抗拒的力量，凡是想与它抗衡的人和权力，都必将被它摧毁和打倒。在我们这个时代，没有它的支持，就不可能实现自由；而专制制度本身，没有它也难以统治下去。”

有意思的是，1989年，当法国革命200周年纪念的时候，中国知识界曾经给予热烈的肯定性的评价。到了20世纪90年代，它便遭到诅咒了，连同卢梭。五四之时，卢梭也颇受过一通攻击的。在诅咒法国大革命以至所有革命的同时，英国自由主义乃至保守主义，受到普遍的推崇。的确，历史上长期存在着两个对峙的思想体系，波普称作“渐进社会工程”与“乌托邦社会工程”，哈耶克则称为“演化理性主义”与“构建理性主义”，具体的例子就是英国自由主义与法国自由主义，英国革命与法国革命。事实上，英国革命虽然发生在前，但是在发展的过程中是仍然深受了法国大革命的影响而在后来起了很大的变化的。正如雅斯贝斯指出的，英国革命只是基于宗教和民族的光荣而发动的，唯有法国大革命是第一次把革命的推动力，放在以理性原则来重建生活的决心上。他称引了康德在1789年的预言，说由于法国大革命揭示了人性中较光明的一面，所以在历史上永远不会被人忘怀。但是我们的学者并不顾及这些，在他们的心目中，英式的就是渐进的、改良的、经验的、秩序的、贵族的也即特权的，法治的也即依赖政府和宪政保护的，因而是稳定可靠的；而法式，自然是突进的、理想的、试验的、革命的、平民的、普遍的、人为构建的、不免动荡的，所以是不值得信任，应当反对的。其实，自辛亥－五四以来，英国和法国的思想革命模式，在中国知识界就一直产生着不同的影响，只是没有现在似的较为普遍一致的反应罢了。总的说来，大约就像保罗·索莱里说的那样，事情来源于两种危险威胁着世界:有序与无序。倘使用控制论来解释，那么，在一个控制等级结构中，对于来源于不同地方的威胁，不同的层面如控制层与被控制层，其间反馈的方式，感应的强度和所受震荡的幅度大小是很不同的。过去如此，现在也如此。

英国的柏克，这名字近来被学界鼓吹得很响亮了。哈耶克——英式自由主义的拥护者——是将他与休谟、斯密并列为自由主义的杰出代表的。其实，柏克除了对等级制、士绅精英的统治传统十分尊重，这个对巴士底狱被毁感到遗憾的学者，在他心目中的自由只能是贵族的自由。对于他1790年出版的反对法国大革命的著作《法国大革命的反思》，有“自由主义之父”之称的贡斯当指出:“该书的荒谬之处比该书的字数还多。”英国另一位自由主义思想家伯林认为，柏克的主张中有某些东西是“极端反自由主义的”，他说:“我不能不感到自己同情法国大革命，也是在这程度上不能不对尊敬的柏克有某种厌恶之心。”对于法国大革命，直到1791年6月，他还有过很明确的表态:“在我看来，法国大革命确实唤起人民去攻击偏见、攻击迷信、攻击对民主的仇视，从而为各种自由而斗争。……在法国，意识形态的分野一向可大体划分为拥护法国大革命与反对法国大革命，而那些反对法国大革命的人都是真正的反动分子……因此，如果我必须要站队，我站在法国大革命一边。尽管所有那些荒谬与恐怖确实都与大革命同在。”针对柏克对法国大革命的攻击，终生献身于革命和民主宣传的潘恩随即作出反应，写过一个著名的后来称作《人权论》的小册子，公开与之论战。他辩护说，法国革命“蓄意要摧毁的对象是原则而不是人”。人民的行动被攻击为“暴行”者，他认为：“他们是从统治他们的政府那里学来的，而把他们司空见惯的刑罚作为报复。”“政府企图用恐怖的手段来对付最下层阶级的人，从而在他们身上产生了最坏的影响。他们清楚地感到自己是要针对的目标，因而他们也倒过来自己动手干这些教给他们的恐怖事儿。”他认为柏克蓄意将事实加以“戏剧性的夸大”，指出:“这些暴行并非革命的原则所致，而是出于革命发生前就已存在的坏思想，这种思想正是革命要加以改造的。”在回答柏克对大革命的攻击时，他这样评析柏克的立场:“柏克先生为什么要恼怒呢？啊！原来柏克先生用意并不在法国的国民，而在法国的宫廷；每一个唯恐遭到同样命运的欧洲宫廷都在同声哀悼。他既不是以一个法国人也不是以一个英国人的身份，而是以各国闻名而无人为友的那样一个阿谀奉承的家伙的身份，即廷臣的身份，来写作的……所有宫廷的本性都是一样的……对一个宫廷或廷臣而言，没有比法国革命更可怕的了。”

法国大革命作为一次政治革命，成了中国现代思想革命的五四的灵魂。所以，五四的激进主义，在当时就引起国内的保守分子和外国观察家的恐慌。杜威曾经指出，他们大多数在看待中国问题时，“都怀着一种认为它本质上是保守主义的、不愿意改革的先入之见”。所谓“先入之见”，也就是施瓦支所说的目的论。他也曾很明确地指出过:“目的论曾一再歪曲五四的历史。人们在追述1919年的五四运动时，一再说它把1919年的中国‘引’到了别的事件上:1949年的解放、1966—1969年的“文化大革命”、1976年的‘四·五’运动……使用这种‘由……导致……’的方法描述历史的人中，既有学者，也有专门从事政治的人。”90年代利用“目的论”批判五四，否定五四的知识分子平民性质及其革命意义，可以说是80年来所有颠覆五四的言论和事件的一次集中的倒影。这些学者一方面批判卢梭及其同时代人的理性主义；一方面使用犬儒式的理性主义——通过所谓“学理”进行“后验主义”的理性建构——而根本不予考虑历史发展情势的必然性、急迫性，以及人类个体生存价值的合理性。这种超乎实际的民主和自由需求之上的关于“主义”优劣的文化类比是典型的学者的把戏，其荒谬之处，首先在于脱离具体的民族历史环境，脱离唯有他们可以给出唯一的评判标准的当代人的生存。

傅瑞在《反思法国大革命》中指出:由于1917年俄国社会主义革命的成功，对于一种可能的、被人们希望和相信的，但是还没有内容的未来而言，法国大革命就不再是一个模型，而是演变成为一个有1917年10月这个日期记载的现实事件之母。于是，对于这样两次革命的说法，也就发生了互相混杂和影响。因此200年来，法国大革命的历史便成了一切起源的记叙，一种关于同一性的叙说。

五四在中国有着同样的命运。

由于五四过早夭折，它的实质性意义无法得到彰显，而它那种赋予革命形貌的外在的东西，便与“文化大革命”等现实中的破坏性事件在一些学者那里混淆起来，成了民族的祸害之母。

知识分子与精神

五四的一代做了些什么？

我们的一代做了些什么？

而此刻，我们站在哪里看待这一切？

如果我们把五四的一代看作是一群可恶的离经叛道分子、复仇主义者、青年暴徒、梦游症患者、白痴、自大狂、西洋文化丐帮、口号制造商、纵火犯、教唆专家；如果我们让他们放下手中的唐吉诃德长矛，改执盾牌；让他们从星散的各地集中到指挥刀下，所有的动作，都服从于同一支号角；甚至让他们没入更浩大的群队里，犹如海洋有水，却不见河流和涓滴，没有独立的奔流；如果不承认知识分子的主体价值，把激进主义除掉——那么五四将成为空白。如果我们认同他们的价值观念，狂飙式风格，认同他们的破坏和建设，五四就是一个年轻的建筑群。然而那么多矗立的群体，今天也只余一片瓦砾场了。

五四死了。五四早已整个地陷落。我们看到的是包围在外部的十字军，火光熊熊，杀声震天，原来墙垣之内早已喑哑。自由的确总是处于守势，处于危险之中。正如雅斯贝斯所说：“自由不会主动落在我们身上，也不会自动地保存；只有当它上升为意识并且为此承担责任，才能保存它。”可是，知识分子内心怯弱，他们缺乏足够的精神后援，结果五四为他们自己所扼死。

俄罗斯知识分子不愧为世界上最优秀的知识族群。作为一个精神性团体，他们形成了一个独立于政治霸权之外的传统。就像别尔嘉耶夫说的，“俄罗斯知识分子最终在分裂中形成了，他们将永远称自己为‘我们’，称国家、政府为‘他们’”。在知识分子内部，虽然也分裂为西欧派和斯拉夫派，彼此间有着激烈的交锋，然而，他们都一样深爱着俄罗斯大地，一样地热爱思考。他们忘我地迷恋于社会理想，无论如何的形而上学，仍然紧连着那大地之上的广大苦难的人们的命运，而被赋予一种深沉的道德力量。同时，他们是行动者，实践家，勇于牺牲自己。“疯僧”，是世界上最富有俄罗斯特点的俗世中的圣徒形象。俄罗斯的民族性，在知识分子身上表现得特别明显，那是一种超民族主义，一种独特的精神现象。有着如此浩瀚的精神环绕着他们，哺育着他们，于是他们的灵魂变得无比强壮；而他们，也在不断创造着增加着这精神。所以，无论在沙俄时代还是斯大林时代，无论西伯利亚的流刑还是古拉格的苦役，无论是自由的写作还是禁止出版，他们依旧那么高傲——甚至被流放到国外如赫尔岑、蒲宁、布罗茨基……那么多的知识者，他们是那么出色，唯以特有的精神气质，迥异于周围的人们，如同打在褪色的衣服上的鲜艳的新布补丁！

这就是鲁迅——五四时代曾被称为青年叛徒的首领——多次怀着战斗的敬意说到的，为中国所没有的俄国式的知识分子。

精神是重要的，尤其对于知识分子。赫伯特·费格尔报告说，爱因斯坦曾经对他说过：“要是没有这种内部的光辉，宇宙不过是一堆垃圾而已。”在俄国哲学家看来，人不是世界可以忽略的渺小部分，恰恰相反，世界才是人的一部分，人大于人本身。别尔嘉耶夫在《自由精神哲学》中，说人是由三部分构成的，是三维的人，是“精神－灵魂－肉体的有机体”。而精神，自然居于最高的位置。对知识分子来说，精神意味着什么呢？精神就是独立、自主，是一种操守的坚持。精神有一种彻底性，它隐含着一种对外部的有原则的对抗，固守也是对抗。这种否定的积极性来源于自我，因此，它不可能惧惮任何压力。正由于知识分子是最富于精神气质的人，所以，法国思想家鲍德里亚在谈到知识分子时，特别指出:“对抗是知识分子最感舒适的一种姿态，这是毫无疑义的。”“处在边缘是知识分子的本真状态。”“知识分子不可能促成肯定性。认为自己能够促成或创造肯定性价值的知识分子，往往是保守的。”所以，米尔斯在论及“发达资本主义社会”时，也指出说，最有可能继续进行反对现行体制斗争的社会集团是知识分子。他把知识分子称作“一种可能的、直接的、激进的变革力量”。所以，对知识和知识分子深有研究的曼海姆，在他代表性的著作《意识形态与乌托邦》中指出:知识分子很难生活在一种“与现实完全一致、没有任何或以乌托邦或以意识形态出现的超念因素的环境中”。由于精神的存在，知识分子多出了一个世界。关于这个世界，一位俄裔流亡思想家弗兰克曾经这样描写道:“不要在地上寻找自己的路标，这是一片无边的汪洋，这里进行着无意义的波浪运动和各种潮流的撞击——应当在精神的天空中寻找指路明星，并向着它前进，不要管任何潮流，也许还要逆流而上。”

在中国，知识分子的精神资源十分贫乏。它从古代的士阶级演化而来，而士阶级的脐带所牵系的母体——农业社会结构尚未产生根本性的改变；在市场没有得到充分拓展的情况下，依然是权力中心，知识分子的组织依附性继续存在。也就是说，还是“皮”和“毛”的关系。作为现代意识，人道主义和个人主义传统并没有形成，因此，很难获得一种源自精神本身的独立性，随着经济改革的进行，知识的商品化和制度化，并不曾阻止几千年古老传统的幽灵对我们的缠绕。五四时候，鲁迅和他的战斗伙伴有过一段关于“铁屋子”的对话。黑暗的“铁屋子”，自然无法产生俄罗斯的那种精神漫游者。我们不像西方那种宗教国家，我们的宗教是儒教，尤其是经过历代统治者以及汉儒和宋儒的大规模改造，它对知识分子长期的精神浸淫是致命的。于是，惯于倾听宫廷的钟鼓和鸣，而对风雨之声充耳不闻，尤其是陌生于内心的人的声音。茫漠之中，没有对生命的关注，没有对生存与命运的沉思。没有精神饥渴，没有灵魂冒险，没有对真理的寻索，没有创造的欲望。当陷溺于苦难的时候，不知道拯救，只有老庄——儒教的一种补充——式的无为与逍遥。从来不期待复活，只有坚苦的忍受，我们怎样才能懂得为自己和人类忧伤？我们的眼前没有高山，没有崇仰之物；我们的胸襟没有平原，没有坦荡与辽阔；我们的内心没有河流，没有爱，没有容受力，没有自由不羁的涌动。五四知识分子在与传统社会的决裂——现代痛苦的分娩——中形成了自己，队伍那么弱小，然而他们以决死的意志反抗这一切；那种震撼力，80年后，依然使他们的后辈为此感到鼓舞和惊悸！

他们在中国历史上第一次走到前台，背弃传统，扮演“现代”的角色。在斗争中，他们创立了“社会高于政治”的俄国式命题。他们在精神人格上，完全不同于他们的先辈。他们汲取人类最优秀的精神强壮自己，发展自己，开拓中国的未来之路。然而，最终还是被传统压倒了！

五四一代的出现，毕竟点燃了国民精神的灯火。只要说起他们，我们就获得了信心、勇气、骚动的力量。“坟”不是最终的。所以，鲁迅写了“野草”。那是一种强韧的生之信息。当此又一个新世纪的黎明即将升起之际，而《国际歌》“最后的斗争”的旋律愈来愈响，冰河的涌动愈来愈迅速有力，草叶的芳香在想象中变得愈来愈浓烈，中国知识分子，我们将如何可能像五四的先驱者那样，独立承担自己的使命？

——魂兮归来！

1999年3—4月，于广州

鲁迅的最后十年（节选）

没有别的事情会比生活在自己的时代，但敢于公开反对其时代并大声说‘不!’来得困难且需要个性。

——图科尔斯基

他所说的，即便是当他犯错误的时候，对我来说也几乎都是不可或缺的。让我换句话说:对我们——他的同时代人，都是不可或缺的。他激烈地经历我们这个时代的理想、斗争和悲剧，而别人则激烈地过着紧张的私人生活。他是一种良心和一种热情……

——奥塔维奥·帕斯

……因为他们沉默，我才将之传达。

——路德

引 言

鲁迅死于20世纪而活在21世纪。

这是一个奇异的生命现象。然而，他并不像别的伟大人物那样，带给世间的唯是静止于历史的或一阶段的炫目的光辉；与其说，他带来的是“欣慰的纪念”，凯旋门，缤纷的花束，毋宁说是围城的缺口，断裂的盾，漫天无花的蔷薇。作为现时代的一份精神遗产，它博大，沉重，燃烧般的富于刺激，使人因深刻而受伤，痛楚，觉醒，甘于带着流血的脚踵奋力前行。

1881年鲁迅出生的年头，正好临近帝国的悬崖，是时间的断裂带。中国现代化，在民族的屈辱中蹒跚起步，许多陌生的事物，陆续出现在大队蠕动着的辫子和小脚之间。随着经济的萌动，政治改革的一次尝试——戊戌变法——旋起旋灭，蒙受血光之灾。中国向何处去？成为横亘在官员、士子和百姓面前的共同的问题。

汉学家费正清用“沿海中国”和“内陆中国”的概念，阐述中国近代的两大传统。鲁迅的出生地，恰恰落在沿海中国的一个不大不小的城镇:绍兴。它是古老的，又是年轻的；它是越王报仇雪耻的故地，又是新书报最早流布的地方。在它四周，毗连大小村落，具有明显的边缘色彩。

鲁迅的大家庭过早败落，对应于古老中国的命运，很有点同构的意味。由于祖父下狱事件的牵连，他曾经在乡下度过一段短暂的“乞食者”生活。祖父被判“监斩候”，由最高统治者于顷刻间的“钦点”决定一个人的生与死，这是荒谬的，但是又是天经地义的。权力的这种不测之威，使他自小便为一种无法言说的焦虑、耻辱和仇恨所抓攫。父亲的长期卧病和后来的亡故，无疑加剧了他的精神创痛；而作为长男，又不得不从中担当沉重的责任。家庭的两次变故，把他无情地推落到社会底层；从小康而入困顿，终致自我放逐，远走异乡，“把灵魂卖给鬼子”。生活的巨大落差，构成了他日后反抗现存秩序的广阔而深刻的背景。

1927年10月4日摄于上海。前排左起:周建人、许广平、鲁迅；后排左起:孙福熙、林语堂、孙伏园。

可以说，鲁迅来自传统中国的黑暗的深部，来自现代的源头，来自东西方文化冲突的第一波，来自从农业社会向工业社会，从专制政治向民主政治转型的粗糙的摩擦面。鲁迅及其时代的关系，就整个现代化进程来说，带有某种“原型”性质。由于改革的缓慢，在一个长时段内，前前后后会产生许多彼此类似甚至雷同的事件；也就是说，在无限张开的现实当中，将仍然不断遭逢以往的幽灵。这种“同义反复”的东西，是最本质的东西。鲁迅始终抓住这东西，对于这个前现代社会，则抓住其中的死结：“吃人”。所谓“吃人”，即作为个人的从生存到发展的各种权利，全然遭到剥夺；用马克思对专制社会的概括，就是“轻视人，蔑视人，使人不成其为人”。然而，人们已经习惯于奴隶的非人的处境，麻木，苟且，逃避自由。对于现实，一是不敢正视，二是善于遗忘。鲁迅所作的斗争，不但在于揭露黑暗的事实，还要暴露各种企图掩饰黑暗的行为。可怕的是，这其间，除了官方的布置，还有“同人”的合谋，以及民众的参与。鲁迅天生敏感，激烈，不能容忍有害的事物。他极力使司空见惯的东西陌生化，使隐蔽的东西公开化，使稳定均衡的东西极端化和尖锐化，总之，他要使“黑暗的动物”现形，使“铁屋子”里的人们无法昏睡和假寐，使大家看见事实的实在性，使真理自明。鲁迅的全部努力，几乎都在于揭示时代的真相。所以，当我们重温鲁迅的文本时，就会诧异地发现:被揭露出来的一个又一个未曾改变——鲁迅倾其一生都在促进其改变——的事实，已然包含了一种猫头鹰式的洞见，犹如先知的预言。

我们是谁？人还是奴隶？我们是否具备自由的意志和权利？

鲁迅的存在，对于活着的人们来说，无疑是一种折磨。这不仅仅因为他揭露了为人们所不乐于接受的世界的真实，而且还在于他总是以一种与人们相悖的态度和方式对待这真实。无须斗争，或者简直厌恶斗争，应当算得上是幸福的罢？可惜事实上并非如此，无视斗争的存在，往往出于奴隶的自欺。鲁迅终其一生，确实不曾背弃青年时期构筑的“人国”乌托邦；但是在现实中，除了确信自己做为奴隶以至奴隶的经验之外，他怀疑一切。他把几千年的“东方文明”等同于僵尸，不相信一直为统治者编修的中国历史，说是“家谱”，不相信正统意识形态控制下的霸权话语。那些故作激烈，左得可怕的革命者，也是他所憎恶的。他反对蒙昧主义，而对中国的学者又往往抱不信任的态度，大约在他看来，其中多是“假知识阶级”，是喜欢给权势者帮忙或帮闲的。对于底层阶级，虽然一直是精神皈依的对象，却同样反对“迎合”，作“大众的新帮闲”。他承认自己的“多疑”，而且为多疑作过辩护。然而，这丝毫无改于斗争的确定不移的目标。准确一点说，鲁迅的敌人，都不是迎面而来的，而是来自上层，背后，内部，来自周围，带有

“围剿”性质。所以，鲁迅的斗争也就不是一般意义上的斗争，而是反叛，反抗，突围。他反叛社会，反叛所在的阶级，反叛集体，直至反叛自已。他清醒地意识到，中国的每一个人，既被吃也曾吃人；而他自己，也帮助着排筵宴，做“醉虾”的帮手。因此，他不断地使自己从权力和罪恶中分裂出来，脱离出来，成为相对于权力系统的密集网络的一个活跃的反抗点。

自从为革命的梦境所放逐，鲁迅选择了上海作为斗争的最后一道壕堑。从20世纪20年代到30年代，中国社会结构发生了重大的变化。“兄弟阋于墙”，国共两党联合破裂。中央集权制度经过长期松弛以后迅速收紧，年轻的民国在一次大清洗中蜕变成为“一党专政”的“党国”；随着民族战争的临近，专制与奴役在国家主权的庇护之下进一步合法化。作为反抗者，鲁迅加盟了反对政府的争取自由和人权的各种组织，其中包括左联。然而，就在这组织内部，产生了新的权势集团。鲁迅从中意外地遭遇了“奴隶总管”，“自有一伙”的压迫，孤立和打击。对此，他曾使用“横站”一词，表达后来面临的复杂而艰难的处境。正如自命不凡的才子所嘲笑的那样，这时，他写作的唯是不能进“艺术之宫”——自然也不能进“学术殿堂”——的杂文。仅从鲁迅最后10年的杂文所取的材料，形式和风格的演变来看，斗争的情势，显然要比北京、厦门和广州时期更为严峻而急迫。

这是一场绝望的抗战。那结果，鲁迅不但不曾丝毫动摇党国，反而成了党部呈请通缉之人；不但没有夺过“工头”的鞭子，“元帅”的军棍，这样的人物却照样挂帅，照样“以鸣鞭为唯一业绩”，他的几个较亲近的青年朋友，都是给“实际解决”了的。而且，还有不断纠缠他的文痞、文氓、文探，种子绵绵不绝。鲁迅一生傲然独立，却是遍体鳞伤，过早地耗尽了体内的全部燃料。斗争的无效性，不免使人们又多出另一种折磨，就是——

鲁迅的存在，其价值仅仅在于反抗本身吗？

国民党“一党专政”

五四运动过后，政党政治崛起，劳工运动随之上涨。在无政府主义以及各种过激主义的灼热的气浪里，共产主义思潮开始蔓延。1921年，中国共产党成立。1923年，孙中山改组中国国民党。国共两党，都是在苏联直接派遣顾问，在苏共的建党原则的指导和支配下，进行系列的政治活动的。其中之一，便是国共合作。孙中山逝世后，蒋介石成了国民党内的领军人物，他迅速抛弃已故领袖的容共政策，决心清除政治上的异己势力。1927年4月12日，上海方面率先奉命行动，紧急搜捕共产党人及嫌疑分子，并加杀害。在一个月内，被屠杀的人数多达数千人。4月15日，广州也出动了大批军警，对各个机关学校和群众团体实行血腥清洗。此时，凡国民党势力所及之处，都展开了“清党”运动。纯洁党组织成了独裁专制的遁词。4月18日，蒋介石在南京成立了“国民政府”。经过党内的几次不大不小的摩擦，蒋介石作为孙中山的“接班人”的身份终于得到确认；他成功地利用了元老的力量和各派的矛盾，由一人把党政军大权统揽起来，并牢牢地掌握手中。

清党期间，鲁迅仍在广州中山大学担任教职。自从踏足这块“革命策源地”以后，他对中国的政治地图有了更深入的了解，应当有把握认为，不至于为一时的风云变幻所迷惑。然而，时局的发展竟大出乎他的意料之外。相当一段时间以来，他对国民党以及国民革命军北伐行动是抱有幻想的，虽然一样承认“革命尚未成功”，甚至发出过有人攀摘革命花果的警告，却根本不曾想到整个党和军队，会如此快速地掉转枪头，对付先前的合作者。政治家的野心，实在远胜于文学家的想象力。他从来未曾看见这样杀人的，北京“三一八”惨案仅杀掉40余人，他已经说是“出离愤怒了”，如今何如？他用了“被血吓得目瞪口呆”的话，形容此时的感受。出于一个人道主义者的道义感，他以辞职表示抗议，然后在一个名叫“白云楼”的地方蛰伏下来。可是，像他这样阴郁易怒的人，是注定做不成现代的隐者的；果然很快地，便接受了官方教育部门的夏期讲演的邀请，破门而出了。其实，稍早一些时候，当他为结集的《野草》写作题辞的时候，即宣告“过去的生命已经死亡”，透露了渴望“烧尽一切野草，以及乔木”的决绝的信息。

大屠杀来源于一个新的传统，这是军权政治和党权政治的合流。对此，美国学者派伊说:“军阀给出了一个事实，即在现代中国，政治力量不可能与军事力量分离，以至于没有人能开出从中国政治屏幕中心消除军队的秘方。”民国以后，袁世凯正是以军事力量作为政治资本，窃取革命政权的；可是现在，军队已不复属于个人，而是作为“党军”，为党所控制。早在革命初期，孙中山在确立他的党权政治理论的时候，已经融入军权政治的因素，后来还曾一度以军权改造党权和政权，实行党政军一体化。事实证明，军事实力的过分膨胀是危险的。所以，自从在苏联引进党对军队的政治化的控制体制之后，军权便长此被置于党权之下；虽然党不能不依靠军事力量取得并维持其专政，但是始终离不开“以党治国”的框架，其领导地位是不容挑战的。

鲁迅没有直接描述大屠杀的残酷性，而是透过“清党”事件，揭露独裁政治灭绝人性的本质。我们注意到，在1927年以后的两三年内，他反复使用“流氓”一词做演讲，或者写文章。中国的政治家有什么原则立场可言呢？无非是一群随意杀人的流氓，自然，中国的政治也就是“流氓政治”了。鲁迅做过一个《流氓与文学》的讲演，从记述来看，其实讲说的多涉政治流氓。他指出，他们要“革命”，整天叫喊“打倒旧制度”，目的是要取得自身的地位；及至有了地位，仍然要拾起旧的方法来控制一切。在著名的讲演《魏晋风度及文章与药及酒之关系》中，他列举了曹操和司马懿，作为政治流氓的代表人物。一方面，是杀人的随意性；另一方面，是行为和议论相矛盾。曹操杀孔融，司马懿杀嵇康，都是以“不孝”为罪名的。魏晋以孝治天下，不孝，故不能不杀。“为什么要以孝治天下呢？因为天位从禅让，即巧取豪夺而来，若主张以忠治天下，他们的立脚点便不稳，办事便棘手，立论也难了，所以一定要以孝治天下。”问题是，“曹操与司马懿何尝是著名的孝子，不过将这个名义，加罪于反对自己的人罢了。”这便是政治流氓的“德治”。鲁迅使用反语，称颂曹操为“英雄”，说“我虽不是曹操一党，但无论如何，总是非常佩服他。”还幽默地说：“事实上纵使曹操再生，也没有人敢问他，我们倘若去问他，恐怕他把我们也杀了！”利用传统的戏剧旁白或插科打诨的话语形式，不断暗示读者，使之把魏晋时代同现时代联系起来。

权势者极力使杀人合法化。因此，揭露合法化便变得十分必要而且适时。鲁迅在《小杂感》里说：“凡为当局所‘诛’者皆有‘罪’。”又著《可恶罪》一文，说是“我先前总以为人是有罪，所以枪毙或坐监的。现在才知道其中的许多，是先因为被人认为‘可恶’，这才终于犯了罪。”执法者实际上无法可依，即使有法，本身也是不合法——自然法——的。由此，我们知道，在强制性的统治之下，所谓的“法治”，是怎样一种不可靠的东西。《谈“激烈”》一文写道：“今年似乎是青年特别容易死掉的年头。‘千里不同风，百里不同俗’。这里以为平常的，那边就算过激，滚油煎指头。今天正是正当的，明天就变犯罪，藤条打屁股。”在这里，法律明显的不一律。《小杂感》里还说：“刘邦除秦苛暴，‘与父老约，法三章耳。’而后来仍有族诛，仍禁挟书，还是秦法。法三章者，话一句耳。”两千年一贯制，这就是专制主义的再生性和连续性。被鲁迅称为暴发户的革命新贵，在将杀人合法化的同时，必先使自己的地位合法化，因此也就一定要争正统。所谓正统，对内代表已故领袖的遗训精神，代表全党，对外则代表全民。可以说，正统之争是专制社会中权力斗争的一个重要特征。权力是赤裸裸的，它会把许多关于“忠诚”“团结”之类的伪装自行撕成碎片，暴露自身的罪恶和肮脏。它的存在本身就是一个争夺的过程，整个过程充满戏剧性，却又毫无“游戏规则”可言。鲁迅在一次演讲中打比喻说，譬如有一个军阀，从前是压迫国民党的，后来北伐军势力一大，他便挂起了青天白日旗，说自己已经信仰三民主义了，是总理的信徒。这样还不够，还要做总理的纪念周。这时，真的三民主义的信徒去不去呢？不去，便可以说你反对三民主义，于是定罪，杀人。鲁迅解说道，真的总理的信徒，倒会不谈三民主义，或者听人假惺惺地谈起来就皱眉，好像反对三民主义模样。这在当时，对于高举三民主义旗帜，以党的正统代表自居的大小领袖的讽刺，可谓入木三分。

在“共和使人们变成沉默”的时候，鲁迅不断变化他的讽刺艺术，发出抗议的声音。他有一段关于“革命”的绕口令一般的随感:

> 革命，反革命，不革命。
>
> 革命的被杀于反革命的。反革命的被杀于革命的。不革命的或当作革命的而被杀于反革命的，或当作反革命的而被杀于革命的，或并不当作什么而被杀于革命的或反革命的。
>
> 革命，革革命，革革革命，革革……

混乱的局面。混乱的语言。“革命”仅仅作为一个口号被抛来抛去。在故意安排的言辞闪烁之间，杀机重复出现。这就是语言的张力。鲁迅说收在《而已集》中的文字，是受吓以后，“吞吞吐吐，没有胆子直说的话”；其实，他正好利用无法直说的模糊语言，作了明确而顺畅的表达。

“防被欺。”鲁迅说。他在大屠杀后写作的大量文字，都在揭露一个党的流氓性，虚伪性。他绕不开流血事件。这是他的最大的伤口所在。他告诫说:“自称盗贼的无须防，得其反倒是好人；自称正人君子的必须防，得其反则是盗贼。”这是“推背图”式的方法，是由悖谬的生活逻辑推导出来的方法；在这里，他以特有的“世故”语言，为中国的政治伦理划分了限界。

早在“呐喊”时期，鲁迅便做过“暴君的臣民”的随感，这时，也仍然重复着“叭儿狗往往比它的主人更严厉”的结论。君臣关系，是东方政治文化学中的一个重要内容。在一个农业大国里，权力高度集中而等级森严有别，政治运作的规律，自然大不同于从工商社会发展起来的西方国家；而在“骄和谄相纠结”的“没落的古国人民”中产生的统治集团，也自有自己的精神特色。《扣丝杂感》中有一段“包围新论”，对此有着精彩的描述。文中说，无论何等样人，一成为猛人，身边总有几个包围的人们，使他变成傀儡，外面的人看不见他的本相，所见只是包围者制造的幻形而已。此时，也就发生了胡乱的矫诏和过度的巴结，而晦气的人物刊物之类也跟着遭灾。但猛人大抵是不知道的，直到“龙驭上宾于天”。中国之所以永远走老路，原因即在包围，因为猛人虽有起仆兴亡，而包围者永是这一伙。作者自称思索过两种“包围脱离法”:一是猛人自己出去走一走，看一看，不要先“清道”；然而大家一遇猛人，大抵事先便已改变了木然的情形，当然视察不出真模样。二是广泛接触，不为一定的若干人所包围；然而时间一长，也终于有一群制胜，而这最后胜利者的包围力则是最强大，归根结蒂，也还是古已有之的运命:龙驭上宾于天。鲁迅指出，统治者的覆灭同它的崛起一样，是寡头式统治本身所决定的，无从

被国民党政府检查部门盖上“抽去”印章，禁止发表的鲁迅的文章。

阿金

鲁迅

摆脱的。英国学者迈克尔·波兰尼在论及斯大林和他控制下的苏联时，这样指出:由于赤裸裸的权力的稳定性随着它所控制的忠实于独裁者的人数的增加而不断增加，“因此，用强制力对一个大国保持控制，比控制海洋中间单独一条船上的船员要容易得多”。问题在于历来缺乏信仰的中国，没有这样忠实的追随者，所谓“真正的党徒”；正如鲁迅所观察到的，有的只是“随风转舵”的人物，不会为他的首领拼命的。或者，这也算得是统治者的大不幸。

对于中国的国民，鲁迅素有研究。罗尔斯在《万民法》中相对于国家，提出“自由人民”的概念；其基本特征，是中国国民所不具备的。大约领袖群伦是需要凝聚力的吧？孙中山便批评中国人“一盘散沙”。鲁迅是反对“将倒楣的责任，归之于大家”的，他指出：“他们的像沙，是被统治者‘治’成功的，用文言来说，就是‘治绩’。”这“治”的结果，在大屠杀事件中表现出来，让人尤觉沉痛。鲁迅在白云楼整理完童话译稿《小约翰》，作引言道:“满天炎热的阳光，时而如绳的暴雨；前面的小巷中是十几只蜑户的船，一船一家，一家一世界，谈笑哭骂，具有大都市中的悲欢。也仿佛觉得或者正在呻吟，或者正在‘经营腐烂事业’和作这事业的材料。”他在另一则杂感中同样慨叹道:“人类的悲欢并不相通。”这是怎样的“人民”呢?次年作《太平歌诀》，引《申报》一段记事，说中山陵墓行将竣工时，石匠有摄收幼童灵魂，以合龙口之举。市民于是自相惊扰，家家幼童肩悬一方红布，上书歌诀，借避危险。歌诀有云:“人来叫我魂，自叫自当承。叫人叫不着，自己顶石坟。”鲁迅称为“太平歌诀”，说:“‘叫人叫不着，自己顶石坟。’竟包括了许多革命者的传记和一部中国革命的历史。”又说:“市民是这样的市民，黎明也好，黄昏也好，革命者们总不能背着这一伙市民进行。”美国学者易劳逸在分析国民党政权时，曾经这样指出:“从许多方面来看，这个政权就是它自己的选民。这就是为什么这个政权的现代化和发展的动力如此微弱的基本原因；但也是为什么尽管有腐败和行政机关的懈怠，政府的官僚机构还能支撑这么久的原因；以及为什么这个政权能够在鲜有其成员的更换，又无新思想的补充的情况下存在了20年以上的原因。”易劳逸使用“选民”的概念是不切实际的，中国没有普选，这个政权完全是以枪杆子的力量强迫国民接受的。然而，这里所揭示的关于政府的素质取决于国民这一方面，具有一定的真理性，至少与鲁迅一贯重视“国民性”的思想颇为一致。在广州，鲁迅多次讲演，都涉及革命群体的信仰和觉悟问题。及至事变发生，再次证实了民众的罚恶之心，并不下于学者和军阀，这时，他却并没有像一些精英人物那样充当说教者，一味加以责备。他深知，“民魂”的发扬是未来的事，“思想革命”不是在日夕间可以完成的。目下唯一重要的事情，就是如何对付杀人者，也即“有枪阶级”。他确认他的目标不会出错，而且，他不会轻易放弃这个目标。正如历史上著名的雅各宾派人物圣茹斯特对革命所做的表述那样:“一个民族仅有一个危险的敌人:它的政府。”

清党运动给鲁迅的精神带来极大的震荡。中国的所谓革命，原来不过是一场虚幻。“血的游戏”已经开头，而且看不见戏的收场，到处是恐怖，恐怖，恐怖。历史的进化未必是有确凿的证据的，北京的三·一八惨案，还是政府专一的对付学生和群众；这次杀戮青年的，倒大概是青年，他们对于别个的不能再造的生命和青春，不但毫无顾惜，且有胜利者的得意之色。这岂不是大倒退吗？事变发生后不到半年，鲁迅发表了一篇《答有恒先生》的信，公开对大屠杀的态度；对于社会的变动和自我思想的变化，信中也做了总结，末尾是抒愤懑，说是恐怖过去之后，来的不会是好东西，好像他对此后较长时期的黑暗是做了准备的。为了救助自己，他说还得借用老法子，就是麻痹和忘却。其实他做不到这样，所以，接着又说了“还想从此后淡下去的‘淡淡的血痕中’看见一点东西，誊在纸片上。”但是，这位惯于以阴暗心理推测中国的将来的人，至今还想象不出党国对于个人言论的禁锢会是何等严密，再过一些时，连发表的地方也快没有了。

这半年我又看见了许多血和许多泪，
然而我只有杂感而已。

泪揩了，血消了；
屠伯们逍遥复逍遥，
用钢刀的，用软刀的。
然而我只有“杂感”而已。

连“杂感”也被“放进了应该去的地方”时，
我于是只有“而已”而已！

以上是鲁迅在1926年10月编定《华盖集续编》时在末尾写的“八句话”，到了1928年10月校讫《而已集》时，又把它用作题辞。前者写于发生三一八惨案的当年，后者则写于“清党”前后；这种前后的衔接和重复，无论对于死者还是对于生者来说，都是有着纪念意味的。“世事也仍然是螺旋”，除了纪念，即使指出历史在杀人方面的近似之处，又有什么实际意义呢？

一方面作着抗议，说是“纵已节节败退，我实未尝沦亡”；而另一方面，又作着挣扎和呻吟，说是“虽生之日，犹死之年”。所谓“一党专政”，不过才开了个头，一个酷爱自由的人就已经不堪折磨了。事实证明，无论赞颂还是攻击鲁迅的人都过于夸大其词，他并非那类一往无前的勇士，有着金刚不坏之身。

国民党一面清党，一面北伐，于1928年6月占领北京，10月，以蒋介石为首的国民政府在南京正式成立，12月东北易帜，中国宣告“统一”。清党期间，蒋介石发表《告全国民众书》，公称“‘以党治国’为救中国的唯一出路”；实际上，此前国民政府在组织法中已经确立了“以党治国”的模式，即:国民政府必须接受党的指导和监督，一切施政方针及立法原则均由党中央政治委员会提出，经中央执行委员会审议后，以政府名义执行。政府委员会，军事委员会，包括司法机关在内，一律接受中央执行委员会的政策性指导；而党组织，则延伸和渗透到社会、产业、文化、教育各个部门和组织中去，直达基层。1931年5月，由党操纵的国民大会通过《训政时期约法》，以具有宪法效用的规范性文件，肯定一党统治的至高无上的地位。在中国政治制度史上，这种以政党代替君主的独裁形式是首创的，所以叫作现代独裁。

作为一个东方政党，中国国民党与西方政党有很大的不同。西方的第一批政党如保守党、自由党、激进党等，是在19世纪随着选举委员会的产生、发展、扩大而自然形成的；选举一结束，党组织基本上处于“冬眠”状态。美国两大党结构松散，乃至有“跨党”现象，后来简直成了为选举而组织的党。至于一些“群众性政党”，工人阶级政党如社会党、社民党和共产党，也都与选举有很大的关系。西方政党是在合法的、公开的、竞争性的政治活动中，而不是军事行动中发展和完善起来的。至于中国国民党，一个很大的不同，是它先后被置于满清政府和北洋军阀的严密监视之下，根本失去合法性，因此武装夺取政权必然成为党的主要目标。这种军事性质，是侠和盗的产儿，一开始便带给党以封建社会的特点:强制性，秘密性，黑箱操作。政党领袖如同《水浒传》中的宋江那样，是被推选而非竞选出来，其权威性，则有如韦伯所称的卡里斯玛。伏尔泰称为“父权制”，说中国组织的完善性是“唯一建立在父权制上面”。美国学者所罗门对这种权威关系作出如下的演绎:中国的政治文化是以“服从-支配”的综合病症为特征的。其实东方社会有一种同一性。布哈林讲笑话，说人类历史可分为这样三大阶段，即:“母权制”“父权制”和“书记制”，都属集团专制，明显地带上苏联社会的胎记。领袖对于党员，也是优化与驯化的结合。由于整个党被看作是先进的人物的集合体，是人民的代表，所以国民党会排斥他党的存在，孙中山会要求全国人民成为革命党，而有“训政”——“改造人民思想”——之说。孙中山的自由民主虽然源自欧美，但在批判资本主义的同时，又否定了其中与这些思想观念相联系的价值基础:个人主义。对于中国国情的分析，孙中山认为中国“自由太多”，从而强调集中和纪律，强调三民主义与传统文化——其精义是“王道”文化——的关系，整个思想框架仍然是民族主义和国家主义。他说:“我们革命党，向来以三民主义去革命，不以革命去争自由。”这样，就把主义与自由对立起来，同时把革命同自由对立起来。脱离了自由的主义和革命，终有一天要走向独裁的主义和革命，这是无法避免的。

早在“联俄”之前，国民党自身的反民主的倾向已经相当明显了。二次革命后，孙中山将个人绝对权威引入党组织，以致建立起了军权、党权与个人集权诸因素的统一的模式。从苏联引进“以党治国”的理论之后，改造了原来的三民主义，所谓军政、训政、宪政的三阶段理论，开始以党权为核心，于1924年1月第一次党代会时正式确立“民主集权制”。

由一党专政所确立的党权政治，是一种全能主义的政治体制，即通过党组织对国家以致全社会实行高度控制。在夺取政权以后，一党制的首要目标，就是在消灭异己之后，用党员占据和充实所有的行政职位，达致国家和政党的完全合并。其结果，必然导致普选制的废除和党政不分。民主社会的一个很大特点，就是体现在宪政制度上的立法、司法和行政三权分立。权力分立，从根本上否定任何无限权力、最高权力、有组织的权力有任意行事的权威；而三权合一，虽然没有专制君主的外在形式，却让人无时不感到君主专制的存在；正如孟德斯鸠指出的那样，它既可以用它的“一般意志”去蹂躏全国，又可以用它的“个别意志”去毁灭每一个公民。表面上是政党与国家并存，实际上政府是政党的影子，呈一种“无形状态”。第三帝国就是这样。对此，托马斯·马沙利克形容说:“即使是一个专家，如果他想阐明党和国家之间的关系，他也会被逼疯。”两种权力源——国家和政党——之间的关系，不可能是一种并列关系，而是表面权力与实际权力之间的关系，其中，喧嚣的政府机器掩盖和保护了政党的真正权力。一党专政，用阿伦特的说法，是以新增的一个阶级，官僚阶级，特权阶级，“将国家当作私有财产来占有”。哈耶克指出，自由主义宪政理论家关于在最高立法机构里，不应当存在政党那样有组织的利益团体的主张是正确的，因为，“纯粹的立法权应当表达的是意见，所以不应被交给特殊利益的代表”。党组织的高层对特权的追求、迷恋和维护是无止境的。

德国社会学家罗伯特·米歇尔斯著名的“寡头垄断铁律”，在国民党及其领袖人物蒋介石的身上有着极其充分的表现。在提出“能期望蒋介石做得更好些吗？”“他得对这个党和这个政府的弱点负责吗？”等问题时，美国学者兰比·沃拉在著作中接着回答说:“这些弱点反映了仍然束缚着中国的传统政治文化:依赖权势的综合病症；寻找一个强有力的人物来领导政治而非通过复杂的机构网络来接受政治的根深蒂固的习惯；忠于宗派，利用裙带关系、腐化堕落、惯耍阴谋的政治；公家事务和私人生活不分、公共财产和私人财产不分的弊病。中国要引进可以强迫党和政府作出解释的现代机构一直不是一件容易的事。”蒋经国说“中国是共和国”“国民党是在列宁协助下建立起来的”。在共和制的国度里，人民不但不能控制政府，反而为政府所控制，这是一种假共和。政体是可变动的，它往往并不符合某种标准的范式，而呈现为这种政体与另一种政体的重叠和混合。古罗马在渥大维时代，名义是“共和国”，有公民会议、选举制度、元老院等，渥大维也自称是“第一公民”，实际上是终身制、任命制；他本人即兼元首、元帅、最高代行执政官，集军政大权于一身，是本质上的君主独裁制。凯尔森在其名著《法与国家的一般理论》中有一节专门谈到“政党独裁”，说在一党制国家里，领袖崇拜，个人自由的完全压制，宪法的无效性，集权经济及强制性调整，等等，都是不可避免的。他指出，既然法律的制定和运用均操之于统治党之手，其他各种民主制度，都无实际意义可言；“在政党独裁国家中，选举和全民公决的唯一目的就是掩饰独裁的事实。”然而，靠清党和杀戮上台的国民党，连选举和全民公决这些形式都给废弃了。根据领袖既定的建国程序，后来也有所谓的修宪之举，试图仿效西方民主国家对权力加以限制，那结果只能是走过场。在“以党治国”的情况下，只要政治权力中这一完整因素不能取消，从完整权力到分散权力的转变就永远无法完成。

任何阶级、政党或群体，要有效地掌握和运用权力，离不开组织这个因素。从秘密组织发展起来的国民党，在接受苏联的指导之后，特别重视组织的扩大和完善，从群众组织直到特务组织，都有党插手领导。著名汉学家费正清在他的研究著作中指出:“在中国的政治文化中，政府是组织的垄断者。每个组织、社团都必须以某种方式归属于政府之下，不然就被认为敌对于政府，因而也就被认为是危险的。从历史上看，非政府组织只有秘密结社和各种同业行会，有组织的利益集团是受到严格约束的。一些自卫性的团体是允许存在的，而一旦它变成一种压力集团时，政府就要将其解散。出自民间的组织被认为是充满爆炸性因素的。任何一个能够控制民众运动的新兴组织的产生，都构成了对政府的威胁，只有在它形成之前将其摧毁。同时，一定程度上还是因为组织总是建立在个人基础上的，像公民对统治者效忠一样，新兴的组织意味着新领袖的出现，而新兴的领袖就构成了原有统治者的事实上的对手。结果便是:过去一个长时期以来，所有新兴的组织都处于政府的控制之下。”五四运动以后，国民党便开始注意吸纳学生，领导和组织群众，动员地方团体包括家庭、宗族、保甲、村寨、行会以及秘密协会，还有新成立的工会、青年和妇女团体，参加旨在推翻旧军阀的斗争，也即“奉旨革命”。清党时，同样利用组织的力量消灭异己，统一效忠于新领袖。后来的“新生活运动”，还是试图通过有组织的推动去进行的。美国学者派伊所以说中国“易于统治”，就因为“在很大程度上，人民自己统治自己”。以蜂窝状的群体组织，遵守内部纪律和自给自足以维持一种预设的秩序。这是有传统根据的。但是，苏联的组织无疑提供了新的经验。组织化完全用于控制，即极力设法达致人民的生活和国家的生活的同一；而这些民间组织，却并不像西欧的那样形成一种压力集团，对国家政治施加影响。米切尔斯说过一句很精辟的话:“不论谁说到组织，都是在说寡头统治。”对国民党来说，这是合适的。

这样的党，既然有能力控制全国的大小组织，便有能力推行思想统制。所谓“训政”“以党义建国”，实质上意涵了思想的控制。意识形态一旦与政权力量结合在一起，将使控制的效率获得空前的提高。蒋介石上台后，政治宣传的首要任务，就在维护正统性和统一性。1928年开始，国民党通过南京国民政府全面实行“一党专政”。此时，学界就政体形式问题进行了长时间的“讨论”；卷入这种讨论的报刊有《新生命》《生路》《现代评论》《星期》《时事新报》《中央日报》，以及《新月》杂志等。一些政治人物及御用学者从“清党”后一党独大的“现实”出发，证明在中国实行两党制或多党制是不符合国情的；并且认为，国民党是代表社会全体利益的党，是由中国社会的特殊性决定的。如周佛海便称国民党的独裁不是少数人或一阶级的独裁，而是代表各阶级的革命民众的独裁，具有某种代表性；这样，由党和国家施行的种种强制性措施，根据定义也就不再能解释为压迫了。据说到了党权时代，思想的统一是十分迫切的，无条件的。“以党治国”，形式上是党组织、党义、党员三位一体，这是参与建国方案讨论的报刊大体认同的。人民必须绝对信仰三民主义，有人甚至鼓吹，除了真正的三民主义者以外，对其他人的言论出版集会结社的自由则应予以禁止。孙中山的“遗教”成了合法性的来源，领袖的理论成了类似宪法的规范性文件。这在宪 法史上是没有先例的。在灌输正统理论的同时，以蒋介石为首的政要人物以及意识形态方面的代言人，致力于以忠诚为核心的传统道德说教，强调“统一、和谐与服从”，实行政治专制主义与文化保守主义的整合。英国学者波兰尼说:“正统性主张是一种非常令人生畏的权力工具。”在专制主义者那里，正统性是根本的。关于意识形态统治，波兰尼的观察相当深刻，他分析说，在极权专制之下，即使人们非常讨厌统治者，普遍地否定官方的正统做法，也无法产生别的思想运动。结果，“官方的种种意识形态就频繁而自动地被人们用来解释事件，即使他们并不支持这些意识形态。专制主义已经清楚证明，除了通过有权威的机构操作外，没有任何现代文化——无论是个体的还是市民的——可以生存。”这样，也就只好任由专制主义逞能了。

极权主义的分析家们普遍认为，极权主义是一个现代现象，有别于传统的君主专制或寡头政体的是，它是由唯一的政党和操纵该党的那些人对一个国家及其人民实行的绝对统治。它的最显著的特点，是恐怖与宣传的结合。阿伦特补充说，在极权主义拥有绝对控制权的地方，宣传则为灌输所取代，特别强调其中的强制性。至于制造恐怖的手段，则并不完全取决于暴力，重要的还有社会组织以及社会控制技术。国民党的“一党专政”算不算极权主义呢？易劳逸评说道:“1927年后，由蒋介石一手塑造的政府既不极权又不民主，而是在政治上摇摆于两者之间。”依此看来，好像算得上准极权主义。实际上，这是一个带有学究气的结论。极权主义应当被认为是专制主义的一个极端，虽然有方式和程度的不同，但实质是一致的。按照弗里德里克和布热津斯基合著的《极权专政与专制政治》所列举的极权主义社会的几个指标，如:以一个独裁者为首的独一无二的政党，精心制作的意识形态，恐怖系统，严密的组织，对军队的垄断，国家官僚对整个经济命脉的操纵等，国民党统治下的“党国”是符合标准的。脱胎于中国政治传统的朕即国家的专制主义，部分接受苏联和德国模式，加以经受中国本土的残酷的政治、军事斗争的训练，以及大独裁者蒋介石的个人作用，国民党成为一个极权专制的政党是必然的。由于前期更多地受到西方，其中主要来自法国大革命——这是与苏联十月革命不同性质的另一个革命系统——的影响，一批元老人物，多少算得是信仰自由主义而非集权主义者，可以抵消一点党内的独裁倾向；此外，军事割据的现象仍然存在，对于政治大一统的形成，客观上存在一定的障碍。然而，时间离辛亥愈远，国民党愈加暴虐和腐败，国内自由民主的处境也随之变得愈坏。当民族问题变得十分严重的时候，终于演变到"一个主义，一个政党，一个领袖"的全盛局面，那是一个"顶峰"。

1927年10月，中秋刚过，鲁迅偕同助教，他的学生和爱人许广平一起来到上海。

因为前夫人朱安的关系，北京是肯定无法安住的了，而广州也早就成了可怖而又可憎的地方，上海可以说是荆天棘地无处容身的情况下的一种不得已的选择。然而，作为一个现代大都会，"清党"过后，它已然成为国民党南京政府的大院，是党国要人、官僚买办、特务流氓经常出没的所在。文人也纷纷南下，连过去的对头，现代评论派诸公也都陆续来到了这里。鲁迅不是不知道，但是他已经无法绕开。

不想重返北京，还有一个理由，就是以他目前的危险思想，显然没有资格担任教席；大学实行的是"党化教育"，哪怕专一的讲授小说史，也已经是非分之想了。况且，既经选定写作为职业，而这份职业又是与教学相冲突的。恰好这时担任国民政府大学院院长的旧人蔡元培意欲聘为"特约著述员"，并且答应受聘后仍可自由撰述，他便收受了聘书，决定稳拿政府月薪三百元，再来做骂政府的著作。

时局变化太快。昨日还在革命，今天便成了"反革命"；昨日还是"流寇"，今天却成了"坐寇"，而且"占山为王"了。所谓"普天之下，莫非王土"，昨日还可以谈谈中国的坏话，今天成了"党天下"，"一党专政"，就不许乱说乱动了。这种变化，对于鲁迅这个一贯把中国历史看作是一种恶性循环——“想做奴隶而不得的时代”和“暂时做稳了奴隶的时代”的循环，即所谓“一治一乱”的循环——的悲观论者来说，应当不算太突然。即如说他相信进化论，在大屠杀中出现青年告密和杀人的情形，这种“变异”，原本就包含在达尔文的理论里面；在个人经验上，高长虹等也已经给了他质疑青年的种种根据，因此也不算得太突然。再说“一党专政”，作为一种政体形式，此前苏联一直在实行，历时将近10年，同样不能说是突然的。对鲁迅来说，感受最突然的，就是国民党的如此“游戏”般的杀人；此等杀人，打破了一个合法政权的政治实践所容许的限度。任何一个国家，包括苏联在内，在他看来，充军、监禁、杀头，也得先有罪名，不像中国这样先杀人后定罪，而且是“聚而歼旃”的。关于中国人的当务之急，他早就说过，“一要生存，二要温饱，三要发展”，其中即包含了我们惯称的基本人权。这些权利，不是任何政权所赐予的，自然也不是任何政权所可剥夺的。鲁迅对国民党“一党专政”的抨击，首先就集中在杀人上面，因为杀人事件本身便集中了人性、人道和人权的所有问题。他自嘲地称之为“浅薄的人道主义”，显然，与当时绕开杀人而谈“人权”的胡适一流的自由主义批评家，以及绕开杀人而言“革命”的郭沫若等激进主义批评家，都很不一样的。

鲁迅既然不满于国民党的“一党专政”，但是，为什么对“一党专政”的苏联会抱支持和赞颂的态度呢？这是一个颇具挑战性的问题。对于苏联，侵略过中国的所有的帝国列强，以及从北洋政府到南京政府所有反动的政府，无不施加攻击。在国际政治舞台上，苏联是弱小的、孤立的、被压迫的。国民党政府一方面希望获取苏联的军事援助，一方面又极力诋毁它；在意识形态方面，则是根本对立的。第一次世界大战后，西方国家确实全面暴露了资本主义制度的濒危症候，它的再生能力，作为被称之为“民主国家”或“福利国家”的特征，只有到了“二战”过后才开始逐渐凸显出来。苏联作为第一个也是唯一的一个共产主义国家，它的各种制度和政策，正处在实验过程中，而这些出现在初级阶段的致命的因素，全部被封闭了起来，显示在世界上的是一个以国防工业为驱动力的国民经济迅速增长的庞大畸形国家。相形之下，鲁迅与世界上许多进步的知识分子一样，对这样一个“工农国家”表示同情和支持是正常的。这里有道义上的原因、社会理想的原因，但也不无事实上的根据。鲁迅对苏联的态度，较集中地体现在他为林克多《苏联见闻录》作的序文里。他所以肯定这个新国家，是因为那里的设施合于人情，生活像了人样；那里有了许多极平常的事实，就是“将‘宗教，家庭，财产，祖国，礼教……一切神圣不可侵犯’的东西，都像粪一般抛掉，而一个簇新的，真正空前的社会制度从地狱底里涌现而出，几万万群众自己做了支配自己命运的人”。文中还突出地说到“生产力”问题。不过，更大量的事实，反面的事实，诸如强行农业集体化、反犹主义、肃反等等，都没有浮出水面而为大家所认识。如果不是像纪德那样到了苏联作实地考察，实在只好如鲁迅所说的那样，“居漫天幕中，幽明莫辨”。但是，即便如此，对于所知的苏联官方的各种决定，鲁迅也并非盲目认同。比如在文化方面，苏联对列夫·托尔斯泰的纪念，“奖其技术，贬其思想”；对于所谓“同路人”作家的贬抑，试图以官方决议的形式解决一般的文艺论争等等，都是他所怀疑的，不同意的；特别是头号“阶级敌人”托洛茨基，他颇赞同其文学思想，明知他已经“没落”，仍然多次称引过，运用过。说到交友的原则，他说是“取其大而舍其小”，其实这也是他“知人论世”的一个基本的方法。在大的方面，他认为苏联代表了普罗大众的利益，致力于奴隶解放。倘若没有积累到相反的信息，足以动摇和改变对这一政权的性质的根本看法，这位平民作家就不会像那些标榜“客观”的学者那样去指责它；因为这样一来，倒又多出了另一层“客观”，恰好投合反对苏联的政府当局的需要。这种相当于“取媚”的做法，是他所不能为，也不屑为的。

对于苏联，“一党专政”作为一种政体形式，并不曾引起鲁迅的重视。三权分立的西方民主政制，比起传统的各种独裁制度无疑是一种进步，但是，在鲁迅看来，两者完全有可能达致相同的效果；也就是说，形式在政治的实际操作中远非理论认识的那么重要。早在1907年，他写过一篇《文化偏至论》，说到近世文明时，把“国会立宪”概括为“众治”，而与传统的个人独裁相并论列，说是“压制乃尤烈于暴君”；还列举了“立宪既久”的西班牙葡萄牙诸国，说明宪政民主形式的迁变不是根本的。鲁迅是一个本质主义者。他指出，欧美之强，“根底在人”，而不是物质主义和宪政主义。这里的“人”纯指个人，具有充实的“内部生活”和“个性尊严”的个人；“旨在立人”就是“尊个性而张精神”，重在国民个体素质的改造和培养，个人主义的发扬。在文中，他列举了一批“先觉善斗之士”，盛赞其“反社会民主之倾向”，力陈“众数”的不可靠。显然，他是主张以个人对抗集体，以精神对抗物质，以致物质化的一切形式，包括宪政主义在内的。如果缺乏具有自觉意识的个人，则很容易为打着各种民主旗号的政党和领袖所利用，或者自愿“与国民合其意志”，无条件服从国家专制。稍后崛起的斯大林的苏联与希特勒的德国，都是“一党专政”的，与其说要害在于破坏了现代民主形式，毋宁说是以党和国家的名义剥夺和牺牲了任何个人。事实上，希特勒及纳粹的上台，恰恰是循守德国既定的宪法规范的。民元时期，中国也曾有过宪政民主运动，结果以宋教仁被刺告终。“共和”的果实先后落入巨奸的手里，从党章到国法，各种有关民主的规则条文，统统成了阴谋家左右其手的工具；“假改革公名”是常见之事，实际上“植党营私”而已。鲁迅是重“实质民主”而轻“形式民主”的，这与他自觉的奴隶身份以及自许的“思想界之战士”的使命有关；但是，对宪政形式的轻视或忽略，毕竟给他的政治思考留下一定的空洞地带。如果能够对政体形式问题有足够的警觉，或许能够在苏联评价态度上有更多的保留。当然，这并不妨碍鲁迅对实施“一党专政”所形成的新式独裁专制的反抗；甚至可以认为，唯其不重形式而重实质，所以对国民党政权的抨击能表现得更准确，更深入，也更彻底。

鲁迅到了上海以后，正值国民党南京政府正式建立以致相对稳定的时期。鲁迅概括说:“在‘清党’以后的党国里，讲共产主义是算犯大罪的，捕杀的罗网，张遍了全中国。”这时，鲁迅反对“一党专政”，开始逐渐从清党杀人转向“党国”杀人，转向对正统性和统一性的揭露上面；与此相联系的，就是对民间性、异端性、反叛性的辩护。他撰文直接评论官方的政策以及相关的政治行为，直至参与以争取自由人权为目标的民间团体，保持了作为批判的知识分子与实践的知识分子的某种一致性。由于鲁迅自觉地挑战党国的意识形态，这样，他不能不把主要的力量用于对付那些制定并实施文化政策的机构及其成员，对付全部的工作在于维护现存秩序的文化同行。所谓“知识阶级”，教授学者文人之流，即他所惯称的叭儿，宠犬，媚态的猫，脖子上挂着小铃铎的山羊。他的反抗，不能不带上文化斗争的性质。由于国民党政府的文化专制过于严酷，他唯以一个原始造反者的勇气和现代启蒙战士的智慧，创制一种文体，一种便利于战斗的武器:杂文。这种文体的最大特点，还不是讽刺和反语的运用，不是叙述风格学的，而是知识社会学的，是鲁迅在最广阔的历史语境里，把官方加以严密限制的信息、事件和思想，通过知识的相关性，使之神兵一般地在最需要的时刻出现。杂文是由专制主义所造就的一种反专制文体，是文体学上的“壕堑战”和“散兵战”。

吉姆·麦克奎甘在论及批判知识分子的时候，相应地使用了一个“不满的文化”（culture of dissatisfaction）的概念；并且指出，这种不满的文化以其不间断的对传统力量和现存秩序的反抗，而成为文化监督范围内进步变革的主要动力，因此，它是所有官方文化政策驱之不散的幽灵。鲁迅在“一党专政”的独裁政体的压迫之下，以他的强韧持久而卓有成效的反抗，成为现代中国的“不满的文化”的一个永久性的象征。

自由与人权

国民党政府的成立，改变了现代中国整体的政治文化格局。正如齐格蒙·鲍曼说的："国家政治的统一，需要文化改造运动相伴随，需要文化价值之普遍性这一假设，后者既是政治统一在思想层面上的反映，同时也是在思想层面上赋予政治统一以合法性。"从这时候开始，所有的文化活动，都在维护还是对抗强权统治，加强还是削弱政府的力量这一基本主题下展开。

五四新文化运动作为一场旨在破坏偶像，提倡科学民主的知识分子的自治运动，一时间，几乎使所有的自由主义者、无政府主义者、社会主义者都变做了激进主义者，但是，以陈独秀和胡适的个人行为为标志的内部分化很快出现了。陈独秀开始组党，按照"民主"的思路，试图发动和掌握多数。胡适一则踱进研究室，发扬"科学"，"整理国故"；一则创办《努力》周报，倡言"好人政府"和"好人政治"。由胡适的好友王世杰主编的《现代评论》，倾向于维持现实政治，这批基本上由学者教授组成的撰稿人，在学潮面前竟然压制学生和偏袒政府。有意思的是，顽固对抗新文化运动的，以梅先迪、吴宓为代表的"学衡"派与在新文化运动中兴起的，在知识界影响日渐扩大的"现代评论"派在维护传统、权威、秩序的前提之下，变得一致起来。这批人物都是有着共同的留学欧美的文化背景，被后来的学界尊之为中国第一代自由主义者，其实他们要求的惟是受政府保护的、规范的、有限的自由。

还在北伐战争进行途中，国民革命的势力日渐壮大的时候，现代评论派即开始移师南下。鲁迅最早注意到这种情况。这批对政治权力怀有兴趣的人物，在蒋介石建立南京政府后，即在《现代评论》上发表《南京政府》《清党运动》《党治与民治》《党治与舆论》《党治的铁律》《国民党目下的机会》等文，赞成清党，赞成国民党的“舆论一律”，表示效忠于新政府，做政府的“诤臣”。至于胡适，他倾向于国民党政府有一个过程。在此之前，如朝见末代皇帝溥仪，参加执政府的善后会议，在与政府的合作问题上与现代评论派引为同调，都可以看作是他的转向在人格上思想上的基础。1925年南下时，他也曾在政治上有过亲俄和亲南方集团的表示，而这时，对五四的阐释也从反传统的个人立场转向强调“民族”和“传统”的方面。周作人曾经指出过，胡适对于清党的态度是保持“当世明哲”的身份，而对杀人“视若无睹”。胡适则说，国民党的清党行为能得到吴稚晖、蔡元培等人的支持，新政府“是站得住的”；而有了他们的道义力量的支持，政府便可以获得“我们的同情”。1928年，他到了南京，发现大批英美派“熟人”已多半为国民党所用，在5月19日全国教育会议第四次大会上，他发表讲话，要求政府“第一，给我们钱；第二，给我们和平；第三，给我们一点点自由”。从此，他和他的朋友们致力于加强国家权力的建设，恢复和巩固为五四所破坏的实际上已经变得松弛了的统一的旧秩序。

知识与权力的重新结盟，开始时不免有点暧昧；1929年，一度出现严重的危机，这就是由胡适带头，以《新月》杂志为中枢而发动的所谓“人权运动”。自由主义者和集权主义者突然兵戎相见了。

大约胡适觉得连他要的“一点点自由”也受到了限制，特别在3月下旬，上海特别市代表、市教育局局长陈德征的国民党第三次代表大会提交的《严厉处置反革命分子案》在报上刊出以后，他随即给老友、国民党政府司法院院长王宠惠写信，另将信稿写给国闻通讯社，被检查者扣留，于是在《新月》第二卷第二号发表《人权与约法》一文，算是带头发难。文章开始便质疑4月20日国民政府颁发的关于保障人权的命令，指出命令中所规定的“自由”是不明确的，所谓“依法”是不具体的，而且政府或党部的非法行为并没有受到限制，所以有“很重要的缺点”。他建议，必须制定宪法，以确定法治基础，保障人权。同期还刊出罗隆基的《专家政治》，强调说，“要解决中国的政治问题，最紧要的是专家政治”。接着，《新月》第三号以头条发表梁实秋的《论思想统一》，反对思想统一，要求思想自由。在第四号上面，胡适又发表了两篇文章:《我们什么时候才可有宪法——对于建国大纲的疑问》和《知难，行亦不易——孙中山先生的“行易知难”说述评》；此外，还刊登了胡适和汪羽军、诸青来关于《人权与约法》的讨论文章。胡适在文章中把国民党的“根本大错误”引向孙中山，再三强调“约法”与“专家政治”，咄咄逼人说:“不但政府的权限要受约法的制裁，党的权限也要受到约法的制裁。如果党不受约法的制裁，那就是一国之中仍有特殊阶级超出法律制裁之外，那还成‘法治’吗?其实今日所谓‘党治’，说也可怜，哪里是‘党治’？只是‘军人治党’而已。”他要的是专家治理“党国”，而这批议政的专家，却已经站在政府的门槛外边了。

文人的这种不顾体面的挑衅是不能容忍的。政府当局一方面由宣传机关组织御用文人反击，一方面通过党部向胡适直接施压。8月至9月间，上海特别市党部接连开会，通过决议呈请中央严惩“反革命”胡适，并撤销其中国公学校长职务。全国许多省市如上海、青岛、天津、北平、江苏、南京等地的党部先后呈请中央，要求对胡适予以严惩。中央有关部门及政府也都向胡适发出警告，教育部部长蒋梦麟于10月4日签署了教育部训令寄给胡适。胡适也不买账，随即将部令退回。继《新月》第四号遭到查禁之后，国民党中央宣传部部长叶楚伧亲自挂帅，集中人马在《中央日报》《民国日报》等大报批驳胡适，另外还出版了《评胡适反党义近著》第一集。《新月》同人进行了还击，刊物第五号发表罗隆基的长文《论人权》，六七号合刊上还刊出胡适的《新文化运动与国民党》，罗隆基的《告压迫言论自由者——研究党义的心得》，以及《苏俄统治下之国民自由》等，文章更为集中，措词也更为激烈。

1930年1月，胡适罗隆基梁实秋等三人有关人权问题的文章，结集为《人权论集》，由胡适亲自作序，交新月书店出版。2月5日，国民党中央宣传部发出密令，查禁并焚毁《新月》六七号合刊；5月3日，上海市党部又发出训令，查禁《人权论集》。罗隆基于11月4日被捕，胡适则在辞去中国公学校长职务后，于年底离开上海，出任北京大学文学院长兼中文系主任。好在政权刚刚建立，控制未及完善，大知识分子尚可相对自由流动，胡适也因此得以成为漏网之鱼。

对胡适来说，当然及时表态也有关系。他在主动撤离火线后，很快发表题作《我们走那条路》的文章，提出中国目前的“五大敌人”是贫穷、疾病、愚昧、贪污和扰乱，它们不是用暴力的革命所可打倒的，从而呼吁“不满意于现状的人”，“要用自觉的改革来替代盲动的所谓‘革命’”。所谓“自觉”，就是说，“替社会国家想出路”，“寻一条最可行而又最完美的办法”，“建立一个治安的，普遍繁荣的，文明的，现代的统一国家”。在这里，胡适明明白白向政府表示“第二种忠诚”。其实，早在《人权论集》序言中，他已经做出这样的表示，只是操刀者不加细察罢了。他那时便说:“我们所以要争我们的思想、言论、出版的自由，第一，是要想尽我们的微薄能力，以中国国民的资格，对于国家社会的问题作善意的批评和积极的讨论，尽一点指导、监督的天职；第二，是要借此提倡一点新风气，引起国内的学者注意国家社会的问题，大家起来做政府和政党的指导监督。”他以明末周栎园著的《栎园书影》中的鹦鹉自况，说是当此“大火”的时候，“实在不忍袖手旁观”；又说:“我们明知小小的翅膀上滴下的水点未必能救火，我们不过尽我们的一点微弱的力量，减少良心上的一点点谴责而已。”

当时，即有读者致信胡适，说，“《人权论集》不但不是要加害于党国的宣传品，依我看，倒能帮助党国根基的永固”。正因为有了这种向党国效忠的立场，所以，胡适的论人权的文章能得到包括蔡元培在内的一批开明的党内元老的赞赏，能为汪精卫等改组派所利用。即胡适本人，也是乐于做“思想上的诸葛亮”，为政治人物所利用的。就在组织“平社”的时候，他一面同来华的英美政治家商讨“中国问题”，一面为财政部长宋子文设计政治改革方案。他怂恿宋子文出面领导政治，甚至代宋子文起草辞职电报，积极充当智囊角色。所以，他最后能为蒋介石所罗致，成为“廷臣”，不是偶然的。他向宋子文说:“我们的态度是‘修正’的态度:我们不问谁在台上，只希望做点补偏救弊的工作。补得一分是一分，救得一弊是一利。”他在日记中总结道:“近来与人谈政治，常说:民国十一年，我们发表一个政治主张，要一个‘好政府’。现在——民国十九年——如果我再发表一个政治主张，我愿意再让一步，把‘好’字去了，只要一个政府。”

对于英美派文人学者，鲁迅一直是有看法的。现代评论派曾经是他在北京时期的死敌，他们与新月派虽然挂的是两块招牌，其实是一彪人马，而且都是认同胡适为精神领袖的。新月派关于“人权”言论引发的风波，在鲁迅这位旁观者的眼中，不过是主人与奴才之间的一场误会，一场无谓的吵闹而已。在当时的知识界，还没有第二个人有过如此独到的、深入的、准确的观察，足见中国的知识者整体是怎样的一种奴态，从经验到理性，是怎样的贫弱，而又互相脱节。

从1929年到1933年，鲁迅针对新月社批评家以及所谓的“人权运动”，陆续发表过几篇文章，以杂感式的轻蔑的语言，对专制统治者和试图卖身投靠的知识分子败类进行了嘲笑和批判。他的第一篇近于表态的文章是《新月社批评家的任务》，文章指这批批评家在“人权运动”的小闹剧中，扮演的唯是“刽子手和皂隶”的角色；他们杀掉“杀人犯”，遵大老爷之命“打斗殴犯人的屁股”，这类打人和杀人的行为都是正当的、合法的。文章说，这些批评家也是不满于现状者，一是不满于“现在竟有不满现状者”的现状；本意帮忙主子“维持治安”，却为“别一种治安法”所不许，于是不免对现状生出又一种不满来。在针对梁实秋的《“硬译”与文学的阶级性》一文中，最后特意提及新月社群体，指出:“以硬自居了，而实则其软如棉，正是新月社的一种特色。”他说:“这一回，新月社的‘自由言论’遭了压迫，照老办法，是必须对于压迫者，也加以压迫的，但《新月》上新显现的反应，却是一篇《告压迫言论自由者》，先引对方的党义，次引外国的法律，终引东西史例，以见凡压迫自由者，往往臻于灭亡:是一番替对方设想的警告。”接着，用小说家的手法总结道:“新月社的‘严正态度’，‘以眼还眼’法，归根结蒂，是专施之力量相类，或力量较小的人的，倘给有力者打肿了眼，就要破例，只举手掩住自己的脸，叫一声‘小心你自己的眼睛！’”梁实秋发表文章说，现在“有真识的人”，他们的责任不仅仅是冷讥热讽地发表一点“不满于现状”的杂感而已，他们应该更进一步的去求一个“积极医治‘现状’的药方”。这类要所谓“建设性意见”的“积极”的“立”的学者，实在远不只新月派一流。到底哪一个“药方”、哪一种主义更好一点呢？鲁迅发表《“好政府主义”》回应说:“被压榨得痛了，就要叫喊，原不必在想出更好的主义之前，就定要咬住牙关。”从胡适到梁实秋们所奉行的“好政府主义”，其实就是“咬住牙关”的主义，并没有信仰的内容，等于药方上开的不是药名，而是“好药料”字样，以及一些唠唠叨叨的名医架子的“主张”，所以是“好药料主义”。

《知难行难》一篇，好像是鲁迅的第一篇也是最集中的一篇对付胡适的文章。文章一开始就把话题定在知识者与权力者的关系上面，也就是说，鲁迅要把问题引向中国传统知识分子的奴性上面，实质性的方面。他说:“中国向来的老例，做皇帝做牢靠和做倒霉的时候，总要和文人学士扳一下相好。做牢靠的时候是‘偃武修文’，粉饰粉饰；做倒霉的时候是又以为他们真有“治国平天下”的大道，再问问看，要说得直白一点，就是见于《红楼梦》上的所谓‘病笃乱投医’了。”接着，便直接引出胡适先后为“宣统皇帝”和蒋介石召见二事，还特意把胡适怎样称呼——“我叫他皇上”，或“我称他主席”——放大出来，暗示一种关系，传神地勾画了胡适一流为当局设想，和乐于为当局所利用的奴才心态。文章有一个容易被忽略，其实是很重要的地方，就是说到主权讨论“大局”问题时，作者插话道：“这‘大局’也并无‘国民党专政’和‘英国式自由’的争论的麻烦，也没有‘知难行易’和‘知易行难’的争论的麻烦”。第一个“麻烦”，要说的是中国的独裁专制政体与英美民主政体相去甚远，而胡适一流学者不忘把外国的一套法规搬来，其实根本是不合适的。第二个“麻烦”是指胡适们要求政府修正“知难行易”一说，“充分请教专家”，实现“专家政治”，实际上意在参政。所以，文章引了罗隆基的话，说是“根本改组政府”，“政治的意见，是可以牺牲的，是应该牺牲的”；既然政见可以牺牲，还争什么政治呢？直到1933年4月，鲁迅还写了一篇很锋锐的文章，就是《言论自由的界限》。文章从《红楼梦》说起，说在贾府这个言论颇不自由的地方，焦大以奴才的身份，仗着酒醉，从主子骂起，直到别的一切奴才，说只有两个石狮子干净；结果主子深恶，奴才痛嫉，给他塞了一嘴马粪。“其实是，焦大的骂，并非要打倒贾府，倒是要贾府好，不过说主奴如此，贾府就要弄不下去罢了。然而得到的报酬是马粪。”文章指出，“新月社诸君子”因“人权运动”而不幸有了和焦大相类的境遇：“他们引经据典，对于党国有了一点微词，虽然引的大抵是英国经典，但何尝有丝毫不利于党国的恶意，不过说：“老爷，人家的衣服多么干净，您老人家的可有些儿脏，应该洗它一洗罢了。不料‘荃不察余之中情兮’，来了一嘴马粪；国报同声致讨，连《新月》杂志也遭殃。”但接着说到后来的转机：“现在好了，吐出马粪，换塞甜头，有的顾问，有的教授，有的秘书，有的大学院长，言论自由，《新月》也满是所谓‘为文艺的文艺’了。”毕竟是奴才，他们所要的东西，最后都从主人那里得到了。主奴世界就这样一直延续下来，对此，作者讽刺道：“文人学士究竟比不识字的奴才聪明，党国究竟比贾府高明，现在究竟比乾隆时候光明:三明主义。”明显地，“三明主义”是三民主义的另一种调侃的读法。那么，作为基本人权之一的言论自由是什么呢？作者代为解释说，“现在的言论自由，只以能够表示主人的宽宏大度的说些‘老爷，你的衣服……’为限”；倘若“还想说开去”，就是对“言论自由”的“误解”，因为“世界上没有这许多甜头”。鲁迅攻击的最终目标，仍然在“党国”和政府，所以临末还补充说道:“要知道现在虽比先前光明，但也比先前利害，一说开去，是连性命都要送掉的。即使有了言论自由的明令，也千万大意不得。”也就是说，如此政府是没有任何理性可言的，奴才所以遭灾的原因便出在这里。作者用谐谑的语调肯定这个结论，说:“这我是亲眼见过几回的，非‘卖老’也，不自觉其做奴才之君子，常想一想而垂鉴焉。”

一年后作《隔膜》，说的还是像新月社诸君子一样的“不自觉其做奴才之君子”，但是那结局是无法比拟的。清朝乾隆年间，山西生员冯起炎，闻知乾隆皇帝将谒泰陵，便身怀著作，意图呈进，结果在路上徘徊时，先以“形迹可疑”被捕，后从重发往黑龙江等处，给披甲人为奴。这样的惨案很不少，倘问来由，都只因为“隔膜”。这是鲁迅从中国知识分子历史中的一大发现，但是这个发现，却并不为后来的知识者所重视。对于权力者与知识者，鲁迅是从政治格局所规定的控制与被控制的角色进行阐释的。他说:“奴隶只能奉行，不许言议；评论固然不可，妄自颂扬也不可，这就是‘思不出其位’。譬如说主子，您这袍角有些儿破了，拖下去怕更要破烂，还是补一补好。进言者方自以为在尽忠，而其实却犯了罪，因为另有准其讲这样的话的人在，不是谁都可说的。一乱说，便是‘越俎代谋’，当然‘罪有应得’，倘自以为是‘忠而获咎’，那不过是自己的糊涂。”鲁迅要指出的是，要说人权，就要明白这是一个不把人当人的“党国”；要说言论自由，也就必须明白，在一个严格区分了主奴的国度里，言论是有界限的。倘问，我们要不要自由和人权呢？鲁迅的结论当然是一定要的。在答中学生杂志社问时，他说得很明确:“第一步要努力争取言论的自由。”对党国的奴隶而言，言论自由的权利是最基本的，而争取的态度也是最基本的。所谓“争取”，其中有着多种方法方式的选择的可能性，唯有一种不可能，就是乞求专制政府的施与，像胡适等新月社诸君子那样。

哈耶克说：“当失去自由时，自由才会受到尊重。”1927年以后，人民已然失去了自由；这时，谁尊重自由了呢？对于自由，西方的自由主义者，他们并非要求政府赐予并且加以保护的，相反，毋宁说他们根本不信任政府，甚至敌视政府。美国民主的奠基人之一潘恩在《常识》里也这样说：“社会在任何状态下都是一种福祉，而政府，即使当它处于最佳状态时，也不过是一件不得已的祸害。”穆勒在著名的《论自由》里指出：“所谓自由，是指对于统治者的暴虐的防御。”正因为如此，他们的所有主张，几乎都在于如何限制统治者的统治权。他们普遍认为，人民的意见是最高权威，也就是说，民主是自由的保证。但是，在这里，多数的赤裸裸的权力是不允许的，他们跟独裁者一样无权向个人施以无章可循的暴力。对于民主制政府而言，其根本性的完善，其实也是最大的困难，仍然像穆勒说的那样，在于“如何在一个民主社会里为个人抵抗统治权力提供一种社会支持，即一种支点”。对统治权力的个人抵抗，是所有真正的自由主义者的集合点。胡适们刚好相反，不但放弃了个人抵抗，而且与专制政府达成全面合作，这是怎样的一种自由主义呢？关于自由主义在中国的境遇，费正清曾经做过这样的总结：“我们现在能看清杜威的长时间访问可能是美国自由主义在中国的顶点。到1932年一党专政作为中国的新的政体已牢固地建立起来，北京的自由主义者实际上已软弱无力地悬挂在政治的葛藤上。但是他们的讨论典范对中国的最终进步是很重要的。”费正清在华期间，与中国留学英美的学者有过广泛的接触，对他们的软弱性和依附性是了解的。至于对他们的有关自由主义讨论的肯定性评价，侧重的是理念的引进，而不是政治实践及实际效果。但是，对他们为此所付出的代价，费正清并没有作出必要的评估。

鲁迅在《两地书》中有一段话说："在中国活动的有两种'主义者'，外表都很新的，但我研究他们的精神，还是旧货，所以我现在无所属，但希望他们自己觉悟，自动的改良而已。例如世界主义者而同志自己先打架，无政府主义者的报馆而用护兵守门，真不知是怎么一回事。"而胡适一流的"主义者"如何，这里没有说，但从要求政府保护这样一种"焦大"精神来看，他们的"人权论"也仍然是"旧货"。鲁迅自称"无所属"，在中国的知识界中，他的存在确乎很难为某一种"主义者"所范围。就说自由主义，其实在他是并不排拒的，而且一直怀有这方面的信仰。杜威来华的讲演，他便表示出很大的兴趣，设法流布和珍藏。他的个人主义，也不妨视作自由主义，即是个人主义的自由主义，最本质的自由主义。学界对自由主义作出传统与现代之分，以鲁迅的这种个人倾向，也当算是传统的一类，但是，社会正义又恰恰是他关心的主要目标，在这里，他把两者统一起来了。

20世纪中期，在世界范围内，新自由主义思潮开始流行。所谓新自由主义，就是摒弃了传统自由主义中的个人至上的倾向，而使自由与民主结合得更为紧密。整个30年代，自由知识分子纷纷转向社会主义，应当认为，这同民主社会的理想有关。对于中国知识分子来说，或者可以说，此中更带民粹主义或平民主义的意味。至少，鲁迅是如此的。正如席尔思所说："人民构成道德和标准，同人民保持联系就是善。"鲁迅正是以这样的思想道德基础，表同情和支持中国共产党和苏联的。但是，同时也正因为他没有把"个人"从"人民"中脱出去，而是把它作为基础的基础，才终于有了反抗"自己营垒内部"的"元帅"的行动。他骂新月社与创造社，以至后来与左联的分歧，表明他确实"无所属"，在中国这块没有自由，甚至也没有自由理想的土地上，他只是一个自由的幽灵，一个反抗着又徘徊着的孤独的幽灵。

1930年开始，鲁迅先后加入3个团体：中国自由运动大同盟、左翼作家联盟、中国民权保障同盟。早在北京时，他便曾经向许广平表露过乐于受人“利用”或与人“合作”的意见，说:“我明知道几个人做事，真出于‘为天下’是很少的。但人于现状，总该有点不平，反抗，改良的意思。只这一点共同目的，便可以合作。”现在，鲁迅加入团体，正是实践了其中反抗和改革社会的这一初衷。这三个团体在争取人权的问题上，可以说是先后一贯的。左联提倡左翼文学，其实是在政治文化专制之下争取言论出版的自由权利，也即“话语权”。鲁迅没有把他对政府的反抗停留在讽刺性文本上，他的加盟，表明作为实践的知识分子，通过直接的斗争，已经完全彻底地把他同胡适为代表的具有中国特色的自由主义人权论者做了区分。

由鲁迅和郁达夫领衔发起成立的中国自由运动大同盟，确乎经过冯雪峰等共产党人的策动，但是，重要的不是如何成立，而是如何行动。它的成立宣言，虽然是集体的产物，却同鲁迅的自由反抗的思想相一致，总之与新月派的人权论调大两样的:

> 自由是人类的第二生命，不自由，毋宁死！
>
> 我们处在现在统治之下，竟无丝毫自由之可言！查禁书报，思想不能自由。检查新闻，言语不能自由。封闭学校，教育读书不能自由。一切群众组织，未经委派整理，便遭封禁，集合结社不能自由。……不自由之痛苦，真达于极点！
>
> 我们组织自由运动大同盟，坚决为自由而斗争。感受不自由痛苦的人们团结起来，团结到自由运动大同盟的旗帜之下来共同奋斗！

自由运动大同盟成立后，鲁迅立即招致一批“文探”的攻击。除了《民国日报》等官方传媒广为传播之外，一些党刊也有了强烈的反应，如《江苏党务周刊》，即谴责鲁迅等人的自由演讲，说是“反对党的专政”，宣称在“以党治国的时代”，“一切非党员的国民，也只有在党的自由之下才有自由，决没有到党外去再求自由的道理”。鲁迅在《关于中国的两三件事》中记述过一段官方反应说：“四五年前，我曾经加盟过一个要求自由的团体，而那时的上海教育局长陈德征氏勃然大怒道，在三民主义的统治之下，还觉得不满么？那可连现在所给与着的一点自由也要收起了。而且，真的是收起了的。”为此，浙江省党部呈请中央通缉“堕落文人鲁迅等”，而鲁迅，也确曾因为通缉的消息而一度离家避难。

为了争取自由而遭到政府的迫害，并没有使鲁迅屈服。1930年3月21日，他写信给章廷谦，说到加入自由运动大同盟的事。他根本不知道，自己原来排名在下面的，后来在印成传单时怎么会升为第2名。他说他是“本不知‘运动’的人”，凡讲演的内容也都与同盟格格不入，却为此颇遭谤议。只是，他并不以为意，表示说：“半生以来，所负的全是挨骂的命运，一切听之而已，即使反将残剩的自由失去，也天下之常事也。”《我要骗人》一文说的“自由早被剥夺”，也指的此事。至1936年，在给黄苹荪的信中还说：“仆为六七年前以自由大同盟关系，由浙江党部率先呈请通缉之人，‘会稽乃报仇雪耻之乡’，身为越人，未忘斯义，肯在此辈治下，腾其口说哉。”他甘愿承当此等不自由的命运，所以，当一贯保持着师生之谊的李秉中向他表示，可以通过高层关系为他解除通缉令之后，他竟与之断交了。

左联集合的是进步的文学青年，也可以说是反叛的青年知识分子。美国社会学家科塞在其关于知识分子的名著《理念人》中论述过这类知识分子，说：“大体上说，反叛就像个受苦受难的请愿团。这些反叛者倾向于聚在一起，以便得到相互支持与增援，志同道合的反叛者的伙伴关系，支撑着从事斗争的疏离的知识分子。这就是激进的政治宗派为那些摒弃他们时代主流观点的知识分子提供道德和感情支持的重要性……政治宗派经常表现出相当古怪的特征，但这是不足为奇的。与周围社会的隔绝和疏离的痛苦、孤独感，即使因同伴关系而有所缓解，也经常是十分强烈的，这会导致一种——在这个世界安分守己的居民看来——近乎病态的生活和思想作风。这类宗派的成员之间的密切关系、高度的使命感，和为世界驱除邪恶的秘密教义的高尚意识，也时时强有力地激发着创造性的想象力。”左联可能增强了鲁迅的集体抵抗的意识，但是，他与集体的关系并不密切，仍然一如既往地作着他的“散兵战”。然而，左联盟员柔石等人的被杀害，把他推向极度的悲愤之中。有诗为证：

> 惯于长夜过春时，挈妇将雏鬓有丝。
> 梦里依稀慈母泪，城头变幻大王旗。
> 忍看朋辈成新鬼，怒向刀丛觅小诗。
> 吟罢低眉无写处，月光如水照缁衣。

鲁迅《无题》诗手迹

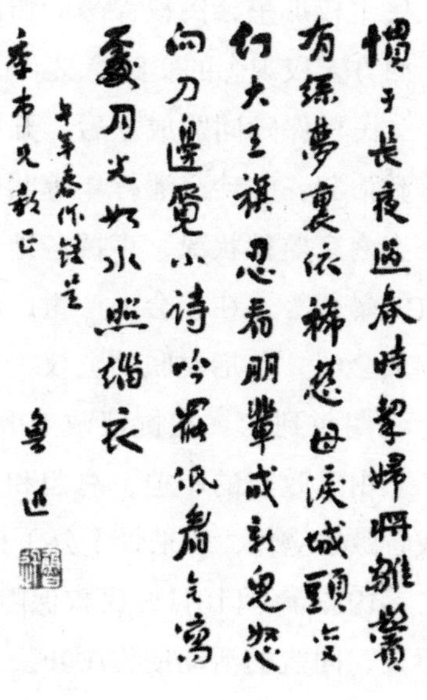

他再度避难。此间，他为地下刊物《前哨》和美国《新群众》杂志分别写了《中国无产阶级文学和前驱的血》和《黑暗中国的文艺界的现状》，抗议国民党政府。这个一直否定中国“革命文学”的批评家，在文章中第一次也是唯一的一次使用了“中国的无产阶级革命文学”的语词。青年朋友的血是他一直铭记着的，“暗暗的死”成了他此后一再表现的主题。后来，他因周扬等人的行为而对左联表示失望，甚至阻止萧军等加盟；但是当周扬等奉共产国际之命解散左联时，又有了行将丧失的怆痛。用他的话说，是不愿意为此“使亲者痛而仇者快”，他是决心与专制政府周旋到底的。

这样，于1932年12月加入中国民权保障同盟，对鲁迅来说是当然的事。关于这个团体，费正清介绍说:“中国民权保障同盟是一个为政治犯呼吁的压力集团，而那些政治犯主要是学生阶层和知识分子。”“中国民权保障同盟作为自由主义在个人试图对抗南京国民党政府日益独裁专横的势头，是值得研究的。国民党政府力图摧毁一切反对派的力量，压制不同意见，扼杀自由思想。这场徒劳的保障个人权利的运动，是由已故孙中山的支持者中间的几个自由主义者所领导的。”首倡者是孙中山的遗孀宋庆龄和元老蔡元培，鲁迅、胡适、林语堂等也都加盟其中。民权保障同盟宣称，它不是政党，只是一个争民权的组织，不专为一党一派效力。对已被政府定罪的人，不加歧视，努力保障他们的人权。显然，民权保障同盟是借了孙中山的民权主义一词，来反对国民党政府的践踏人权的独裁政治的。孙中山的“民权”，基本上停留在民族主权和人民主权那里，民权保障同盟的成立，却使人权问题在中国第一次具有了西方人权观念的实践意义。

民权保障同盟成立后，开展过各种卓有成效的活动，如营救陈独秀等政治犯，丁玲、潘梓年等共产党人，还有其他知识分子和青年学生，调查南京监狱状况，声援各地争取人权的斗争，抗议希特勒派的一党专政的暴行等，在社会上产生广泛的影响。平时，鲁迅不出席集会，也不参加会议，包括左联的会议，但在接到民权保障同盟的会议通知时是一定先期而到的。在抗议政府和争取人权问题上，他是变得愈来愈激进了。由于政府的压迫，总盟和分会的十多个执委或者转向，或者消沉，或者敷衍应付，后来骨干分子只剩下四五人，这中间就有鲁迅。

1933年6月18日，民权保障同盟总干事杨铨突然遭到暗杀。杨铨死后不久，同盟的活动便告中止。经过大半年的挣扎，一个民间团体也就在白色恐怖中被扼死了。

在杨铨入殓的当天，鲁迅不顾朋友的劝阻，同许寿裳一起前往万国殡仪馆。他走时不带钥匙，实际上已经做好了随时遭遇不测的准备。接着，谣言四起，报纸还披露了一份“钩命单”，每个名字下面都注有代号，而他和杨铨的代号正好相同。鲁迅致信朋友说，“据闻在‘白名单’中，我也荣获入选”“继杨杏佛而该死之榜，的确有之”。但他推断，此种恫吓，其中至少有一半乃“文氓”所为，所以决定不搬家，不避居，继续他的没有团体的战斗。

继上海民权保障同盟成立之后，北平成立了分会，胡适被推举为分会的执委主席。后来，在释放政治犯，以及监狱的考察等问题上，他与总盟的意见发生了分歧。首先，在《独立评论》杂志上发表《民权的保障》一文，反对总盟关于释放政治犯的主张。文章说:“把民权保障的问题完全看作政治的问题，而不肯看作法律的问题，这是错的……前日报载盟的总会宣言有要求‘立即无条件释放一切政治犯’的话，这正是一个好例子。这不是保障民权，这是对一个政府要求革命的自由权。一个政府要存在，自然不能不制裁一切推翻政府和反抗政府的行动。向政府要求革命的自由权，岂不是与虎谋皮？谋虎皮的人，应该准备被虎咬，这是作政治运动的人自身应负的责任。”鲁迅注意及此，曾特地托请台静农将这篇“攻击民权同盟之文章”找到寄给他。在与《字林西报》记者谈话时，胡适还继续指责民权保障同盟不应当提出不加区别地释放一切政治犯，免予法律制裁的要求；并且认为，政府“有权去对付那些威胁它本身生存的行为”。胡适的这些言论，哪里像“英美派”的自由主义言论呢？在英美，反对政府倒是不构成犯罪的。胡适如此为反动政府张目，分明将英美的“自由宪章”中国化了，法西斯言论庶几近之。鉴于胡适这种反对会章、攻击会务的表现，总盟临执会曾两次致电要求他作出解释并公开更正，他没有答复。为此，民权保障同盟开会通过决议，开除了他的盟籍，这就是费正清叙述说的:“正如往常那样，胡适作为北京头号自由主义公民不得不就此后退。”

比较胡适一流学者，鲁迅没有那类论人权一类堂而皇哉的论文，但是，他的宣言，他的记叙文、文化随笔，更不必说杂感，几乎都在说的人权主题:压迫和反抗。关于人权问题，鲁迅确实在著作中形成了一套反理论形态的理论。第一，中国的人权问题其实是奴隶权问题，奴隶的解放权问题。他从来不是抽象地谈说人权，或照搬西方的人权理论，包括与此相关的系统宪政理论，而是从做奴隶这个未曾改变的事实出发来讨论问题的。生命是穷人的唯一的资本，这个观念在他那里是最基本的，十分坚牢，所以，他的那个著名的公式，即生存、温饱、发展的“三阶段论”，要把生存摆在首要的位置。在他的大量的著作中，常常结合着文化传统批判，揭露中国是一个随意诛戮的死地。当然，所谓的“生存问题”，还不能被仅仅化约为“活着”。鲁迅同时指出:“人固然应该生存，但为的是进化；也不妨受苦，但为的是解除将来的一切苦；更应该战斗，但为的是改革。”他决不会在奴隶仍然未曾摆脱生命安全遭到威胁的境况下，奢谈诸如保护财产权之类的问题。第二，鲁迅肯定的人权是人的自然权利，是“自然法”这一更高的法律所承认的，而不是不合法的政府的法律，不是屠伯们及其御用学者所制定的法律。在鲁迅那里，人权其实是“天赋”的部分，不是统治者赋予的部分，这里包含着一种最原初、也是最根本的博爱，一种高尚而有吸引力的信仰。他认为“王道”在中国是不存在的，对政府的政治运作充满不信任感，不相信在一个暴力、说谎的政府的统治之下会有所谓的“法治”。《写于深夜里》的一篇，以童话的形式，对现行法律的虚伪性做了这样的揭露:

> 出版有大部的法律，是派遣学者，往各国采访了现行律，摘取精华，编纂而成的，所以没有一国，能有这部法律的完全和精密。但卷头有一页白纸，只有见过没有印出的字典的人，才能够看出字来，首先计三条:一、或从宽办理；二、或从严办理；三、或有时全

不适用之。

自然有法律，但曾在白纸上看出字来的犯人，在开庭时候是决不抗辩的，因为坏人才爱抗辩，一辩即不免“从严办理”；自然也有高等法院，但曾在白纸上看出字来的人，是决不上诉的，因为坏人才爱上诉，一上诉即不免“从严办理”。

有谁要看统治者的统治艺术的全般的么？那只要到军人监狱里去。他的虐杀异己，屠戮人民，不惨酷是不快意的。时局一紧张，就拉出一批所谓重要的政治犯来枪毙，无所谓刑期不刑期的。

既然政府和法律不堪信任，身为奴隶的唯一办法就是反抗。所以，第三，在鲁迅看来，现今的政治，法律，文化，道德，都是不一律的。鲁迅的“法哲学”，不是源自哪一家的主义和理论，而是奴隶的道德哲学，说到底是对压迫的反抗。这一点固然为专制政府所反对，但也为一般宝爱秩序的学者所不容。鲁迅深知，“被压迫者对于压迫者，不是奴隶就是敌人，决不能成为朋友，所以彼此的道德，并不相同。”对于革命的看法也是这样。革命不过是反抗压迫的一种形式，暴力革命作为极端的形式，同样是基本人权之一。旨在颠覆政府的行为自然无须经由现行的法律的恩许，也不会获得恩许。鲁迅要捍卫的，不是“公民”的法定权利，而是为奴隶者本来拥有的、神圣不能剥夺而实际上遭到剥夺的权利，未曾写上宪法的权利，或者写上宪法而得不到保护的权利。长期以来，奴隶们受惯了猪狗的待遇，受惯了“酷的教育”，所以不再以酷为酷，革命也就这样产生了。像鲁迅在《偶成》里说的:“人民真被治得好像厚皮的，没有感觉的癞象一样了，但正因为成了癞皮，所以又会踏着残酷前进，这也是虎吏和暴君所不及料，而即使料及，也还是毫无办法的。”

承认还是不承认现存的政府和法律，承认还是不承认奴隶——政府称之为“公民”——反抗专制压迫的合理性和合法性，是鲁迅和胡适们分歧的根本所在。

在五四时期，人权与民主并提。实际上，以知识分子和青年学生为主体的新文化运动大大开拓了公共空间，人们在个人和群体的斗争中获得了言论出版，集会结社，反对政府的自由，也获得自由恋爱，婚姻自主，以及接受平等教育的各种权利，这在一个以几千年的家族制度为基础的中国社会中，是一个十分了不起的变动。一些学者认为五四只有“破”而没有“立”的论调是毫无根据的，只是在建立新的观念和行为准则的过程中，为了克服传统的习惯、惰性和压力，付出了太大的勇气和代价用于破坏，致使学者至今只记得旧物坍毁的震荡之声，并为这惊悸不已。然而，随着党派组织的崛起和工农运动的高涨，权利观念被缩减为劳动的、物质的、经济的要求，或者被置换为普遍的社会民主观念；权利的个人性，也就是天赋的最本质的东西在浪潮中沉没了。在国民党建立起“一党专政”的专制统治之后，人们早经获得的一些基本权利，如言论出版结社集会的自由权利再度丧失，甚至连生命权也得不到保障。事实上，执政党本身就是靠清党杀人上台的。我们不可能要求这样一个失去了道德基础的野蛮成性的政府重视“人权”建设，保障人民的权利；要讨论人权问题，就必须使国民党放弃一党的绝对权力和既得利益。这是一个前提。

人权是民主的基础，是自由政治秩序的关键要素，任何政府权力以及行使权力的方式都不能不受到“人权”问题的制约。在这里，首先要明确的是，人权是始自权利的，包含了个人权利优先的原则，它意味着个人的自由和自治必须得到国家的尊重。关于人权观念，西方普遍认为，个人权利是自然的、与生俱来的，而不是某一个政府或制度授予的，它先于并高于政府而存在，因此既不能被剥夺，也不能被悬置。如果说，政府是人民的代表，宪法是人民与其代表的契约，那么，政府与宪法的这种代表性，实质上是人民的指令，是人民对政府的诸如任期、人选及必须满足的条件的规定性。它规定:政府必须向人民负责，并且尊重个人的权利，包括抗拒政府的权利。这是公理性的，不能被颠倒的，唯其如此，人民同意政府统治的条件，政府才具有了所谓的代表性，也即合法性。美国宪法学家L·亨金在其名著《权利的时代》中指出:在任何制度中，官僚政府都不可能是人民政府，尽管政治权威在法律形式上得到承认并由偶尔举行的正式选举所装饰，但如果实际上权力横行，人民没有实际意义的责任和机会去终止或控制这种权力行使，即没有变更他们政府体制的自由，没有变更他们的经济和政治制度的自由，那么就不能说政府权力是以人民的意志为基础的。在叙述人民及其政府的关系时，资产阶级的政治理论家都一致指出，任何政府集团或个人，都不可能存在绝对权威，人民才是国家权力最高的和最终的所有者，是制约国家权力的指导性力量。所谓“人民主权”，它指的是人民通过选出的代表，或者直接由自己去管理自己。不管在何种情况下，个人仍然保持某些原初的权利，以免遭受“人民”或他们的代表的迫害。如果个人或人民的利益一旦遭到政府的侵犯，就可以不再服从它，直至推翻它。这就是洛克在《政府论》中阐述的人民的革命权。美国的《独立宣言》对于这项人权问题也有着明白的宣示:“当一个政府罪恶满盈、倒行逆施、一贯地把人民压抑在绝对专制主义的淫威之下当成终极目标，人民就有这种权利，人民就有这种义务，来推翻那样的政府，而为他们未来的安全设立新的保障。”

1936年3月大病初愈后的鲁迅

有意思的是，鲁迅对人权问题的态度，与这些西方资产阶级的人权理论有如此的一致，尤其突出地表现在关注个人权利和革命问题上。革命这东西，并不是无产阶级的发明，而是人类自身的基本权利，其实说到底是“生存权”。如果从某种意义上说，现代化就是西方化，那么鲁迅是真正的西方主义者，而胡适一流，倒是带有很浓厚的东方色彩，因为他们只承认政府和权威，而不是人民的权利，他们把“人权”围进政府的用法律的栅栏保护起来的后院里，然后进行研究和讨论。五四运动在历史上所作的一个根本性倒转，是国家、君主的权威地位为个人所取代，而到了1927年之后，情势又颠倒过来，党国和领袖建立起新的权威，迫使个人服从。鲁迅对人权的阐释，是要回到人权的初始状态，回到五四自由解放的起点上；胡适一流则是要在“新秩序”的基础上加以改善，强调“法治”的意义。但是，我们知道，没有天赋的个人权利做基础的宪法都是可疑的宪法；凡是人们的基本权利得不到可靠的保障，国家权力无法获得分立、监督和制约的一元化社会，都不可能存在真正的宪政体制。要确保民主宪政的实质意义，只好结束“一党专政”的绝对状态，不容许任何集团或个人，高出于法律之上。

梭罗说:“我们首先是人，然后才是公民。”作为一个废奴主义者，梭罗认为，培植对法律的尊敬，没有比培植对权利的尊敬更要紧。其实，权利大于法律，可以说是所有废奴主义者一致的观念。在奴隶制仍然属于天经地义的情况下，他们不能不离开实在法而诉诸“更高的法律”——人类的良心。在这一点上，鲁迅与废奴主义者有相同的地方，他们都致力于奴隶的解放，只是鲁迅也把自己看作“奴隶”而已。“今天，一个人应当如何对待美国政府呢？”梭罗说，“我的回答是，他不能问心无愧地与它联系在一起。我一刻也不能承认那一政治组织就是我的政府，因为它同时也是奴隶们的政府。”关于“奴隶”这一概念的本质，斯宾塞把它定义为“被其他人占据的人”。他的主人是谁，是单个人还是一个社会并不重要，重要的是奴役本身。鲁迅深感自己的言论自由和人身自由是被剥夺的，他把自己置于众多被奴役被损害的人们之中，所以，在党国之下，他始终不把自己看作“公民”；在左联内部，他也不把自己看作“同志”，而一例地自称为“奴隶”。胡适则把自己称为“过河卒子”，政府的“诤友”和“诤臣”，这些语词的对比是黑白鲜明的。他们都有着各自的边界，而且一直努力维持这边界使之不致融合，但是彼此的冲突毕竟无法避免。冲突理论的创立者，著名社会学家齐美尔在说到冲突的积极意义时指出，一个成员与另一个同伙的对立并不是纯粹消极的。他说:“如果我们甚至连反抗暴政、专制及个人难以忍受的事物的力量都没有，我们就无法与那些使我们深受其害的人建立关系。我们就会感到应该采取一种充满风险的步骤，也许这实际上并没有造成‘冲突’，但关系将告结束。这不仅因为不反抗和无法保护自己，会使压迫感增加，而且也由于反抗行为本身也会赋予我们一种内在的张力，快感或者慰藉……我们的反抗会使我们感到，我们并不是环境的牺牲品。”五四后期，胡适已经开始减少与社会的冲突，像另一个社会学家科塞形容的那样，他的形象，“已从一个改革的自觉倡导者变为‘消灭动乱’和人类关系学专家的形象”。鲁迅则不然，他保持了“呐喊”以来对于“吃人”传统和专制政府的复仇的敌意，不惮于继续将敌意向原初对象发泄，而且向替代目标如胡适等知识界的焦大发泄。

自由、人权与宪政制度特别是专制主义制度之间，一直处于战争状态。现存秩序与反秩序势力都有自己的火枪手。政府选择和委任的专家长于掌握为国家谋求生存的技艺，他们是从知识界中通过韦伯说的“政治剥夺”过程演变而成的“职业政治家”或“临时政治家”，从一开始，就不打算成为主子，只想成为政治主子的臣僚，“一方面挣得生活所需，另一方面也获得了理想的生活内容”，谋求的是对政治机构内部或在他们之间的权力分配中发挥影响。现存秩序的反对者，也称异议者，他们是自动站到荒原之中的人物，因此注定是少数，甚至是单个人。他们的行为固然不为政府所容，但也未必为他们所护卫的社会所容；唯一吸引他们的，唯是正义和真理，以及它们的受难，或者简直可以说，唯是喜欢挑战强权而已。

九十年:中国文学一瞥

上世纪30年代，鲁迅在总结新文学的成就时指出，五四后的第二个十年不如第一个10年。一个进化论者的结论具有启发的意义:文学如同历史一样，是可以倒退的。

倒退的原因，在鲁迅那里，大约如他所言:“五四失精神”，文学失去了五四发轫期的那种自由反抗的精神。文学精神可以从两个方面观察，一方面同时代思潮有关，另方面寓于作家个人的生存状态和思想倾向。文学创造是一定的观念、思想和道德原则的产物。

五四是一个观念发生根本性变革的时代。文学观念的一个最重要的革命是，它不是“载道”的，不是意识形态的仆从，而是独立的、个人的、审美的。当时最完整地表达这种文学新观念的，当推周作人的《人的文学》一文。文章强调人是灵与肉的统一，因此文学必须是人性的、道德的。健全的文学，不但是个人主义的，而且是人道主义的。这就是对文学作为“人学”的五四式阐释。

从五四开始，文学社团蜂起，许多刊物在校内外创办起来，即便旋生旋灭，都是自由思想的载体。就在这些“自己的园地”之上，生长了大批的作家和作品。在《新青年》率先显示新文学的实绩的鲁迅自不必说，新诗在胡适的“尝试”之后，有郭沫若、刘半农、冯至、徐志摩、闻一多等风格各异的诗人；散文除了周氏兄弟，还有郁达夫、冰心、朱自清等，都是很有个人特色的作家；小说方面，郁达夫写“多余人”，庐隐、淦女士、丁玲等写现代女性，还有个别叙说工人生活的作品，都是传统小说所没有的。即便写市民，也不同于“三言”“二拍”，没有那种消闲和逗乐。新兴的“乡土小说”最有成就，它聚集了一个较大的作者群，作品的主题和写法与《水浒传》很两样，是五四的平民主义与人道主义精神的反映。总之，五四新文学是为人生的，充满着一种青春气息，甚至连颓废也是激烈的。

三四十年代是“后五四时代”，也可以看作五四的一种延伸。这时，启蒙主义淡薄了，个人独立的探索更多地为集团规划所代替。国民党“党国”的官方文学，实质上是封建时代廊庙文学的僵尸，蒙覆了民族国家的现代面具而出现。许多“闲适”“幽默”之文，显露了周作人、林语堂等人的蜕变，虽然看起来丰富了艺术品类，可是对于一个生死搏战的大时代来说是不相宜的。左翼作家集体倾向于阶级性方面的表现，这种表现，在延安文学中更为集中，然而愈到后来愈见狭窄，五四那种世界主义的视野不见了。在集团之外的作家中，萧红是突出的，为中国大地留下了悲壮的史诗。沈从文、张爱玲等人的小说有较高的成就，可惜对人性多作文化人类学的发掘，却放弃了社会学的视角，影响了作品的广度和厚度。文学是需要余裕的。抗战八年的动荡对文学创作不无干扰，但是，从五四和后五四成长起来的一代作家如茅盾、老舍、曹禺、巴金、艾青，以他们良好的文化素养，毕竟成就了一批有分量的作品。

1949年以后，文学体制发生了很大的变化。一、芜杂的文学社团不见了，代之以统一的“作协”，而且有了专吃“官饭”的创作人员。二、在知识分子改造运动中，作家队伍成为规训与惩罚的对象是必然的，从而出现大面积的组织性剥离。三、刊物有主管部门，有严格的组织制度和审稿制度。四、统一出版，“阵地意识”是贯彻始终的。

在思想倾向方面，长期以来，五四流行的个人主义和人道主义遭到严厉批判。“阶级性”代替“人性”而贯穿了几十年的文学，是为人为的“阶级斗争”和政治运动服务的，完全退回到“载道”的框架之内。这样，新文学历史上的一些题材和主题消失了，甚至连不涉政治如何其芳的《画梦录》或师陀的《果园城记》一类作品，也不可得见。“文革”十年，几乎消灭了所有独立的文学作品，只余“一个作家八个戏”，堪称浩劫。

至20世纪80年代，作家在很大程度上力图摆脱意识形态的影响，与此同时，却普遍失去社会理想和文学理想，失去自由感、悲剧感和道义感，放弃思想深度的追求，道德观念的追求，放弃对社会环境和体制的必要质询，以致有意抹杀人物固有的阶级身份及社会关系，无视生活的内在逻辑，一味追逐时尚，追逐故事，追逐形式。此时，官办文学大奖，作家颇类赶科举大考一般，似乎没有哪一个“名家”可以自觉或者被动地留在大奖门外。90年代以后，作家、评论家、出版商及媒体结成团伙，左右文坛，机会主义之风盛行。大小作家，各式“笔会”，均以谈说“玩”与“酷”为乐事。在灵与肉方面，大写“下半身”，诗歌如此，小说也如此。“身体”一词成了性的代名词，在作家和批评家那里流行一时，使人想起明季士风。人的精神状貌被忽略，作品失去精神性，这是致命的。

文学语言粗鄙化，缺乏个性，毫无韵味，同样与精神的衰败有关。应当承认，社会语言，包括文学语言，是被严重污染和破坏了的。文学是语言艺术。一代作家普遍失去语言的质感，是中国文学质量下降最为明显的一个指数。

站在新世纪第一个10年的末端回望五四，我们看见:现今的中国文学表面上看来很繁荣，作者更多，作品更众；但是明明白白的是，文学现象成为“大众文化”“流行文化”的一部分。这种现象是五四文学所没有的。这中间，不能说没有个别优秀的作家和诗人，但为数极少；虽然文学题材比过去有所扩展，也出现了一些新的表现手段，就整体的品质而言，当代作品是平庸的，低俗的，粗劣的。

关于中国文学的评价，我们不能不拿世界文学作参照；比较之下，可知相距甚远。倘若从时间的纵轴看90年的变迁，途经长期劫难，实在丧失太多，可是，作家至今不但没有切实的反省，反而出现诸如诺贝尔文学奖的集体癔症之类的怪象，如此愚蠢而狂妄，可见要想进步很难。

2009年4月20日

文学创造与精神（节选）

精神激活主体。

——维吉尔:《埃涅阿斯纪》第6章

存在与精神

精神的决定性

要谈论文学，不能不谈论精神。

文学是精神的创造物。精神的存在，决定着文学的形态、结构和品质。

精神哲学与精神分析

关于精神，不同民族、宗教的元典都有所讲述。系统的研究，当首推德国哲学家黑格尔。

从精神的观念性出发，黑格尔把精神区分为主观精神、客观精神和绝对精神。主观精神是个人的，它跨越灵魂的黑暗阶段，提升为自我意识，从自在到自为，最后发展为自由精神。对自觉意识和自由精神的强调，是黑格尔精神哲学最有光彩的地方。他指出，灵魂只是“精神的睡眠”，唯有意识从中觉醒，通过自己的活动向客观性解放自己。意识的真理是自我意识，精神的本质在于寻求自为存在，如果要实现自我的现实化这一本来命运，精神就必须突破诸种条件的限制，结束它与外部社会权力——国家的政治权力和财富的权力——的同一状态，也即适应的、顺从的状态。在这里，黑格尔着重的是精神的实践性、自为性。他把艺术连同宗教、哲学一起纳入绝对精神，其中指出艺术以感性事物的具体形象的直观形式来显示自己，以及思想要素的终极性，对于理解文学精神是富于启示意义的。

随着现代历史进程的演变，黑格尔的无所不包的体系哲学，很快遭到来自不同方面的新兴哲学的冲击。其间，最具有冲击力的是存在主义哲学。

在拘谨的哲学史家那里，存在主义大约只是盛行于20世纪战后时期的一个哲学流派，事实上，它是作为人类思想的一项重要运动，直接存在于现代历史主流之中。与黑格尔哲学不同的是，存在主义是反体系的，它不是逻各斯的产物，而是现代经验的活生生的果实，同现代人的生存体验密切相关。在黑格尔式的绝对的、无限的世界里，存在主义者划出有限的边界；从尼采、克尔凯郭尔，到海德格尔、萨特和加缪，他们关注的唯是人类个体的存在。在他们的哲学中，个人生存的险恶境遇，以及精神与生活相离异的黑暗图景得到充分的揭示；在唤起危机感的同时，他们指出反抗现实和自由选择的各种可能性。

相对于黑格尔的精神哲学，存在主义致力于使问题回到个人性、主体性、偶然性上来，使精神获得一种生命感。如果说存在主义在打破绝对的信仰，理性的僭妄与滥用，传统的主客观二分法而使哲学向个体性偏移，以此体现它的革命性的话，那么，精神分析学说则直接从精神生命内部引发革命。

弗洛伊德最早打开无意识之门。他从精神症候的个案分析下手，引入“猜疑的阐释学”，揭示人的内驱力，爱欲与攻击本能，以及压抑机制、记忆和创伤、创造的奥秘，等等。他和他的弟子先后描述了精神过程的转换性、易变性和可替代性，在人们的观察和思想实践中变得愈加丰富起来。

后现代哲学话语更为激进。但是，可以看到，福柯、德里达、利奥塔、德勒兹等人对传统哲学在总体性、主体性、连续性和本质主义方面的批判，对思想、语言与权力的关系的批判，包括对精神分析的批判，都无非在进一步强调精神的自由。

精神的意向性

人类的精神存在，有常态，也有非常态。无论黑格尔，黑格尔主义者或是反黑格尔主义者，都在不同层面上，以抽象或隐喻的方式描述过精神活动的常态。精神具有意向性，这是最基本的。意向性活动包括意向主体、意向行为、意向对象和意向方式。精神充盈鼓荡，但总是指向某一对象，是这一对象的精神，而对象也只能是意向性对象。正是意向性，构成为主客体之间的中介，使精神的本质和对象的本质同时呈现出来。波兰美学家英伽登就将艺术作品看作“纯意向性客体”，艺术活动也就是纯意向性行为。

时代精神是一个殊相。在这里，精神以某种非常态，显示出人类居于特定时代环境中的生存图景。所谓“现代精神”是什么呢？历史学家、哲学家以及不同专业领域的学者对此作过各式各样的概括，而所有这些概括，都不可能脱离自十九世纪末以降，特别是20世纪后半叶，世界持续发生的重大的历史事件，以及社会生产和大众生活的许多日常性现象。从近代到现代，作为长时段的变化，时代色彩的对比是较为鲜明的。在这期间，战争，极权主义的肆虐，大屠杀，商品经济的扩张，全球化与民族主义，工业和高科技的发展，恐怖主义，因特网和信息传播，民主化和大众文化……一方面是知识、技术、财富的积累，一方面是类似韦伯说的实质性内容的丧失。到了现时代，近代的许多特征，如统一性、普适性等，明显地为多元性、特异性、断裂性、不连续性、对抗性所代替。此外，由于西方知识分子以社会批判为职志，所以，在描绘现代人的精神图像的时候，大抵掩盖了可能的笑容，如实地甚或夸张地暴露其中的病态，畸形，种种带罪恶性、破坏性的特征。

无论是作为对黑格尔精神哲学的补充，还是对人的精神所作的新的理解，现代（后现代）哲学和精神分析同样看重精神的意向性。“我们是谁？我们从哪里来？我们到哪里去？”对现代人来说，这仍然是一个难以拆解的历史之谜。

“还乡”作为精神母题

意向性是同原点与终点联结在一起的。在某种意义上说，终点可以变为原点，可是在两者之间，既不能到达，也无法返回，由是构成为精神内部的某种张力。现代哲学家把原点称为“家”“家乡”“故乡”，于是有了“还乡”，以及由此引申开去的诸如“流浪”“游牧”“在路上”等等形象的说法。海德格尔十分强调精神生命的原点，他称作“源泉”，说是“还乡就是返回对这源泉的接近中”。

显然，在这里，存在着一个“故乡情结”。

法国思想家巴什拉说:“事实上，一部诗作只能从情结中获得自身的一致性。如果没有情结，作品就会枯竭，不再能与无意识相沟通，作品就显得冷漠、做作、虚伪。”对诗人来说，故乡情结有一种温暖的情感的凝聚，这是不同于其他文学者唯是理念的集合的。打个比方，如果说历史学家看到火，哲学家看到光，那么，只有诗人才能感受到热。热是渗透的，深入的，为目力所不能见，却充盈于内心，是无尽的梦幻和永久的魅惑。

精神与文学

文学的真理性

在海德格尔那里，“故乡”即“存在”的异名。“还乡”，作为一种精神现象，它是本己的。对文学而言，就是说，还乡不仅仅是一个主题，具有主题学的意义，而且，在最根本的意义上，它是作者的精神运动本身。

海德格尔十分看重诗，特别在他晚年，把诗置于哲学之上，说哲学家处在过道里，而诗人是“在家”的。“家”是存在的家，是存在者的“在场”。强调“在场”，就是强调现实物，这是存在主义者的一个基本态度。在海德格尔看来，诗人以直觉经验，心灵的语言敞开存在的本质，将精神引向“澄明”。与此同时，他又认为，一切艺术，一切的语言作品，都可以称之为诗。显然，他把文学精神同现实存在直接联系了起来，并由此确定文学的特性。

就是说，文学的本性包含了两方面的内容:一是真理性，一是文学性。如果要把文学性看作一个更广的、统筹性的概念，那么，也可以变换一种说法，就是:文学性既是美学的，也是真理的。这里的所谓“真理”，是指存在者的无遮蔽状态。真理是存在的真理。美不可能离开真理而存在。这真理不是我们通常所理解的认识论的产物，而是存在的直接现身。文学作为精神的一种隐含的以至于显现的形式，从真理一开始被置入作品的时候起，美就产生了。这时，作家——“自我遮蔽的存在者”——因作品开启了此在的本质而为自身的光芒所照亮，这种融入作品的光芒，就是美。

写作是伴随真理生成的事件。西班牙哲学家奥尔特加－加塞特有一个很有意味的提法，说是“我是我和我的环境的叠加”。真理首先要求作家真诚，弃除胆怯和虚伪，敢于表现自我；此外，还必须正视生存环境。对社会现实问题的态度，同样构成对一个作家是否真诚的考验。如果在作家的作品中看不到时代的真实面貌，甚至黑白颠倒，那么作家无论是出于无知，或是对现实加以回避和粉饰，都一样丧失了真理。

关于文学气质

存在的敞现，真理的展开，同作家的生命气质有很大的关系。

弗洛伊德曾经提议他的弟子恩斯特·琼斯撰文解决一个“莎士比亚气质之谜”的问题。通过《哈姆雷特》这个用来考证作者的唯一权威作品，他们证实，莎士比亚在剧本中化装表演了“俄狄浦斯情结”（恋母情结）。实际上，这里暗合了对艺术家的天生的忧郁气质的洞察。

亚里士多德有一个观点，就是“‘黑色胆汁’的忧郁气质决定卓越精神”。这个观点，对其后两千多年间对于艺术家的认识和评价产生持续的影响。中世纪的占星术充实了这种忧郁论，认为忧郁者的内省、智慧与深邃同距离人类最遥远、运行最缓慢的行星土星有关，可以造就预言的天才。所以，诗人也就往往被称为先知。到了文艺复兴时期，土星的精神力量在天才理论中得到进一步的发挥。巴洛克时期，英国学者罗伯特·伯顿在题作《忧郁的解剖》的著作中对忧郁作了更系统的论述，认为忧郁是知识者性格的主干部分；这些知识者不满现状，可是又不是积极的实践家，不喜欢喧闹浮嚣的日常环境，不爱参与集体的世俗活动，无法从事快速高效的劳动和工作，唯是耽于自我专注、孤独与沉思。现代著名文论家本雅明就十分重视忧郁与艺术的关系，明确反对“明晰”和“单纯”，甚至认为是“一种谎言”。他发现波德莱尔、普鲁斯特、卡夫卡具有土星气质，甚至在歌德身上也发现了土星性格的特征。桑塔格在谈论他的时候，也把他置于同一行列，干脆称他为“现代文化的具有土星气质的英雄”。

桑塔格认为，土星气质对知识分子、艺术家和殉道者是一种合适的气质。她分析说，完全因为忧郁症性格经常为死亡的阴影所纠缠，所以，忧郁症患者阅世最为清楚。她指出，忧郁症患者精神容易集中，但又极容易流于涣散；集中时，思考的头脑便愈有力，愈有创造性。又指出，文学的“慢”也印证了土星气质对艺术家的洽合性；此外，这样的艺术家特别迷恋细小的或残存的事物，迷恋象征，隐喻和寓言。总的来说，忧郁的症状所表现出来的对痛苦的敏感，在精神探索方面的兴趣，内在的矛盾，情绪的失衡，以及在整个精神活动过程中所透达的生命的梦幻色彩和神秘气息，与我们对文学艺术的特质的理解大致趋同。作家的忧郁气质，构成了文学作品的生理学事实；不妨认为，正是这种精神气质，决定了文学的基本性质。

自然、经验与精神改写

我们承认确实存在着生物学意义上的先验的限制，以至后天的生活经验的局限，但是生命同样为我们敞开了多个维度的自由空间。在意识、理性参与创造的情况下，写作仍然有着无限多的可选择性。

我们看到，作家常常选择他熟悉的生活素材，像曹雪芹写大家族，哈代写乡村和自然，康拉德写甲板上的水手，肖洛霍夫写顿河草原和哥萨克，作家的处理是熟练的，能够给人以亲切的吸引力。但是，富于想象的作家未必长期困守在围栅旁边，而有着近于开拓者和探险者的欲望，正如蔼理斯所描述的，每位作家生平都有部分时间是一位离家远航、历尽艰险的尤利西斯。也有作家选择梦境，不断重复的好梦或噩梦，如爱伦·坡的鬼魅，博尔赫斯的迷宫，卡夫卡的城堡，奥威尔的反乌托邦，如田园诗，哥特小说，各式颂诗与哀歌……作家和诗人在不断形塑外在世界，又不断显示内在世界。他们驾驭语言，永远往返于两个层面——视野中与创造中的层面，出于气质的偏爱，可能在其中的某一个层面作较长时间的驻留，但是，即使是最忠实地描写客观世界的作家，作品中也仍然带着他的主观印记。在优秀的作家那里，我们迎受陌生的人物和事物，亲切有如重逢；从中，我们能清楚地看见作家那感觉的触须，情感的波纹，思想的褶子……黑格尔说："神是自然与精神的统一。"自然是人类眼中的自然，自然一经记录便不可复制；所以说，文学是精神对自然的改写。

思与反思

美国文学批评家艾布拉姆斯有一部著作，叫《镜与灯》，用两个意象作心灵的隐喻:一个是反映者，一个是发光体。文学作为一种精神镜像，其实并不是被动的反映，而是整个存在的敞开。所谓发光体，就是主体性，就是变自在为自为，更充分地体现作家的精神意向性，他的人格、道德和哲学，他的价值观念和立场。

黑格尔在说到精神的本质是在寻求自为存在的时候，有一个提法很有意思，说是"真诚"并不值得尊敬。他从历史人类学出发，认为真诚是退步的，喜欢向后看的，保守的，留恋于原来的自我身份；所以，他进而指出，如果自我要发展真正的、完全的自由，分裂就是必要的。所谓分裂，就是通过思与反思突破自然，超越生物的、生理的局限，打开新的视野，提升理性的高度。一方面，作家在挖掘自己的灵魂时，发现了周围社会、国家、民族的灵魂，发现了人类的心。这里可以拿德勒兹和加塔利的"解辖域化"的概念描述这个过程。另一方面，作家在发现和呈示现实的同时，力图按照他的乌托邦图像进行批判和改造，使作品因此显示出一种力度，另一种深度，不同于灵魂的深。

不是临时外加的，而是从灵魂深处自然生长起来、同人性密切结合的思想，是文学真理性的重要部分，也是构成作品内涵的不可或缺的部分。但是，我们的作家和批评家往往以保卫艺术的纯洁性为由，对此加以拒绝。他们不承认文学需要真理。

文学的批判精神

海德格尔为《艺术作品的来源》一文补写的结语部分强调指出:艺术的本源是通过真理的本性而被思考的。离开思，而仅仅依靠艺术欣赏与享受——所谓美的体验——来谈论艺术，是“肤浅的陈词滥调”。他认为，美的存在不仅仅涉及愉悦，不纯粹是愉悦的对象。当然，他主要是就艺术哲学方面进行阐释的。

他的同时代人，从阿道尔诺到马尔库塞，著名的法兰克福学派的批评家们特别重视意识形态批判。阿道尔诺在论述艺术的社会性时指出:“艺术之所以是社会的，不仅仅因为它的产生方式体现了其制作过程中各种力量和关系的辩证法，也不仅仅因为它的素材内容取自社会；确切地说，它的社会性根本就在于它站在社会的对立面。”接着补充说，“这种对立姿态的艺术，只有在它具有自治权时才会出现。”不是和谐，而是对立，这就是艺术的特性。正如阿道尔诺所说的，艺术对社会的这种批评方式正是它的存在本身。对于艺术在所由产生的人的权利和尊严遭到严重贬损的特定社会中，他特别强调艺术的这种社会偏离的价值。他说:“艺术只有在具有抵抗社会的力量时，才得以生存，如果它拒绝将自己对象化，它就成了商品。”他甚至把艺术对于社会的批判性和否定性同艺术的真实性联系起来，指出:“在一个压制性的集体主义时代，与大多数人作斗争的抗拒力存在于孤独不依的艺术创作者身上。它成为艺术的绝对必要的条件。没有这种品格，艺术就失去了社会真实性。”

以批判精神定义公共知识分子的萨义德，近年来为中国读者所熟知，这个在美国长期讲授英国文学与比较文学的著名学者也十分欣赏阿道尔诺的这一观点。他在《人文主义与民主批评》一书的结束部分，要求知识分子有面对周围一切暴虐的勇气，而且，几乎完全可以采用阿道尔诺的方式，即:始终坚持现代艺术绝不跟生产它的社会和谐保持一致。针对阿道尔诺关于个人的音乐作品与它的社会环境的任何同化都是错误的说法，他得出自己的结论，就是:“知识分子临时的家园是一种紧迫的、抵抗的、毫不妥协的艺术领域。”他接着解释说，这样的知识分子艺术家既不能由此退却，也不能从中寻求解决方案，只有在那种动荡不安的流亡地带，一个人，才能真正领会那种无法把握的东西的艰难。

现代艺术，包括文学创作，在这一本来意义上，无疑是一个苦难的流亡历程。具有自由精神和批判意向的作家艺术家，无一例外是惨苦的西西弗斯。

语言不仅仅是一种形式

存在是文学的本源，而存在，在文学这里是通过语言敞开或者遮蔽的。所以，海德格尔说:“语言是存在的家”。

语言不仅在“捐赠”的意义上，而且同时也是在“建基”意义上创建文学。所谓“捐赠”，一是让作者找到了一个与他的个人气质和所要表达的内容相适合的语言形式，二是在审美意义上建立独立的风格。而“建基”，则是在更原始的意义上，保证了人作为历史性的人而存在的可能性。

富于精神性的文学，要求它的语言形式是一种激情主体形式，而非专制滞留的形式。有两种专制性:一是“文以载道”。观念形态的东西，一旦形成霸权话语，便十分可怕。在作家那里，不应当存在生命之外的任何附加的赘物。还有一种专制的语言形式，就是“为艺术而艺术”。它的要害就是回避存在，没有激情，没有来自生命内部的变化，缺少精神的涵养与思想的灵光。

文学:生命之舞

对于文学艺术，蔼理斯非常重视精神生命在其中的作用。他指出，在现代大众社会里，出现一个出版物泛滥，几乎人人凭“涂鸦”式写作都可以成为散文作家的失范现象，认为有必要把它拿来同从前人们只有在受到内在的或外在的急迫刺激时才进行写作的时代作出比较。文学是生命之舞，是精神激荡的产物。他甚至说:“我们首先必须抹掉百分之九十五以上的现代的所谓作家，然后才能作比较。可以补充说，那些被抹掉的作家竟会包括世上很多有名的人物。”

他是就发生学的意义上说的。

但是，可以相信，蔼理斯绝不是一个喜欢怀旧的古典主义者。

……

精神性与文学创造

精神性:中国文学与世界文学

中国文学缺乏精神性，这是显而易见的。

“精神性”，拉丁语的词根有“呼吸”之意，生命的呼吸内涵了鼓舞生气的原则。精神性存在于现实世界的非物质领域中，它滋养人类的灵魂，让人类在生存中寻找根本的价值和意义，并以此发展自身的精神生活。在著名的哲学家、宗教家、诗人、艺术家、先知和神秘主义者的描述中，精神性是一种存在和体验的方式，这种体验是借助超验方面的意识而产生的，具有一种终极性；它决定于关于自我、他者、生命、自然和其他事物的价值观，当一个人的灵魂为它的能量所激发时，便获得了激情、力量和思想深度。具有精神取向的人，相信生命与神圣性融合的可能性；他深知，存在论的渴求不是通过物质而是通过精神来满足的。他怀有改造世界的理想，使命感和责任感，致力于生命潜能的发掘；但是，他深刻地意识到生存的悲剧，对他人的痛苦和死亡的意识，反过来又加深了他的自我认知和行为体验。

我们的作家对自身的精神生活以及作品的精神性从来缺少追求的热情。我们长期被置于"大一统"和阶级斗争的意识形态的框架之下，热衷于描写斗争而自身也同样陷入斗争的漩涡之中，我们忙于应付和描写身外的一切，而无暇顾及，甚至拒绝思考，反省自己，进入内心。在资本觎觊权力的时代也是如此。文坛一方面继续加强意识形态化，另一方面却是去政治化，躲避崇高，逃避自由，社会问题遭到否弃，理想、信仰、道德，同样遭到亵渎。所谓"人性"，也下降为动物性，只讲肉体，不讲灵魂。没有痛感，也没有耻感。这样的文学，是不能称作具有精神性的。

精神是根本的。是精神充盈了文学的生命。精神的匮缺是最大的匮缺。我们称颂伟大的俄罗斯文学，就因为在文学中间活着一具"俄罗斯灵魂"。地理环境使俄罗斯人习惯于物质世界的空旷而喜欢广阔的思维，并热爱探求未知的事物；就思维方式而言，也主要是精神而非务实的。俄罗斯作家富于自由的幻想，那种与人民融合一体的土地情感也是著名的，以致在苏联大清洗的日子里，还能听到普希金和涅克拉索夫的诗歌的余响。"白银时代"的文学能够战胜"捕狼的猎犬"而发出抗议的声音是不容易的。法国和德国是盛产思想和思想家的地方。是浪漫、炽烈的法兰西精神培育了法国大革命，这场"原创性"的革命奠定了堪称典范的革命原则；而法国的诗人作家和思想家，也都是非常富于原创性的。德国近世的“狂飙突进运动”也是著名的，它让我们知道，在那里不但有深沉严谨的哲学，也有激情四射的文学。作家的精神是健全的，在纳粹当政的险恶的日子里，他们中间除了流亡者，还有“内心的流亡”。美国的出现，一开始就凸显了一个独立问题。边疆的开拓，带来个人主义和民主的经久不息的影响，反映在文学上，则充满着浪漫的理想主义和革新精神。实用主义是哲学的，也是文学的；在文学中，常常表现为现实主义、功利主义与精神信仰的融合。在美国作家的“父母之邦”英国，那是一个产生了弥尔顿、莎士比亚、拜伦和雪莱的国度。莎士比亚，曾被美国批评家哈罗德·布鲁姆置于“西方正典”的核心位置。拉丁美洲的“文学爆炸”，实质上也是精神爆炸，是一代知识分子作家在现代精神的感召下，对于整个美洲变革的集体吁求。

否定性作为一种思维方法

这些国家的诗人和作家生活在时代精神的风暴里，却仍然渴望着更猛烈的吹打。他们渴望自由，渴望精神的强度、高度和深度。鲁迅说，文艺家总是不满现状的。对于文学现状，他们同样表示不满；而且，总是把文学问题归结为精神问题而予以批评。

被文学史家称作俄罗斯黄金时代的著名批评家别林斯基，就公然宣称:“我们没有文学。”赫尔岑指出，专制和奴役剥夺了作家的独立性，把一种破坏精神带到生命中来，可是又给了作家以一种可怕的自主。作家像是既不知道父亲，又不知道母亲的孤儿，既不幸，又自由。因此，问题不在于父母的束缚，而在于作家在时代的对抗中是否能够保持新一代自身的形象。英国作家伍尔芙慨叹她所在的时代是一个贫瘠而枯竭的时代，碎片的时代，最好的作品都似乎在压力之下用简陋的速记符号记录下来的。德国批评家赫德对歌德说:真正伟大的诗，永远是民族精神的产物，而不是少数精英人物的特权。他认为，最有魅力最美好的歌还没有产生，还等待着人们去唱。美国著名小说家福克纳对美国文学的悲观看法简直近于虚无，他批评当代作家忽视处在自我冲突之中的人的心灵问题，甚至认为精神问题已经不复存在。

对文学未来的种种展望，来源于对现实的否定之中。在这里，否定是一种变革性断决，一种方法论，它让我们获得一种危机意识，并且总是带着这种意识去思考问题和评价现实；它加强了我们的责任感，让我们致力于人文精神的培养，并将这一精神灌注到文学之中。这样的文学，将在"人民精神"和个体精神的张力中均衡地向前发展，透过生活的广阔河面、漩涡和逆流，感知并开辟时代的主流方向。

回顾与前瞻

中国现代知识分子的产生和新文学的诞生，迄今不足一百年历史，而且，整个历史进程非常的不平坦，有过许许多多压力和干扰、诱惑和禁忌；就整体而言，传统是短暂的、荏弱的，精神是匮乏的。我们没有理由拒绝学习和吸收世界文学，尤其是西方文学中的个性主义和人道主义精神。其实，这也就是要求我们的精神还乡，返回到人的存在上来，回到新文学的源头里来，重振五四时代的"人的文学"的精神。

一个伟大的文学时代需要飓风般的精神的推动，而这风暴，是由作家乃至周围人群的众多个体的战斗呼吸形成的。在这个转折的年代里，在沉寂已久而又代之以喧嚣躁动的此刻，英国文学的革新家柯勒律治写给他的朋友华兹华斯的信里有一句话，对于我们，可以说不失为一个警示和鼓舞。他说的是：

——必须同普遍的精神不振与顺应形势的状态作斗争！

2007年12月

中国散文五十年（节选）

如果说文学研究还有什么意义的话，那么它一定要填补水银柱上的空白，要使人为的、或者是基于自我蒙骗的、似乎是现实的燥热冷却下来，对其进行重新整理，创造新的比例。

——〔德〕伯尔

无论如何，打倒乐观主义！

——〔美〕尤金·奥尼尔

……

要评价一个时代的文学，必须正确评价这个时代。

社会制度，生产，生活，风气，人们普遍的心理状态，对文学的生成、发展、倾向和风格有着决定性的影响。而这一切，又必然地建基于整个民族的文化传统之上。这是一个巨大的整体。物质与精神，精神与精神，彼此以不同的方式结合在一起。即使为了便于观察，使用多种理论和方法，把每一个别、具体的东西分割开来，也无法消除其中与整体相联系的或明或暗的标志。其实，更接近本质的观察是带整体性的观察。没有孤立的事物。譬如文学的自由，相应于人类的远大理想，而就精神创造的要求而言，它是无限的；但是，如果指的是它的现实处境，创造主体的权利，形式的选择，它是有限的，受到不同程度的制约和压迫。一部文学史，正是在这自由的无限和有限的张力变化中展开。它记载着:作家在持续的追求、劳作和斗争中，如何凭借语言，揭示社会的贫困，罪恶，精神奴役，各种苦难和黑暗，人类生存的全部悲剧，以及改造的严峻的意义。

在现实社会中，自由与权力的关系至为密切。关于权力社会，无论是霍布斯或是卢梭，甚至莫尔一类乌托邦主义者，都无不承认权力对自由的合理剥夺。但是，在精神方面、思想方面、文化艺术方面，需要充分的自由的保证，除了独裁者，人们对此是深信不疑的。实际上，最需要自由的地方，自由反而最匮乏。独裁者怀有本能的恐惧，对于自由思想，总是不惜使用一切可能的手段加以摧残。最常见的手段，是对知识者，思想者，作家艺术家的杀戮、监禁、流放，以及对作品的审查、篡改和焚毁。一个发人深省的事实是:野蛮的酋长手段，到了20世纪，不但不见减少，而且变本加厉，覆盖面更广。纳粹德国及苏联，对知识分子的迫害和对文学艺术的戕害，都是著名的。英国史学家霍布斯鲍姆把20世纪称为“极端的年代”，直接质疑历史的进步性，指出:“这个世纪教导了我们，而且还在不断教导我们懂得，就是人类可以学会在最残酷，而且在理论上最不可忍受的条件之下生存。”这中间，就包括了对知识分子作家和艺术家的生命、思想和艺术的摧毁性打击在内。英国作家福斯特针对纳粹分子的独裁行为，举三条理由拥护自由:第一，作家自身必须感受到自由。唯有感受自由，获得自信，内心安详，才能进入艺术创作的最佳状态。第二，把其感受传达给他人的自由，否则会像密封在罐头盒里一样，使要表达的内容发霉，烂掉。第三，公众同样需要去读去听去看的自由。“唯有得以体验自由的人，才会有成熟的目光”。

说得简单一点，就是“感受自由”“写作自由”和“阅读自由”。这是相关的三步程序，而感受自由是最根本的。恰恰在这里，专制主义者把“自由”置换为“恐怖”，使整个社会氛围不适宜思想的生长；所有的强制性手段，首先用于这个目的，具体的惩罚还是第二位的。从这里可以看到，在专制主义时代，在不自由的空气里，所谓文学，当然包括散文，只能产生大量的蛆虫和垃圾。真正的文学，只能是自由的文学；正如真正的作家，只能是自由的作家。所谓自由，实际上是异议者的自由；压制自由也就是压制异议者。这些异议者作家，正如苏格拉底说的“马虻”，他们最终无法逃避为权力者所驱逐和消灭的命运。

20世纪下半叶，在世界范围内，知识分子的生存状态有了很大的改变，那种被集体消灭的噩梦般的日子基本结束。唯有中国的“文化大革命”是一个例外。对于知识分子、作家艺术家，权力者更多地采取遏制和入侵的策略，如怀特所说。对于文学，在中国“文革”期间，就有了所谓的“根本任务论”“写中心”“两结合”“三突出”等等，把文坛当作“阵地”，由各种“样板”英雄占领和把守；所有构思，从主题先行到技法后行，都不能背离早已规定好的“原则”，推行一种风格，遏制一种风格。可见毁灭、遏制、入侵，常常是三位一体的，后者是前者的补充和延长。但是，无论“霸道”或“王道”，其目的都十分明确，就是:消弭人类的自由精神。

意识形态是自由精神的一种异化形式，对立形式，它高出于政体之上，呈悬浮状态，本质上是为权力基础服务的。这种集团化的思想凝聚物，犹如沼泽地上空的瘴气，经久不散，只是浓密程度有所不同而已。有一些国家从来重视意识形态，可以称为意识形态国家；也有一些国家，因为历史情势的变化，对意识形态的依赖，前前后后会有很大的变化。如果是极端的依赖，不妨叫“意识形态专政”。英国批评家斯特恩使用了维特根斯坦的一个短语“家族相似”，在《文学与意识形态》中论述意识形态对个人观念的包围与同化，以及对文学构成的严重侵害。他指出，这种观念上的“家族相似”，在对政治毫无兴趣，对党性贞操漠然处之的作家中间，也是可以辨认出来的；甚至纳粹政权打击的对象，如托马斯·曼，在他写的《浮士德博士》中，我们同样可以观察到与意识形态联系在一起的观念类同，它具有怎样的一种蒙骗性的悖论形式。意识形态控制与渗透是无所不在的。即使时代已由独立书写进步到机械复制，到因特网的出现，意识形态也不会过度松弛；当自由思想试图突破种种限制而仿佛获得自为的状态时，它将接踵而至。

作家对自由与不自由极为敏感，作为从事精神生产的人，他们对自由的要求强烈而迫切，任何强制与奴役，都是他们所不堪忍受的。只要感受到压迫和屈辱，他们一定会追问:我是谁？我从哪里来？我将到哪里去？这就是境遇意识。有了对于境遇问题的思考，就会把自己同周围的人们通过自由－人道的主题联系起来，并且由此形成文学的基本深度。在论及思想自由在科学与艺术领域的重要性时，斯宾诺莎指出:“思想自由其本身就是一种德行，不能禁绝。”所谓境遇问题，其实是自由的命运问题。文学的自由，包含在政治的自由之中；而道德责任，也就必然贯穿在这里面。

一个严肃的作家，是不会回避政治问题的。1999年诺贝尔文学奖得主，德国作家格拉斯，便如此述说他的经验感觉:“政治对我们的生活有巨大的决定力量，在生活的各个层面躲都躲不掉。”萨特谈到当代法国作家与狄德罗、伏尔泰等18世纪作家的不同之处时，说:“我们没有这些作者有过的幻觉，不以为我们通过从事自己的职业就逃脱了我们作为被压迫者的状况，相反，我们是在压迫者的内部向我们是其中一员的那个被压迫的集体表现他们的愤怒和希望。”在前现代化国家中，政府所给予作家的自由特别稀少，因此始终有一种“政治焦虑感”伴随着他们。后现代主义理论家詹姆逊认为，第三世界的知识分子无论如何是“政治的知识分子”，同时肯定指出，纯粹“知识分子”这个词已经枯萎，甚至已经沦为一个业已灭绝的种属的名称。在新的历史语境中，他扩大使用了马克思主义的阶级理论框架，对应于第一世界与第三世界的权力关系，重新主张黑格尔的主奴辩证法，强调说：“只有奴隶知道现实和抵制的真实状况，只有奴隶才能达到对自身处境的真正物质的意识。”鲁迅正是一个自称为“奴隶”的人。他多次说过，革命前是奴隶，革命后也是奴隶；在国民党国家中是奴隶，在共产党领导的左联内部仍然是奴隶。何谓“奴隶”？就是彻底丧失了自由权利的个人。在一个专制的社会环境里，身为奴隶，而居然鼓吹纯粹的艺术，非功利的艺术，超政治的艺术，把充满各种奴役形式的日常生活加以“净化”，而美其名曰“私人写作”，是不道德的，不负责任的。这也就是鲁迅说的象牙塔的艺术只宜于西方，在中国则不可能存在的理由。

关于写作，萨特明确指出：“写作是某种要求自由的方式；一旦你开始了，你就给卷入了，不管你愿意不愿意。”所谓“卷入”，就是保卫自由。在这里，摆着两个同自由有关的问题:即是做“理想价值的保卫者”呢，还是要具体的日常自由？他说这是与另一个问题紧密相连的，那就是看似十分简单，因而无人问及自己的问题：“你在为谁写作？”

写作是一种个人行为。就存在状态和方式而言，写作是为个人的，是不受任何力量的强迫和操纵的。作家完全按照个人的意愿写作，受自己的鼓动写作，写作成为自由的选择。在写作的时刻，作家是唯一的，至高无上的。所以，弥尔顿说：“国家可以是我的统治者，但并非是我的作品的鉴赏家。”伯尔也说：“一个和艺术打交道的人不需要国家，但他知道，几乎所有别的人都需要它。”写作不但是反国家的，也是反集体的，正如阿多诺所说：“在一个压制性的集体主义时代，与大多数人作斗争的抗拒力存在于孤独不倚的艺术创作者身上。它成为艺术的绝对必要的条件。没有这种品格，艺术就失去了社会真实性。”但是，反国家不等于反政治，反集体也不等于反社会。前者属于实体，是主流的，霸权的，因而对写作和写作者构成直接的威胁；而后者是中性的，其具体的方位和性质，是为不同的作家个人所赋予的。布罗茨基这样称说曼德尔施塔姆:“他的世界是高度自治的，难以被兼并。”其实，所有优秀的作家都是“高度自治”的。他们决不出卖自己的灵魂，不会割让自己的思想和信念，尤其重要的是，他们必须绝对忠守自己的感情，对于世界的每一个细微的感觉。他们可能丧失一切，但是，感觉是不能失去的。这是自由作家进入创作的最初瞬刻，也是据此维持自我的最后堡垒。文学唯有保留了作家的真实感觉，才能在最接近生活的描述的语言中构成自身的特点，从根本上区别于所有科学。正由于文学是凭借了激情、感觉的活力和偏爱来推动的，因此更富于个人性，在人性和世界的表现方面，显得更完整，更真实，更自由。

一个自由开放的社会对于作家的写作来说固然是重要的，然而更重要的，还是作家内在的自由感。这种自由感并非来自知识观念，而是源于作家的直接经验和个体感觉；它发自内心，而与人格相叠合。于是，诚实成了文学的第一品质。日本哲学家西田几多郎在《善的研究》中，是把至诚当作善的首要条件看待的。虚伪是文学的大敌。苏联流亡作家扎米亚京揭露他称之为虚伪的艺术，声称:“真正的文学只能由疯子、隐士、异教徒、幻想家、叛逆者、怀疑论者创造，而不是由那些精明能干、忠顺的官员创造的……我担心我们不会有真正的文学，除非在我们身上除去某种被任何异教徒的话吓得惊慌失措的新兴主教的信条。假如这种疾病是无法治愈的，恐怕俄国文学就只会有一个前途，那就是倒退。”写真实不是一种轻而易举的事情。是“真的猛士”，才“敢于直面惨淡的人生，敢于正视淋漓的鲜血”。至诚之声，是人类最本真，最健康，也最勇敢的声音。一个奴隶，如果他说出了主奴关系这一最可怕的事实的真相，这意味着在他的内心里，已经开始出现破除“臣属感”

的倾向。当然，主人也可以承认主奴的现实关系，并且极力辩护它的合理性。所以这时，思想倾向问题便随之而来，变得简直不容回避了。

文学的真实性并不完全等于事实性，无论显隐，总是包含着一定的倾向和立场。萨特指出:“为了拯救文学，必须在我们的文学里表明立场，因为文学就其本质而言是表明立场。”在他看来，有这样两种文学，一种是“存在的文学”，一种是“实践的文学”。前者是认同现实的，与想占有世界的人们站在一起的；后者则是批判现实的，与想改变世界的人们站在一起的。因此，作为进步的作家必将抛弃前者而开创后者。萨特在论福楼拜的时候，引入一个“文学介入”的概念。他解释说，文学“是一面批判性的镜子。显示，证明，表现:这就是介入”。由于福楼拜在作品中有着更深层次——也即“政治层次”——的介入，因此，即使他在其他地方都采取了理应受到谴责的立场，也应予以肯定的评价。文学介入，归根结底承担了全世界，承担了整体。萨特认为，有必要使诗与散文的艺术首先变成批判艺术；而当写作一旦带上了批判性倾向，这时，作家便不可能不对他自己身上的一切提出质问。“写作就是对全部文字提出质问”，是质问构成了写作的内容。

以批判精神著称的法兰克福的思想家们，对美学普遍感兴趣。在艺术与社会的关系问题上，他们认为，不应当将艺术的存在归功于生活，从生活的模仿中获得意义；无论证实或否定社会，都不只是仅仅去记录它。其中，马尔库塞关于“肯定文化”和艺术的“异化”理论，特别富于创新的意义。

所谓肯定文化，就是肯定现实合理性的文化。这种肯定，意味着对现实的即时性和对现实的直接反应加以压抑；对于艺术来说，其实就是审美压抑，是人类的状况本身阻碍了艺术形式中的现实的升华。也就是说，艺术形式中的现实是虚伪的现实，艺术美成了一种虚伪和反动的东西。面对丑恶的现实，艺术美可以与它和谐共处，提供一种“幸福的结局”，令人愉快，使人满足；于是，绝望也就成了崇高，痛苦成了美。

马尔库塞以画家戈雅为例，说明艺术的组织是如何屈从于美的观念的。他指出:审美理想化，使得画家控诉中的恐怖变得麻木；虽然暴行、愚蠢行为、战争恐怖等情景出现在画家的作品中，却可以同那些应当对恐怖负责的独裁者的辉煌画像并列到一起供人欣赏。在这里，形式明显与内容对立，并压倒了内容，审美经验压倒了生活体验。在批判“审美理想化”的时候，马尔库塞还举了数个世纪以来对耶稣殉难所作的所有艺术表现为例子，说作为审美物体的十字架，正如尼采所看到的那样，是“所有时代的最隐蔽的阴谋”，“反对生活本身的阴谋”。他强调说:“作为现实形式的艺术这一概念的本意，不是要美化既定的现实，而是要建造一个完全不同的与既定现实相对抗的现实。”在这个基础上，他提出了一个艺术的“异化”问题。所谓异化，就是不但不遮掩，而且扩大艺术与现实之间的疏离，强化两者之间的不可调和性，其强化的程度达到使艺术没有任何可以利用可以服务的地步。正是出于这个理由，马尔库塞给“真正的先锋派”以肯定的评价，说:“我相信，今天的真正的先锋派不是那些绝望地试图创作缺乏形式的以及同真实生活相融合的作品的艺术家们，而是那些在形式的苛求面前不退缩的艺术家们。这些真正的先锋派艺术家寻找到了能够像艺术一样‘理解’和否定现实的新的言词、意象和声音。”他所以称这些先锋派艺术家为“真正的”，是因为他们对艺术“造反”，以他们的“新艺术”，也称“活艺术”，参与了现实的改造与“自由社会”的形成。关于这种新型的艺术，他描述说:“在自己内在的发展中，在反对它自己的幻想的过程中，艺术参加到从精神上和物质上反对当局势力、反对支配和压抑的斗争中来了——换句话说，艺术凭借它自己的内在的动力，正在成为一种政治力量。它拒绝为了博物馆或陵墓而存在，拒绝为了不再存在的贵族而存在，拒绝为了精神的节庆和群众的狂欢而存在——它想要成为实在的东西。”真正的艺术作品，必然是革命的，具有否定的、反抗的、颠覆的力量，通过审美的形式转换，挣脱被粉饰、被圣化的既存的社会现实，并且开放另一个维面:自由和解放。

我们说文学的社会性，显然不是现实的、机械的、被动的、忠实的反映，服从现存的社会规范并以此显示其“社会效果”，而恰恰在于成为社会的对立面，对现存的一切构成批评。批评的方式不是别的，恰恰是作为语言艺术的存在本身。现代知识分子工作的全部意义，在于对既定秩序的拒绝与批判；作家以写作置身其中，这是为他的自由感所决定的。

有的作家的政治立场表现得相当鲜明，但并不如一些艺术至上主义者宣称的那样，必然导致对艺术的破坏。在世界文学史上，可以列举的富于强烈的政治意识的著名作家甚多，至少在诺贝尔文学奖获得者中间，像托马斯·曼、伯尔、萨特、聂鲁达、索尔仁尼琴等，都是这方面的出色人物。他们对政治的介入和表现是自觉的，与那些失去主体性，被强迫或被诱惑进行的所谓“为政治服务”是完全不同的。至于马克思说的“莎士比亚化”还是“席勒化”的问题，根本不是什么原则性的问题，纯属某种风格比较而已。即便如此，他也没有否定艺术的倾向性本身。有的作家标榜脱离政治，无立场，无倾向，倒是痴人说梦。首先，无论何种情绪和感觉，都可能上升为意识，通过“局部综合”而显示其意义；其次有一个语境问题。“商女不知亡国恨，隔江犹唱后庭花。”《玉树后庭花》，可谓“纯艺术”矣，至少没有什么政治色彩，但是一旦被置于“亡国”的语境中，它的倾向和意义就凸显出来了。

不同的思想和艺术价值观念，一直处在公开或者潜在的对抗状态，在没有权力干预的情况下，它们通过自由的较量和自然的克服，不断校正、纯化、提升着人类的精神。但是，“文革”过后，建立在“全面专政”基础上的“一元主义”理所当然地遭到冲击的同时，文学的社会责任、立场和倾向问题受到普遍的质疑。许多概念被混淆了，“多元主义”大行其道；而实际上，正统意识形态，却不曾因此发生根本性的变化。什么叫“多元主义”？作为客观描述，它体现了不同“主义”的并存局面的可能性和现实性；但是，作为一种主张，一种主观态度，则带有极大的虚伪性，以貌似调和、折中、宽容的论调叛卖自己和打击他者。马尔库塞曾经就其危险性发出警告，说:“文化领域里的新型极权主义正是在调和性多元主义中表现出来的，这种多元主义使最不相容的作品和真理也能在差别中和平共处。”此外，大众文化从另一维度同样表现出取消批判和对抗的危险。法兰克福的哲学批评家指出，现代文化工业有一个本质的特征，是没有个人的独立思想。还指出说，悲剧从来是抗议，而现在则是安慰，几乎所有艺术中的潜意识的寓意都被转换为安慰和顺从。萨特认为，我们已经进入了有读者而没有读者群的时代。一个作家，要坚持独立自由的写作，就必须如他所说的那样:“为反对所有人而写作”，“逆着潮流写作”。

在不同国家，不同民族以及不同的时代里，作家的地位有着很大的不同。作家在社会中的地位，决定着他们能够享受多大程度的自由。俄罗斯知识分子无论在沙皇时代还是在斯大林时代，呼吸到的自由空气是十分稀薄的，但是，在他们的宽阔的胸怀里，鼓荡的是不息的自由的风暴。从普希金、莱蒙托夫、恰达耶夫直到索尔仁尼琴，他们迎着各种暴力和阴谋，皮鞭，镣铐，绞架和子弹，一代又一代，进行着举世罕见的艰苦卓绝的斗争。尤其是诗人和作家，他们以热血灌注的作品，为人类精神的发展作出了伟大的贡献。在法国，从卢梭、伏尔泰到萨特，为自由而斗争的知识分子，也是世所著称的。他们往往是学者兼作家，这个现象特别地令人瞩目。法国作家的地位大不同于俄国作家，萨特在《什么是文学》中作了比较，认为法国作家是“世界上最资产阶级化的作家”，他们可以安享法国大革命的遗产:知识分子与集体的结合程度较高，与其他居民接触机会较多，而统治阶级避免得罪他们，沙龙生活则有利于传播他们的影响。但是，俄国和法国的知识分子作家即使地位悬殊，都一样具有强烈的自由感，他们在斗争中形成集团，这对于加强

“团队精神”和社会影响是有作用的，正如萨特说的，“应该相信社会认为我们相当可畏”；“我们应该为自己的职业包含某种危险而感到高兴”。索尔仁尼琴则说:“一个作家是一个政府。”这是挑战的，批判的，不屈不挠的一个族群，他们各自建立了自己民族的自由－人道主义传统，这是一个超乎国家民族而使整个人类世界受益的巨大的精神资源。

中国没有这个传统。中国知识分子——其实合适的名称是“士”——是被吏治、科举、官僚政治体制分割出来的众多零碎分子，他们终年为个人的功名利禄而奔走竞逐，从来不曾形成跨地域的集团。即使有小小集团，如稷下学宫，乃纯学术团体，又如“东林党”，也是政治性团体，缺乏一种深广的形而上精神的维系。大概这同宗教有关。在中国，严格说来是没有宗教的。春秋时代，百家争鸣，算有一点哲学和文学，因为当时还没有始皇帝的“大一统”，在东周列国的“小一统”中，知识分子还可以分得一点小自由。魏晋时代，中央集权政治虽然变得松弛，但是，混乱的黑暗一如有序的统治一样恐怖。这时，知识分子萌生了一种内在的自由，却艰于表达；紧接着，就被隐逸放达的所谓名士风气淹没了。唐代因国力的雄厚而相对放松了对知识分子的控制，佛教的东来给儒教的独尊地位造成较大的冲击，故有盛大的诗歌和各式的散文。宋词的发达得力于市民的兴起，思想不出唐诗的范围。元曲及明清说部，都是宋词的市民审美趣味的延续。此间，对后世影响最大的文人创作，当是明代的小品。在特务政治的阴影下，“最是文人不自由”，形诸文字就有了雕琢，委琐，取巧，病态，连正始名士的那种通脱的气派也不可复见了。五四在中国古老的舞台上拉开自由的帷幕，但是又匆匆闭合。在中国历史上，有两个文化源头，后一个源头就是五四，我们不能不承认它对于民族发展的全新的意义。但是，这一新的起源，由于本土资源的匮乏而很快中断了。就拿新文学来说，鲁迅的叛逆－反抗传统是后继乏人的。他自认奴隶而反对“奴隶总管”，直至所有奴才；他批判霸权社会，而且及于自己；他宣言写作“为人生”，而且要改良这人生。他为了赢得中国社会的自由而独自承受不自由的痛苦，努力“钻网”而人在网中。不必说他那深厚的精神内容，仅说那单身鏖战，义无反顾的战斗方式与姿态，便无人可以追随。少数称为他的战友者，基本上陷于体制内，无法摆脱党派性的影响，遑论其他？

然而，一个人是可以构成传统的吗？如果我们在观念上背离古老的传统，却没有新的传统可以皈依，那么，当如何着手建造家园？

无论外部的自由还是内部的自由，对文学来说，都是生死攸关的。艺术的本质具有双重性，其一作为社会现象的存在，它受制于权力，意识形态，风俗习惯和其他种种力量；它影响着作家的精神状态，想象力，题材与主题的选择，更不用说必然地为语言所带进作品中的全部的社会背景。其二是文学的自为存在，艺术内部的自律性。但是，二者不是并列的，互相排斥的。在艺术作品中，我们看到，正是后者包容——而不是并吞——了前者，美学包容了社会学。社会性，立场与倾向，艺术的高明与否，综合体现在作品的审美价值之中。

美学是一个复杂的问题。至今，我们仍然无法说清审美经验的全部底蕴，但是，只要所论是美与审美，就不可能切断审美对象与审美知觉的联系。这是最初的联系，也是最终的联系。审美带有直接性，审美始终与某种快感——这是一种生理——心理功能，不能混同于快乐，因此，痛感也是快感——相伴随。这几乎是不言自明的。审美知觉是一种极强的知觉，敏感而呈意向性。当感情因它的招引而来，一方面会以裹挟在里面的大量的记忆断片而表现出某种复杂性、丰富性、精微性，仅此，就不能说感情只是与主体有关，人生把个体生命同社会客体结合起来，生活经验混合了大量的社会内容，而使感情无法变得永远澄澈。另一方面，作为生命之流，感情具有一定的倾向，隐含着一种主观态度，一种处于原初状态的道德原则。在此基础上，思想产生了。关于思想的构成，吉尔·德莱士在1962年写的关于尼采的论文中说得非常好:“认为非理性主义反对将某种非思想的东西理性化，是一种严重的错误，——不管这种东西是天生的、心灵的和情感的东西，还是一种任性而为的充满激情的东西。在非理性状态，我们唯一关心的是思想，而且仅仅关注思想。因为真正与理性对立的东西是思想本身；真正与理性主义者对立的是思想者本身。”这里的思想，显然不是那种纯然建立在知识之上的思想，抽象的思想，建基于疏远事物本身的思想，而是来自生活的思想，实践化的思想；它不是那种“思想标本”，不是以禁欲的方式处理的、僵硬、枯燥的块状物，而是呈颗粒——德日进在《人的现象》中谈及结构的“颗粒化”时提到“思想颗粒”——状的，始终伴有最细微的感觉，伴有情感倾向，甚至非理性成分。在文学作品中，思想不是水落石出，轮廓分明地浮现出来的，而是相当于物理学说的固溶体，或者完全没入水中，融为一体而无从描述其“分散相”。所以，作家艺术家可以使我们打破古希腊哲学家的断言而两次踏进同一条河流，重过一样有血有肉的生活；在他们创造的世界——波普命名为“世界3”——中，我们得以分享他们的精神的馈赠，而且在分享中永远感觉到作为人类的有价值的存在，而不至于异化。总之，思想形态是不同于理论形态的，至少艺术思想不同于科学思想。审美大约是分层次的、有序的。其初阶是感觉，接着是情感的唤起，感应，共鸣；当到达一定的深部或高度时就产生了思想。或者认同，或者拒绝，或者徘徊在两者之间。创作与阅读都一样:这是一道边界。它把感性与纯粹理论，艺术与科学区分开来，“君向潇湘我向秦”，从此分道扬镳了。

在苏珊·朗格的美学理论中，有一个重要概念叫“生命形式”。她试图用这个概念说明审美的本质，通过形式，把艺术与生命统一起来。她认为，生命本身就是感觉能力，情感是生命的集中体现。如果要使创造出来的艺术品激起人们的美感，就必须使自己作为一个生命活动的投影呈现出来，成为一种与生命的基本形式相类似的逻辑形式。这种说法，颇类格式塔心理学的“同构”理论。她把生命的逻辑形式概括为有机统一性、运动性、节奏性和生长性，可以推断，艺术形式同样具有这样的特性。在审美过程中，诸多特性无一例外地，自然都带上了个人性的特征。

奥威尔在《文学和极权主义》一文中提到：“现代文学基本上是个人的事。”我们谈论文学的个人性，就是谈论文学的现代性，文学在现代的处境和出路问题。在传统文学那里，王权，习惯势力，社会，多数或集团的霸权话语对于个人具有绝对的支配性；只有在现代社会中，当个人权利不但在意识上为人们所认知，而且获得律法的保障时，才有真正意义上的个人写作。所谓个人写作，就是写作的自觉性。作为一个作家，他有可能自称为人民的代言人，也有可能标榜为纯粹的自我表现，但是，只要写作表达了个人的良知，那么就是自觉的写作。良知无疑是个人性的，但是渗透着社会的因素；它表明，人的社会性必须通过个人表现出来，这里不仅仅是一种假借；良知内涵了责任感，这是内在的，而不是强加的。德日进说的“人化”，也即“个体化”前进的运动在多大程度上成为可能？在本世纪的人类图像上，我们可以看出，这是一个充满阻力，挫折和反复的相当艰难和漫长的历程。极权国家的极端手段姑且不说，在意识形态控制方面，个体的活动余地也是很小的。许多现代国家一方面给予个体以自由权利，一方面通过各种途径剥夺和消灭个体。传统权力之外，就是商品化、流行文化，个人由于大众行动的压力而被集体化，变成无意识势力的玩物，最终导致自我意识的崩溃而自行消亡。在这种环境中，即使奉行个人主义生活方式也存在着同样的危险。美国文学史家考利，作为“迷惘的一代”的同代人，他痛切地指出：艺术家们在逃避社会上的千篇一律的时候，竟然也会采取千篇一律的逃避途径；他们逃避大集体，却按照小集团的常规办事，他们的反常行为其实也属于某种固定的类型，甚至其中越来越多的人所患的精神病也都合乎某种既定的模式。可见在现代，仍然很难产生具有个性的人。为了顺应集体的标准，现代人大抵抑制、掩盖、否认消极面，照样蒙上人格面具；他们无法袒露自己而留下阴影。德国精神分析学家诺伊曼认为，这里存留着“旧道德”和“新道德”的区别，分属于两种不同的精神体系。敢于暴露阴影，这种态度是全新的。

我们主张个性化，就是克服主体性的危机，恢复个人的独立性，致力于表现自己的独异性，其实也就是对现实霸权和主流意识形态的否定性和反抗性，创造一个想象的，内聚的，富于自由意识的世界。1978年，考利发表文章《我从事过作家这一行》，认为作家并无特别值得炫耀的特殊性，与非作家相比并没有什么很大的不同:作家是从事写作的社会生物，他们面临其他人所面临的一切实际问题，只是他们对于文化方面的相反倾向更为敏感而已。中国作家自觉达到“个人化写作”的人数不多。真正的个人化写作，是叛逆的，反方向的。大约文学作品的无个性，源于创作主体实际生活中的无个性。作家是一个平均数，作品也是一个平均数。从创作到出版，到评奖，都是按比例分配的，力图达至均衡。没有生命和思想的投入，没有倾斜，没有偏激，没有锋锐的集中，因而没有抗击力和穿透力；没有感受到匮乏和空缺，没有必要的补充，因而无法形成流动的风暴；没有渴望，没有探索，因而没有崇高、辽阔与渊深。我们在出版物中读到相当一批号称中国先锋派的作品，与马尔库塞说的“真正的先锋派”大相径庭。他们的所谓“个人化”，无非以一种花哨或不那么花哨的文字，记录个人癖好、隐私、白日梦之类而已。关于个人和个人性，法国理论家戈德尔曼在批判现代资产阶级以市场－利害为目标的主流意识形态时说:“我曾稍稍改动过一下帕斯卡的话说:‘个人必须超越到个人之上。’意思是:人只有在把自己想象或感觉成为一个不断发展的整体中的一部分，并把自己置于一个历史的或超个人的高度时，他才能成为真正的人。”他批判了那种因借口维护个人而否定任何神圣事物和崇高精神的意识形态，彻底世俗的却是非历史的意识形态。艺术家在一个与市场束缚在一起的社会中，其实同在权力中心的社会一样，用戈德尔曼的话来说，只能是“一个问题人物，一个反抗社会的批判性个人”。

文学的个人性是通过作品的具体形式呈现出来的。形式是唯一的存在，除去形式，个人无所栖居。在形式中，关于个人以及相关的一切材料，都成了形式的形式。大概这也就是一位德国文论家说的所谓“内在形式”。政治立场，思想倾向，在作品中都必须化为个人的艺术形式，审美形式，并使之转换成为生命中可感的内容。唯其如此，政治思想才不致强加于艺术，游离于艺术，它才可能丰富艺术的内涵而与艺术结合成为同一的生命机体。在艺术中，没有任何具有直接社会性的东西。作品的意义，完全内在于形式，而形式又内在于感性。本雅明说:“一部文学作品的倾向只有在文学意义上是好的，在政治上才有可能是正确的。”马尔库塞也说过同样意思的话，就是:艺术的政治潜能仅仅存在于它自身的审美之维。传统的关于内容与形式的划分的确太僵化了，其实是可变动的，互为形式的。形式中最具个人特点的是语言，此外还有主题，文体结构，中心意象，惯用的修辞手段，等等。其中，语言是构成风格的第一要素。布封有名言道:“风格就是人。”作家的个人气质、智力、想象和感情，在主观方面影响着风格的刚柔尊卑；在客观方面，风格则由题材的性质所制约。不过，作品本身的性质愈具有客观性，作家的主观的风格表现将愈加隐蔽。英国作家昆西认为，依靠客观性因素——外在的事件、可能的现实、偶然的细节——的作者，不如那些在自己的领会和特定感觉中去提炼作品的形式和内容，即偏于主观性因素的作家那样倚重风格。对于作家的把握，除了风格，突出的还有自我感觉。自我感觉是世界上最具个人性的东西，也是最可靠的东西。虽然感觉会从风格中得到显现，但是风格还不能完全囊括感觉的效能。它可以于顷刻间抓住事物的细部，也可以拥抱奇大无比，神秘玄奥的氛围，于混沌中制造某种调子。那些以“个人化写作”自命的“先锋派”作者自我感觉良好，其实，其作品除了缺乏思想内涵，最致命处恰恰因为相率逃避政治和社会而失去了感觉，在隐匿的小团伙中失去了面目。从个人出发，最后消失了个人。本雅明指出，有一种东西可以阻碍艺术的再生产，那就是“艺术气息”，也有译作“气味”和“韵味”的，它表明艺术作品得以在其中创造自己并表现自己的独一无二的历史情况，这种情况界定艺术作品的作用和意义。这里说的艺术气息，其实大可以视作自我感觉与风格的合成。要辨识作品的个人性，必须善于把握艺术气息；当个性泯灭时，艺术气息就随之消散了。

对于一部文学作品来说，如果把个人性看作外部标志，那么，悲剧性便构成它的内部肌质。什么叫悲剧？简而言之，悲剧就是自由的毁灭，是命运的不可抗性。所以，维持现状就是悲剧，“不准革命”就是悲剧，一切失去自主性的行为都是悲剧。“悲剧性”这个词带有双重性，一方面是关于世界的灾难性的陈述，一方面是对于种种苦难的自我感觉、体验与深思。乌纳穆诺对此作过专题研究，阐述“生命的悲剧意识”，强调主体性方面。不过，根据他的表述，这一概念超越了生命自身，而远及于宇宙，不但为个人所拥有，也可能为整个民族和人类所有，这就有了更广的涵盖性。人类存在本身就是一部悲剧。它以大量的冲突、侵害和毁灭的事实，呈现在历史社会和日常生活中，从战争，瘟疫，大清洗，集中营，直到所谓“几乎无事的悲剧”。马克思在一则美学札记中写道:“革命是最适于悲剧的题材。”恩格斯就拉萨尔的历史剧《济金根》发表评论时说，悲剧表现的是“历史的必然要求与这个要求的实际上不可能实现之间的悲剧性的冲突”。雅斯贝斯同样从历史发展的角度，论述悲剧发生的普遍性:“当新的生活方式方兴未艾时，旧的生活方式仍旧历久不衰。新的生活方式以惊人的突破来对抗旧的生活方式时，一开始必然会失败，因为后者的持久力和内聚力并未消耗殆尽。新旧交替便是悲剧的领域。”所有严肃的、富于探索和革新意识的政治家，包括哲学家和宗教家，对于现实社会的描绘都不会是满足的，总是有缺陷，有危机，有不幸和不平。文学的悲剧性，其实是作家对于现实的真实把握，其深入的方向，必然是对现存秩序的否定。显然，悲剧性不但具有写实性，而且包含了作家对现实的评判态度。

对于悲剧，亚里士多德要求唤起观众的恐惧与怜悯。黑格尔基本上接受了这一观点，并且作了进一步的阐释。克尔凯郭尔欣赏黑格尔论及怜悯的一个说法，即“真正的怜悯同情与对受难者的道德辩护的融合”，并强调指出，黑格尔宁愿考虑一般的同情及其在不同的个体中的差异，而他本人则倾向于那种与不同的悲剧罪过相关的同情。他补充指出，“同情”一词兼含“受难”和“共鸣”之意。他说:“悲剧性带有无比温柔的特色；从美学意义上说，它对于人生无异于神圣的爱和仁慈；它甚至比这更温柔多情，因而我可以说，它就像母爱一样，既给人抚慰，又造成烦恼。”悲剧性，是对绝对性的摈弃而回到现实的相对性上来。所以，时代在丧失悲剧性时，实际上得到的只能是绝望。我们过去长期强调“形势大好”，一直讳言悲剧。文学，当然不可避免地加入了这样的合唱团。结果是人为的悲剧接连发生，而我们却无法认清悲剧的根源所在。所谓“积重难返”，致使疗救变得加倍困难。克尔凯郭尔曾经提醒说:“在悲剧性中含有一种悲伤的情感，一种治愈的力量，这是不应忽略的。”乌纳穆诺在阐释生命的悲剧意识时，特别提到哭泣，说:“圣殿之所以尊贵庄严，就因为它是人们共同前往哭泣的地方。一首普遍为那些受命运折磨的人所唱的《乞怜之声》，它的意义并不亚于哲学。单是治愈病痛是不够的，我们必须学习哭泣。”在他看来，哭泣分明是一种力量，可以把众人结合在一起。桑塔耶纳曾经对审美判断、道德判断和知识判断作过这样的区分:前两者属于价值判断，后者属于事实判断，性质很不一样。“假如知识判断有什么价值的话，这价值也是派生的。”他明确表示说，“我们全部的知识生活，只因为同我们的苦乐有关，才有其存在的理由”。我们讨厌道德说教，就因为它在知识系统内而僭妄地作了价值判断，而没有关于苦乐的丝毫真实的感受。对于命运，仅仅思索是不够的，必须去感受。我们说悲剧性，在道德的维度上，其实就是悲剧感。唯有对现实的悲剧感受，我们才会意识到作为人类的自身的责任。

悲剧性还有一个维度，是哲学维度，形而上维度。克尔凯郭尔在比较古代和现代的悲剧时认为，古代悲剧中悲哀较深，痛苦较轻；在现代悲剧中，痛苦较大而悲哀较轻。悲哀与痛苦不同的是，它更富于情感，而痛苦则暗含了对受难的反思。当然，这种反思是伴随了忏悔、焦虑和悲哀，伴随了种种情感的；也就是说，它始终富于生命的，而且包含了对生命的有限性的沉思。

在中国文学史上，有关作品的悲剧性，我们看到，《诗经》偏于现实图景的描绘，建安诗文偏于道德的怜悯与谴责，《古诗十九首》则明显偏于生命哲学。屈原的《离骚》和曹操的《短歌行》，实兼三者而有之。唐诗、宋词、元曲，都不乏悲情之作，毕竟为数不多，而且缺乏深度。巅峰式作品，是后来的《红楼梦》和《阿Q正传》。它们堪称文学的典范，就因为打破了传统的观念和手法，通过创造性的形式，容纳了巨大的悲剧内容。中国的传奇、小说、戏曲，大抵是喜剧性的，即使是悲剧题材，也都往往有“大团圆”的结局。这种“中和”的美学传统可谓渊源深远。是鲁迅的作品，使中国文学发生了根本性的转变，也就是从喜剧性向悲剧性转变，从古典悲剧向现代悲剧的转变。唯有在现代，才能痛切地感受和自觉地认识到人的悲剧处境；但是，能够把问题提升到文化哲学的高度，并且作了相当完好的艺术处理的作家，实在只有鲁迅一人而已。真正伟大的悲剧作品，大多产生于俄国和西欧，作为一种文学现象，是值得研究的。这些作品具有非凡的思想深度，可以说，都与悲剧性的存在有关。就说戏剧，契诃夫在自己的剧本中使用被称为“一种新的崇高的不协调”的形式，给观众造成喜剧的印象，但是，其中也有足够的东西让观众产生悲剧的共鸣。易卜生也如此。果戈理、莫里哀、萧伯纳，直到达里奥·福的讽刺喜剧，现代西方的一些荒诞剧，如著名的《等待戈多》等，也都含有很大的悲剧性成分。至于卡夫卡的寓言小说更不用说了，那是全部可以当作悲剧阅读的。纯粹的喜剧是缺乏内涵的。快乐的艺术，当有多种代偿品，唯悲剧不能。杜威所以不承认“绝对艺术”与“实用艺术”为艺术，就因为它们只是“被动的娱乐和消遣”。在一个专制的、以暴力为基础的社会里，文学作品尤其不能以取悦为目的，相反，只能带来痛苦和疑问。萨特把这种状况叫做“强迫意念”，说这些作品“不是让人‘观看’世界，而是去改变它”。在西方，古代悲剧是表现崇高的，在现代，即使没有悲剧英雄，崇高也将成为一种品质、一种格调而保存在文学作品之中。

文学的本质、效用和评价是密切地联系在一起的。当我们明白了文学是什么，明白了审美具有怎样的层次之后，就可以确立评价文学的标准了。在这里，标准只有一个，就是审美标准。如果允许变换一个概念来述说，就是“文学性”。马克思论艺术，是历史与美学的二元标准，毛泽东说是政治标准和艺术标准，后来又将政治标准具体化为“六项标准”，我们一直袭用这种二分法。在西方，标准也不划一。大批评家艾略特建议以审美标准评判文学的文学性，而以超审美标准评判文学的伟大性，也是二元分立的。取二元或多元标准来衡量文学作品，无疑地把一个生命贯注的有机统一的精神实体给割裂了，实质上是取消了审美本身。的确，对事物的观察可以有不同的角度，像《红楼梦》，鲁迅就曾指出过:“谁是作者和续者姑且勿论，单是命意，就因读者的眼光而有种种:经学家看见《易》，道学家看见淫，才子看见缠绵，革命家看见排满，流言家看见宫闱秘事……”不过，如果要从政治学、伦理学、历史学等诸多方面进行批评的话，首先便改变了《红楼梦》的文学身份，而把它纳入另外的不同学科的范畴里去了。这里确实存在着一个本体论问题。要确立文学批评的标准，必须把批评对象定位为文学，从文学的定义出发、性质出发，把审美分析的眼光集中在文学形式上。我们可以说思想，说内容，说素材，但是就是不能离开形式。也就是说，这是形式中的思想，形式中的内容，形式中的素材，是形式把这一切审美地组织到一起，一切被同化在形式之中。通过形式，一部文学作品，就这样为审美目的同时也就是批评目的这一原动力所吸引，把语言、材料、文学世界，以及作品之外的人类的行为经验、思想和态度，一起构成为一种复调式的联系了。

文学作品结构是分层次的，审美欣赏与批评自然也是分层次的，这样，作品与作家——以写作为生存依据的作家，其实可以看作是作品的总和——的价值也就有了不同的等级。钟嵘最早写《诗品》，把作家定为上、中、下三品，是不无道理的。韦勒克、沃伦的《文学理论》将艺术品分出如下层面:声音，意义，表现的事物、人物与世界，还加上英格丹提出的“观点”和“形而上性质”的层面。若取审美的角度，像桑塔耶纳，就依次分出感性材料、抽象形式、联想价值这样几个欣赏层面。从文学作品作为一种精神产品，一种审美对象来看，根据其内在的结构，我们可以将批评的标准，也即“内涵的标准”，进行更便于操作的简单的分解，就是:自由感，个人性与悲剧性。

自由感带有统领的性质，它不但可以使作家摆脱影响的焦虑，勇于创造崭新的式样和风格，而且可以使作家勇于否定现存秩序的必然性。正是由于自由理想的导引，他才深入地体验到了必然性所包含的悲剧意义。也就是说，是自由感把个人性与悲剧性的所有材料和因素综合起来，并保持审美形式的和谐。这种综合使我们的标准带有很大的包容性，能够避免批评的冷静与专横，因为作品的价值，完全取决于综合分析指数。

大体上，我们可以把作品分为三个梯级:一般性作品；独创性作品，或称优秀作品；伟大作品或经典著作。所谓“一般性”，是指作品必须是文学，具有文学性。作品要求使用流畅的书面语言，生动形象，富有情感；结构基本上符合所谓的文体规范；传达了关于个人和社会的一定的信息，其中的意义，能为公众所普遍认同。在平庸的时代里，只能产生这类一般性的作家和作品。独创是少有的，因为它需要的是自由精神，而这精神，更多地存在于可生可死的大时代里。有鉴于此，可以推断伟大的事物不可能出现。中国为什么会有一个鲁迅呢？因为五四前后有一种自由的空气，在他周围，有一个较为庞大的优秀的知识群体。至于季节的转换和集体的凋萎，那是后来的事情。没有基础，没有背景，没有氛围，先知也是很难出现的。独创性作品，大抵是指具有个人风格的作品。其中，最主要的，当是个性化的语言和独特的结构形式。在中国现代作家中，鲁迅、老舍、张爱玲、赵树理，都是具有个人的语言特色的。在文体和结构方面，有着独特创造的作品并不多见。鲁迅自不必说，从小说到杂感，他都是艺术形式的革新者；用茅盾评论的话说，几乎是每篇一个形式。散文家何其芳和小说家沈从文，在文体形式上，不能说是独创性很强的作家，但是在各自的范围里，都有着卓越的成就。应当说，他们都拥有充盈着诗意的富于表现力的语言，拥有自己的家园。他们是以才情取胜的。文学才华同样具有个人特点。说到伟大的作品，除了独特的语言形式和风格以外，还必须具备悲剧感，具备广大的美学容积和哲学深度。这是不容易达到的，所以，鲍桑葵会有“难美”之说。应当指出，在一些分散的、次要的价值中，作品的长度、规模和数量，是批评时必须加以考虑的参数。它们的重要性，并不在其本身，而是因为这些因素有可能增加作品的广阔性、复杂性以及紧张性。像茅盾的长篇小说，个人性的特征并不明显，但是干净而雅驯的语言，宏大而匀称的结构，仍然能给人以一定的美感，吸纳的信息量也是不容忽略的。他的作品，最致命的是理性过剩，设计意识太强，缺少悲剧感，缺乏一定浓度的情感浸润。当一部作品缺乏美感的时候，我们看到批评家常常以所谓的“认识价值”为由替它辩护。其实，哪部作品不具备可供“认识”的背景材料呢？我们所要关注的只是，作家是以怎样一种主体意识介入的问题。阿尔都塞在《艺术与意识形态的关系》一文中说：“艺术（我是指真正的艺术，而不是一般的作品）并不给我们严格意义上的认识，因此它不能代替认识（现代意义上的，即科学的认识），但是它所给予我们的，却与认识有某种特殊的关系。这个关系不是同一的关系，而是差异的关系。”艺术作品不可能有脱离审美经验的认识价值，伟大的作品尤其如此。

对于同一个作家的作品，我们同样可以通过综合分析指数进行比较。比如鲁迅。小说《一件小事》入选教科书，其实就形式风格论，没有多少独创的成分，远不如《狂人日记》等；就悲剧性而言，也不如《孔乙己》《明天》，甚至《兔和猫》。后一篇不见有人称道，但鲁迅的挚友许寿裳的评价是很高的。同是写农村，《社戏》就不如《故乡》。《社戏》有《社戏》的风格，一位日本人曾赞叹为东方最清纯的抒情诗。但是《故乡》的深度是不可比拟的，除了关于农民的命运这一社会表层，还有一层，就是关于“厚障壁”的，关于“路”的哲学。同是写知识分子，《高老夫子》就不如《在酒楼上》，后者的时间跨度大，反映了知识分子在社会文化变革中的前后变化，这样含量也就丰富了许多；此外，通篇流布着一种调子，大风琴独奏般，是特有的鲁迅风。《故事新编》在艺术上有其独创性，交融古今，出神入化，但就悲剧性，思想和情感的深度而论，显然不如《呐喊》《彷徨》两个集子。《阿Q正传》有较大的篇幅和更大的容量，写的是中国农村，中国革命，其实写的是中国的灵魂。就思想的密度、感情的浓度 和内涵的丰富性而言，恐怕在世界上也是首屈一指的。至于杂文，鲁迅曾经自谓《二心集》是最锋利的，其实未必，其中的一些理论方法还是借用者多，不如后期的悉由己出，而且多为长篇论文，就形式看，个人性不是十分突出。《伪自由书》多为时评，虽然观点鲜明，文笔犀利，内涵是较为薄弱的。最能代表鲁迅个人的深广程度的，应当是《坟》的一部分，《华盖集》《华盖集续篇》中写于“三一八”惨案前后的一部分，《南腔北调集》《准风月谈》《花边文学》，以及“且介亭”系列。其共同的特点是:一，丰富的文化含量；二，鲁迅思想的焦点所在及其洞察力；三，个人形式的完整性；四，文化哲学；五，历史感。《野草》的存在，使我们确信，长度和规模对作品的价值来说远非重要。整个集子不及5万字，风格变化万端，但都一样是胶着着个人哲学、思想和情感的独异的文字。在鲁迅的作品中，它无疑代表着最高水平。它的现代性，在世界文学范围内，也当划归经典之列。

当确立了价值标准之后，我们大体上便可以判别如科林伍德所说的“好的艺术家”与“坏的艺术家”了吗？其实不然。在读书界、评论界乃至文学界本身，好坏倒错是常有的事。20世纪60到70年代，中国不是只有一个作家吗？90年代，怎么一下子冒出那么多“大师”了呢？政治影响，意识形态的影响，权位的影响，传统偏见的影响，以及商业炒作的影响，都使作家和作品的价值评估受到很大的牵制，出现价格和价值不相吻合或是严重不符的情况。古代且不说，就说近世，“文化巨人”歌德，他的影响力，与他的文化部长的显贵身份是不无关系的。另外一些作家的情况便不同了。比如诗人惠特曼，他的《草叶集》面世很长一段时间，几乎无人问津；卡夫卡生前的窘迫与寂寞是众所周知的。苏联作家布尔加科夫、曼德尔施塔姆、茨维塔耶娃等一大批作家诗人，他们的文学地位长期得不到官方的承认。布尔加科夫在给斯大林的信中，自称为“一只孤独的文学之狼”，以同“鬈毛狗”——鲁迅最惯用的说法是“叭儿狗”——相比照。一是被驱逐的，一是受宠幸的，境遇很不一样。诺贝尔文学奖的获得者，俄罗斯作家索尔仁尼琴的作品，其文学性受到许多人包括同行的质疑。法国新小说的先驱人物之一，《读书》杂志总编辑邦塞纳评价说是“只是些资料，作为文学来讲，是毫无价值的”。对此，荒诞派戏剧的代表性作家尤奈斯库的意见完全相反，他说:“我觉得索尔仁尼琴作品的精神力量，就在于它越出了像我们这些大部分作家所津津乐道的文体和结构之类的小问题。总而言之，索尔仁尼琴创作了伟大的文学作品。他自己也许并没有想要这样做，他只是寻求表达出来。归根结底，他的文学能力是不容置疑的。”从尤奈斯库的评价可以看得出来，他注重的价值是一个作家的自由感。自由感涵盖了文学性，超越了文学性。伟大的作品大约不大计较细部，即如深山莽林，榛楛弗翦。克罗齐强调一种活的清醒的“批判文学”，其实也就是充满自由感的文学。他认为，这种文学源于美学，由于对美学的深入，包围和扩充，反过来成了美学的捍卫者。

评论是一件复杂的事情。但是应当相信，只要抱着严肃的态度，坚持进行个人独立而自由的探索，总会使我们尽可能地接近真理，接近真实价值的阈限。典范作品和作家的等级地位不是永远固定不变的。回头看，时间愈是向过去延伸，可改动的概率愈小。由此，我们被告知:确实有一个批评标准存在着。历史性的结论，是以不同时代的不间断的怀疑和“去蔽”工作为必要前提的。积淀需要时间，但是我们决不放弃可以改写历史的努力。其中，第一件事，就是彻底抛弃权力主义及其制定的关于典范作品的清单！

中国历来缺少“私人治史”的传统，文学史也如此。思想、事实，以及信息处理，犹如古代的盐铁一样，是官营的。中国文学史著作大多作为教科书使用，因此，一般由集体编写，而且必得恪守固有的价值规范，尤其是现当代文学部分，禁忌是颇不少的。列宁在同蔡特金谈话时承认说:“每个艺术家和一切自命为艺术家的人，都有权自由地从事创造，按照自己的理想而不听命于任何人。”文学史家同样如此。由于其强调历史导向，不仅关注个体而且有着整体的关联，在此基础上常常牵涉到当代社会的评价，使用的也是不容掩饰的智性语言，因此在表达价值观念的时候，必然比作家艺术家受到更多的防范。整个文学史写作，最缺乏的莫过于自由感。

首先，文学史著作应当对文学发生的图景作出事实性的描述。在不同的时代里，有过哪些作家？哪些作品？哪些常见和罕有的文体、风格、母题和主题？其中作家、作品、公众，是如何互相作用和互相依赖的？自由文学史是尊重事实的，不会因人废言。但是，由于政治运动和气候的影响，情况恰恰是:文学史绕道而行。如胡适、周作人、丁玲、胡风、冯雪峰、沈从文、张爱玲、艾青、穆旦、路翎，一长串名字，曾经一度在我们的文学史教科书上消失；甚至至今，仍然有人在应当出现的地方消失。难道这是正常的吗？当事实确定以后，接下来的工作，是确立每一个作家和每一部作品在文学传统中的确切地位。可以认为，这是批评家工作的放大。如何从理查德·罗蒂所称的“文学－历史－人类学－政治学旋转木马”中确定文学身份，这是一大问题。文学有文学的边界。边界的确立是需要参照物的。在文学内部，也同样需要有一个适当的参照系统作为评价的依据。由于选择的价值标准不同，参照物不同，同一时代的文学、同一作家或同一作品，其历史面貌在不同的文学史著作中肯定不会完全一致:花园可以化作坟场，蝴蝶可以化作枯叶，沙子也可以变作黄金。在评论当代文学时，我们往往看见一些评论家和文学史家高声赞美道:好大的天空呀！好圆的天空呀！其实，他们不知道自己正坐在自家院子的木桶里。所以出现这种谬误，就因为缺乏参照系。在讨论中国文学的时候，必须参照世界文学；在讨论当代文学的时候，也必须参照现代文学，甚至古代文学。我们应当容许和鼓励文学史写作在评价问题上表现出大的差异。长江东去，大浪淘沙，到底谁是大者？大的地位是怎样造成的？依靠文本呢，还是其他？我们有没有深入采掘的功夫？有没有看地底下？如果发觉遗漏，那么是有意的遗漏吗？为什么？但是，无论如何，作为文学地图，大的脉络和方位总不至于相去太远，总不能罔顾事实。自然，要彻底颠覆事实也是不容易的。

文学史家与文学批评家有一个不同的地方，在于他们的价值观念不仅来源于社会和个人，来源于不同的知识谱系，而且来源于历史本身。因此，他们有着更为开阔的视野，他们的一切评述、一切的价值取向，都与人类的文明进程相平行，都指向“人”，指向人性的完善、自由和解放。本雅明在《文学史与文学》一文中指出:“不是要把文学作品与它们的时代联系起来看，而是要与它们的产生，即它们被认识的时代——也就是我们的时代——联系起来看。这样，文学才能成为历史的机体。使文学成为历史的机体，而不是史学的素材库，乃是文学史的任务。”文学史在描述文学的基本事实，并且对此作出具体的评估之后，余下的工作，其实自始至终贯穿一致的工作，即在于探索和阐发人类生存的意义。生存是目下的生存。本雅明所以把历史同时代联系起来，就是这个意思。所有立足于批判和改革的战士，都是这个意思。在这一最高意义上说，文学史就是自由史，自由精神的蒙难史和解放史。

自由之门敞开着。让那些害怕和痛恨自由的人们、空心人、谄媚者、僭妄者、蒙面贼、势利之徒和庸碌之辈留在门外，让他们围绕着他们制造的赝品跳舞吧，让他们麇集在文字的垃圾堆上扬声歌唱！让他们走开！不要让他们玷污了真正的文学！这是为前进着的人类自身所要求于我们的，不仅仅文学而已。

1999年10月

中国新诗五十年（节选）

在伟大的大师们出现的过程中，政治自由的思想是必不可少的。

——〔美〕惠特曼

当一个伟大民族觉醒起来，为实现思想上或制度上的有益改革时，诗人是最可靠的先驱、伙伴和追随者。

——〔英〕雪莱

我在写作时并不觉得自由，不过，我是因为渴望自由而写作的。

——〔捷克〕塞弗尔特

导论:诗与诗人

诗是最古老的文学，也是最年轻的文学。

诗与生命同在。它的产生，使人想起春日青草的生长，冬天的飘雪，大雷雨中的惊鹿，野火自由的舞蹈，溪水的絮语和江河的咆哮……它那么真实，自然，袒呈它的肌质，而又蕴含着一种难言的神秘之美。

远古有《击壤歌》:“日出而作，日入而息。凿井而饮，耕田而食。帝力于我何有哉！”这是朴素的诗。在需要歌颂圣明的时代，先民在此显示了一种卑微的傲慢。中国第一部诗歌集《诗经》写到两种劳动，《七月》于平缓的调子中流布着怨愤；《芣苢》之什则如回旋曲一般，洋溢着劳动本身的欣悦。《诗经》开篇《关雎》:“关关雎鸠，在河之洲。窈窕淑女，君子好逑。”可见古圣人的道德训诫并不牢靠，经不起诗与真的原始野性的冲击。汉乐府《上邪》:“上邪！我欲与君相知，长命无绝衰。山无陵，江水为竭，冬雷震震，夏雨雪，天地合，乃敢与君绝！”与《击鼓》“死生契阔，与子成说”同为爱情的盟誓，一样响应着诗的力量。哲学由诗人书写是亲切的，曹操的《短歌行》:“月明星稀，乌鹊南飞。绕树三匝，无枝可依。”陶潜的《杂诗》:“人生无根蒂，飘如陌上尘。分散随风转，此已非常身。”这种漂泊感或孤独感已然超越魏晋时代，而使我们直接触及人生的本源。张若虚的《春江花月夜》:“年年岁岁无穷已，岁岁年年只相似。不知江月待何人，但见长江送流水。”唯有诗的文字，才能做到如此的凝练、澄明、婉转，令人无限低徊。陈子昂的《登幽州台歌》:“前不见古人，后不见来者，念天地之悠悠，独怆然而涕下。”却是异类的另一番浩漫而沉咽的歌唱。真诚的诗未必是最好的诗，因为好诗仍须富有相应的表现力；但是可以肯定，最好的诗一定是真诚的，是诗人迫切需要表达的。

古人作歌祭祀祝祷，本来带有强烈的生命意识，后来仪式化了；对神明的敬畏与利用，成了“拍马文学”的来源。这是诗的异化。《诗经》的《颂》，有相当部分是拍马的，不问而知是集中最差的诗。但是，好像也有拍马诗写得并不太坏的，如李白承诏写作的《清平调词》。头两首是:“云想衣裳花想容，春风拂槛露华浓。若非群玉山头见，会向瑶台月下逢。”“一枝秾艳露凝香，云雨巫山枉断肠。借问汉宫谁得似？可怜飞燕倚新妆。”这就凸显了一个问题:文采、音调、形象、想象力，是不是可以脱离原来的语境而获得一定的独立的价值呢？诗与非诗，孰优孰劣，于是变得复杂起来了。

诗是什么？它应当具备哪些要素？如何确定它的等级类别标准？不同的流派、主义和个人，所持的价值标准是很不相同的。在这里，有必要寻找一个公约数，一个交点。后现代主义者倡说所谓的“异质标准”，就挑战一个中心，以及统一的僵固的秩序而言，其存在的意义无庸置疑。倘使仅仅是写诗或读诗，大可以赞同这种理论而保持固有的差异性；但是一定要论诗，就必须承认一些带普遍性的东西，为客观事物的同一性所规定，也为主体间性的一致性所要求的东西，承认其中始终不曾消失的社会交流功能，承认作为一个道德或美学判断的公共准则，而不是相反否弃这一切。

比起其他文类，诗歌的最大特点是什么？首先，我们不能不提到一个直接性问题。

新批评派理论家兰色姆将诗分立为肌质和构架两部分，实际上，肌质远大于构架。诗的构架是可以通过散文进行转述的东西，而肌质则无从替代，它是本体的活动，是诗与世界之间的永久性契约。就本性而言，诗更富于精神性和真理性，它利用直接的视觉和直觉，把握周围的物质世界，日常经验，并透达灵魂深处。小说戏剧之类只有通过虚构，

《古诗源》，清人沈德潜编，选辑先秦至隋多个朝代的诗歌，计七百余首，凡十四卷。

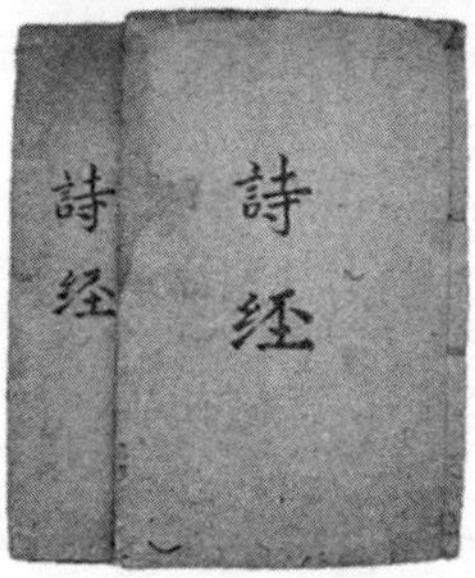

《诗经》，中国第一部诗歌总集，共三百零五篇。为儒家经典之一。

模仿世界的真实，其阅读效果靠的是魅惑；而诗的结构永远敞开，真实是本然的。

诗的直接性，有点近似于刘勰说的“神思”。《文心雕龙》形容说是“寂然凝虑，思接千载；悄焉动容，视通万里”。这是一个通过想象进行综合的表现过程，所以，诗人被称为“通灵人”，具有某种透视能力，可以同时把世界的众多事物的视像与幻象联系到一起。对于真正的诗人来说，比喻、象征之类，与其说是修辞格，毋宁说是思维本身。在诗人的身上，很大程度上保留了原始思维，而对现代理性保持着本能的警觉，本质上更近于巫。所谓巫，意思是富于生命原质，带有神秘主义的特点；反逻辑，反概念，反修饰，呈现出一种天然的纯朴，所谓“创造性天真”。诗的直接性在形态上常常表现为瞬间性，突发性，全息性。“灵感”一词，显然更适合于诗。诗人不是一个职业，因为不可能按计划生产；写诗也不可能教习，可教习的只是关于诗的知识。诗人本质上是一个流浪人，或者流亡者。他像背着一具行囊一样背着自己的灵魂到处游走，当心灵和想象一同沉睡时，他可能长时间保持缄默，一旦醒来，就会没日没夜地歌唱。

著名现代诗人埃兹拉·庞德总结写诗的三项原则，第一项说的就是诗的直接性，强调描述对象的直接处理。其实，许多诗人都以各自的概念和方式，描述过直觉经验对于写作的重要性。法国哲学家马利坦在他的诗学著作中有一个中心概念叫“诗性意义”，认为它体现了诗的首要的也是最基本的意念价值，所以把它比作诗的灵魂。他阐释说，诗性意义与非概念性感情直觉即诗性直觉有关，是诗性直觉的直接表现；通过诗性意义，诗在受到理智影响之前，便已先期获得了诗性本质。他指出，源自主观性直觉的诗性意义是内在建设性的原理、模式，是诗的极致，主题和节奏则是随后附加的。他把诗性意义、主题和节奏三者看作是诗性直觉或创造性感情转化为作品的三次顿悟。可以说，诗性直觉是诗人的一种天赋，一种贯穿在情感之中的特殊的认识能力，一种灵魂的特权。由直觉推进的法则，是一切诗歌的支配性法则。马利坦描述从荷马、维吉尔、但丁，一直到波德莱尔等多个诗人，从中寻找最伟大的诗的证据。他说，在他们的作品中，可理解的观念在诗性意义的整体中自由地扩展，正是这种直觉性自由，把充溢其间的最坚实的材料熔合起来，并赋予它们以力量。

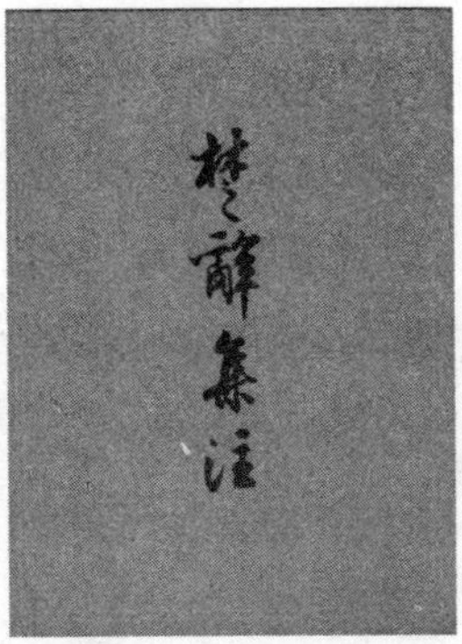

《楚辞》，中国古代诗歌集，收入战国楚人屈原、宋玉及汉代辞赋作品。

其次，是诗歌的抒情性。

在供大学使用的文学概论里，诗歌一般被分类为抒情诗、叙事诗、哲理诗；其实，在本质的意义上，所有的诗都可以称为抒情诗。人类的情绪和情感，标示着生命的欲望，精神的意向和深度，个性与人格的基本类型。抒情性是诗的直接性的一种体现。正是由于情感因素的介入，使诗不同于

艾略特（1888—1965），英国诗人，文学评论家。1948年获诺贝尔文学奖。主要诗作有《荒原》《四个四重奏》等。

一般的散文作品；戏剧性的是，叙事性或理论性作品一旦注入了抒情性因素，许多都被称作诗性的，或者简直就是诗。鲁迅便称汉代司马迁的历史著作《史记》为“史家之绝唱，无韵之《离骚》”。

一个作品，只要为情感所浸润就很难说清楚它是叙事的抑或抒情的。比如《诗经》中《采薇》一篇，写出征的士兵辗转归来，前面五章有叙述，有说明，有描写，最后一章：

> 昔我往矣，杨柳依依。今我来思，雨雪霏霏。
> 行道迟迟，载渴载饥。我心伤悲，莫知我哀。

这里的抒情调子是明显的。但是，这并不等于说前面的叙事不是诗性的，因为它同样是基于作者的强烈的感性认识所创造出来的内容。许多独立的叙事作品，具有很强的抒情性；就拿古代战争题材的诗来说，像陈琳的《饮马长城窟行》，杜甫的“三吏”“三别”，白居易的《新丰折臂翁》等，都在具体的情节和场景中，蔓延着诗人反战的神圣的怒火。文学概论对叙事和抒情的划分，只是一种纯技艺观点。前些时候，诗坛也有所谓现代诗歌出现叙事性转向的说法。其实，诗歌的现代性，根本不是哪一种具体的技艺和手段可以制造出来或加以改变的；这无非是一些小诗人捡起“定于一尊”的老手段，试图为自己制造开一代风气的小领袖形象罢了。真正的诗人没有不是富于情感表现的，他处于诗意时刻的激情将扫除所有技艺的栅栏，而我们所见，唯是一片陌生然而真实无比的世界。

诗本身具有检验其真实性的内在运动。美国诗人华莱士·史蒂文斯说:“诗歌必须成功地抵制智力。”从他强调对生命自由的渴望这一点来说，这种说法是可以理解的；何况大批现代诗人都在写作知性的诗，文学的欲望变成了一种智力游戏。相反，另一种倾向反对思想对诗歌的介入。不少诗人把思想看作是一种说教，一种陈词滥调；同学者的理解一样，都以为那是唯一的理论化了的，逻辑的，固态的，难溶于水的东西。那么，让我们看看惠特曼的《草叶集》，看看那汪洋一片的丰茂的草叶有没有波动着闪耀着思想。最好的办法是把林肯的演说，汉密尔顿的政论，爱默生和梭罗的散文也放在一起阅读，这样，惠特曼诗中那份既普遍又独特的思想就会更清晰地浮现出来。

对理性或知性在诗歌写作中的作用的认识，无论推崇或贬抑，艾略特都是一个不可多得的例子。

反对艾略特的人，大抵不满于他的两个方面:一是“逃避情绪”，二是“文学拼贴”的技艺；其实两者是同一个东西，就是过于理性，冷静，用美国诗人威廉斯的话说，“把我们带回了课堂”。其实，艾略特并没有从根本上反对感情对于写诗的重要性。在著名的论文《诗歌的社会功能》中，他清楚地表明了，诗歌最重要的任务就是表达感情和感受；而诗人，则不仅比别人更富有感知才能，而且作为个人，能够鼓动读者同他一道，有意识地去体验前人未曾体验过的感情。他主张情绪的逃避，有如主张个性的逃避一样，正好说明他承认它们的先在地位，在这里，只是强调某种异于一般的艺术处理方式而已。他的长诗《荒原》，本意并非描画一个象征性的现代世界，而是为悼念一位朋友过早死于大战而作的。显然，理性的吸水纸并没有把个人的情感吸干。说到这首诗时，他的表白是:“这只是一些纯属个人的、对生活根本无足轻重的牢骚而已。”一句话说到了三样东西:个人、生活、牢骚，这就几乎把作为诗人的全部事情说完了。

最后说到语言。

诗的语言是诗的直接性和抒情性的体现者，因此，不能把它仅仅看作是艺术的工具，本身是带实质性的。也就是说，诗性与语言是同步的，一体化的。对于一个真正的诗人来说，语言不是从思想到形式的一种演绎，不是从感受到实现这一过程的表达；他的主观直觉、激情和想象力，从一开始就把内容和形式焊接到一起，熔合到一起，没有起因也没有结果，过程被简化甚至被省略了。这一现象经由篇幅缩小之后更容易观察出来，所以，美国诗人爱伦·坡说诗即意味着短诗。马利坦批评歌德和弥尔顿的长诗“框架大于实质”，其实说的也是同样的问题。

这样，诗的语言构成便变得非常特殊。如果把标准语作为参照，这种特殊性尤为突出。可以说，任何诗歌，包括所谓“口语化”的诗歌，其语言都是对标准语的有意触犯、扭曲和有组织的破坏；没有对语言背景和传统准则的违反，诗意的运用将无法成为可能。诗的语言功能，主要是美学功能，总是力求最大限度地突出某部分言辞，或是言辞的某部分含意，总之不会司仪一般的面面俱到，反而“偏私”得很，是日常语言的自动化和规范化的一种反动。

人们常常谈到诗的凝练性。其实有的诗，文字使用并不讲究经济，甚至不惜使用重复和铺陈的手段，故意把篇幅拉长。因此说到诗的语言的审美功能，最大的特点，应是它的含混性、音乐性和肉体性，而不是其他。而这些功能，都是同诗性直觉和抒情需要直接相关的。

含混性也可称为朦胧性、模糊性。指称性的科学语言和叙述性的日常语言同样以清晰、准确为特征，唯诗的语言，呈现出与此相反的形态。俄国形式主义批评家雅各布森十分强调诗歌的含混性，指出:“含混性是一切自向性话语所内在固有的不可排除的特性，简言之，它是诗歌的自然的和本质的特点。”这种含混，并非专指中国自唐诗以来由禅学开拓出来的某种圆融浑涵的“意境”，或是类似法国印象主义画派的那种以光影制造的迷宫；它不是单一的美学建筑，而是首先由诗人的一种特有的思维所决定的。法国诗人彼埃尔－让·儒夫对此作过很好的表述，说:“诗意其实是一种复合性质的思维（或心理状态）。换言之，爱好、形象、模糊记忆的反响、惋惜，以及各种不同程度的希望仿佛交织在一起，同时在诗歌中出现。……既无纯粹的诗意，亦无非纯粹的诗意；既不存在有目的性的诗意，也不存在无目的性的诗意。其中只存在着某种东西，它渴望本身能够在某种复杂心理状态的总和之中得到体现，并渴望把在各个方面的心理状态都吸引到自己这方面来。”又说:“最高的诗意确实是心灵的现象而不是理智的现象。只有心灵才能产生出特殊的动力，把大量错综复杂地混合在一起的感情变成美的现象。”诗的这种混杂的统一，英国诗人J.浮尔兹比喻为“不惜任何代价的包揽”。波德莱尔的诗:“我是伤口和刀子／我是耳光和脸颊／我是四肢和车轮／以及受难者和刽子手。”诗中亦此亦彼，风马牛不相及。有一位美国诗人的诗句常常被引用:“不管是什么，它必须／有一个胃，能够消化／橡皮，煤，铀，月亮和诗。”含混性就是诗。在这里，它既是字面的，也是内涵的，是一种综合性、有机性、多义性，即常说的丰富性。拍马的颂诗，应制诗，标语口号化的诗，一般来说，它们一定要做得明白无误，所以是反诗的。

诗人是富于乐感的人，他们以对音乐的敏感而创造出许多新奇的表现手段，如音步、头韵、谐音、韵脚、分行、跨行跨节等等，明显地区别于其他的文字匠人。德国有一位医生，同时也是一位哲学家卡尔·古斯塔夫·卡鲁斯说过一句很有意思的话:“音乐是感觉，而不是声音。”感觉的音乐是灵魂中直觉推进的音乐，是音乐的激动的扩大，是意象随同情感的精神的突发。在诗歌的古典时期，诗人只是发现和模仿外界的声音，所以注重格律和韵律；到了现代，诗人开始倾听自己，音乐便内在化了。这时，音步和韵脚的安排不再变得重要，诗歌无须依据节拍的机械重复进行，它追随的是旋律，是情感的起伏变化。J. 浮尔兹说，“诗歌的真正兄弟是在人类历史上先于音乐而出现的舞蹈”，就是指现代诗的这种有别于古典诗歌的无声的音乐。现代诗的散文化倾向，其实并非出于叙事性的加强，而首先是自我内心律动的需要，自由的需要。

对于诗性的理解，不应仅仅看作是一种精神实质，它同时也是一种肉体的实质。真正的诗歌，一定可以给我们以肉体的感动，使人们在感官的动员中重新获得充满活力的经历。一切始于感觉。感觉对于文学的重要性，在于它不但是情感的来源，而且是所有思想的根源，是人的道德习惯。在所有文类中，是诗歌使灵敏而健全的感觉保持完整，让思想与经验融合其中而不致离异。艾略特高度评价兴起于17世纪初的英国玄学派诗歌，就因为对这些诗人来说，“一种思想是一种经验”，他们能“像闻到一朵玫瑰的芳香似地感到他们的思想”。

以前，我们太多地谈论视觉和听觉在诗歌中的作用，却忽略了嗅觉的功能。对于天才的诗人来说，嗅觉特别发达。气味从身体深处漫溢而出，作为生命的最深隐最精微的部分飘散于世界之中，呈弥漫性、游荡性、易逝性，诗人如何可能将它捕捉？而且，模糊的气味缺乏语义场，嗅觉由来便没有自己的特定的语汇，所以不得不从其他感觉中借用语言，如香料师在说到香料时，不得不使用温热香料、阴暗香料、明亮香料、锋利香料、尖锐香料、振动香料等说法，这样，诗人又如何可能在众多的意象和语汇间周旋，于无形中建筑自己的“嗅觉图像”？这是一个考验。经院哲学家因为坚持以抽象否定具体，以理性否定感性，以知识否定生命，所以对嗅觉表示蔑视，这是可以理解的。唯实践的哲学家则以高度的蔑视反对这蔑视。嗅觉被18世纪的哲学家认为具有灵魂的所有能力，特别是法国启蒙学者。尼采把嗅觉看作是一种记忆感觉，且富于洞察力，精神穿透力和同情心，是心理和道德认知的工具。嗅觉作为真理的感觉，随着生命科学的进一步揭示，而为更多的人所认同。瓦雷里说:诗歌的气息来自“感觉的森林”。我们强调嗅觉的作用，就是因为它是生命感觉的第一个链环，能够唤起连接并包容其他感觉，从而共同构成一种氛围。氛围是诗性的集合。当人们随着文明的进程而钝化时，唯凭感觉保持人类最原始的东西，克服理性压制本能的冷漠逻辑，因此永远是诗性的指导精灵。一些诗人在制造他的所谓“现代诗”时，借口“知性写作”，鼓吹语言的“不及物性”和“自我指涉性”，完全丧失了应有的肉体感觉，没有芳香，没有温暖，没有疼痛，沦为对前人文本的摹拟。实质上，这还不能算是劣等诗，而是伪诗，应当遭到唾弃。

诗歌的直接性、抒情性，以及充满音乐感和肉体感的含混而丰富的语言，共同构成它的美学内容。但是，当我们把文字当作审美对象的时候，意义与美是不可分割的。所以，所谓“纯诗”，只能是一种虚构。在这里，意义指的是诗人给出的思想态度:政治的，文化的，道德的，它们在诗中的表达同时也是人性的，是整体性的呈现。正是为人性所浸润的思想内涵的深厚程度，以及它有机地渗透于美学形式中的各个细节的润泽程度，决定了一首诗的质量。

在诗歌共和国的上空飘扬着一面三色旗:自由、个性、人类。自由至高无上，自由是诗歌的灵魂。自由不但作为一个母题而为诗人反复歌咏，而且，在诗的内部，可以扩大思想的能力，把激情和想象力鼓荡起来，打破形式的桎梏而使之获得进一步的解放。自由无始无终，它一方面来自理想的召唤，一方面来自现实的压迫、奴役和苦难的激惹；它使我们迫切关注自身的存在，把个人性同人类性联系到一起，并为改善共同的处境而斗争。自由是思想的来源，也是情感的来源。是自由使我们懂得正义，懂得爱和同情，使我们因此感到耻辱、痛苦、愤怒和忧伤。为了追求自由，我们不满现状，不断地破坏既存的秩序、偶像、牢狱和殿堂，在废墟上面建造辉煌的梦境。没有自由，就没有人类的一切，遑论诗歌。

“诗可以观”。我们从诗中不但可以观察整个社会状态，也可以倒过来了解诗人的素质及其生存状态。诗人的存在是带决定性的。诗的主题、内容和形式的择取，以及风格的呈示，均有赖于诗人的创造性直觉、想象力、语言才能、写作态度，直至思想和人格。这是一个综合指数。班固的《汉书》以九品论人，钟嵘的《诗品》以三品论诗，根据综合指数的读数大小，我们同样可以把诗人和诗分出不同的层级来。

在古希腊，诗歌一词的本意是“创造”，诗人也就是“创造者”。塔索说:“没有人配受创造者的称号，唯有上帝与诗人。”所谓创造，首先指的是精神的特异性，它直接关系到诗人对自由的态度，此外，就是写作实践，是获得自由的实际可能性。从某种意义上说，诗是自由的响亮的或是沉闷的回应，当然也有哑默和嘘声。

关于诗人，柏拉图和亚里士多德的论述有所不同。柏拉图偏重灵感，而亚里士多德则偏重摹仿的才能，但又说诗人不同于历史家，不在于描述已发生的事，而在描述可能发生的事，推重的是联想的能力。两位哲人的论述有一个共同之处是，承认作为诗人的天赋条件，承认在诗人的生命中存在着一个诗歌机制:他所以写诗，就因为他是一个诗人。对此，华兹华斯描述说:“诗人以一个人的身份向人们讲话。他是一个人，比一般人具有更锐敏的感受性，更多的温情和热忱，更了解人的本性，而且有更开阔的灵魂；他为自己的热情和意志所鼓舞，因而更富有活力；他乐于观察宇宙现象中的相似的热情和意志，并且习惯于在没有找到它们的地方自己去创造。此外，他还具有一种气质，比别人更容易被不在眼前的事物所感动，仿佛亲临一般。他有一种能力，能从自己心中唤起一种热情，而这种热情与现实事件所激起的很不一样；但是如果同别人因心灵活动而感到的热情比较起来，却无疑地更加近似于为现实事件所激发的热情。由于他经常这样实践，就又获得一种能力，能够敏捷地表达自己的思想和情感，它们的发生并非由于直接的外在刺激，而是出于他的选择，或者是他的心灵的构造。”敏感，热情，想象力，诗人身上所具备的这些禀赋条件确实要比一般人显得充分许多。

对自由问题的感应尤其如此。

虽然每个诗人在自由的表现形态上很不一样，但是反应都是同样的强烈。比如惠特曼，从一片草叶到一座星辰，从一只昆虫到一匹母马，对他来说都关乎博爱、平等和自由。狄金森对自由的敏感表现在不自由的歌咏上面，正如她习惯地以死表达生，以天国表达尘世一样。在中国，“欲采蘋花不自由”，这是由来的事。在著名的唐代“三李”那里，通过不同的题材和风格，我们同时看到，所谓自由处在怎样一种可怜的境地。“大道如青天，我独不得出”，“安得摧眉折腰事权贵，使我不得开心颜”，这是李白的。“我有迷魂招不得，雄鸡一声天下白”，“壶中唤天云不开，白昼万里闲凄迷”，这是李贺的。“身无彩凤双飞翼，心有灵犀一点通”，“红楼隔雨相望冷，珠箔飘灯独自归”，这是李商隐的。自由的范围很广，思维的，心理的，行为的，从形而上到日常生活，无不存在着自由的空间。但是，对于中国诗人来说，歌唱自由就是歌唱不自由，自由只是不自由背后的一种感觉和渴望。至于政治自由，严格说来是近代西方的概念，它是同革命和人道主义联系在一起的。我们在许多欧美诗人那里，可以清楚地看到一个从诗人的生命、诗人的民族和社会历史中分裂出来而又纠结在一起的自主情结，也即自由情结。由于自由本身的历史延续性，人们得以从这些诗人的诗篇中感知时代的变化，所以常常把他们称作“先知”。但是，中国没有这类诗人，而中国社会也确实没有这种变化。20世纪40年代，艾青曾经写过《黎明的通知》，那只是理想的通知，不是先知。

波兰有一位叫玛伊的诗人说：“无论诗人谈论什么，他／总是谈论他的自由。”可以毫不夸张地说，诗人是同自由在一起生活的人。我们知道，诗人都是同一类“不是全有就是全无”的极端分子，他不可能同不合理的生活达成和解，对自由的境遇置若罔闻；相反，他会进入生活的深部，同习惯的世界以致安于这习惯的自我决裂。不是斗争，就是颓废。颓废是痛苦的深渊，以意志失败体现精神战胜，虽然放弃斗争，却不失为对自由理想的坚持。一部作品的价值，往往与诗人同自身的命运的冲突构成正比例。所谓“穷而后工”，人在困境中更能感受自由的存在，从而更富于思想和情感的深度，以及艺术创造的能力。这个定律，即使到了后工业时代也当仍然适用的。穷指经济，也指的政治，本质上是对自由的遏制。现代社会在生活条件的诸多方面可以作出局部的改善，但是，自由相对匮乏并不曾消除，甚至出现新的匮乏，善感的诗人将因期待值的增大而致使内心的冲突加剧。因此，现代的诗必然是动态的诗，即使各种社会病进入它的肌体，也仍然能够以危机感、挣扎和抵抗显示其强健的生命力的存在。总之，它不会是静止的，闲适的，赏玩的，优游自在的，那是中世纪贵族阶级的遗产。然而，诗歌的现状恰恰如此。大批诗人满足于中产阶级的发胖地位，丧失自由意识，缺少匮乏的、不满与不平的生活经验和情感体验，结果只好趋于松弛、疲惫、萎缩，陷入大面积平庸。

生活是重要的，唯有生活才能涵养生命。什么“诗是知识”“诗到语言为止”“发明过去”之类的种种训诫，都只有被置于生活——与政治生活相联系的日常生活——中间才可能成立。预定的原则是不可靠的，生活的原则会校正这一切。一个诗人，无论他具有何等非凡的想象力和虚构能力，生活中的事实和经验对他来说都是必不可少的。奥尔丁顿在论述诗人不应当回避“当代精神”时，强调指出，这种要求并不意味着用诗去复述爱因斯坦的思想，去写《相对论长诗》，而是指他所熟悉的那个事实本身不同于他所有的前辈，接着补充说:“正是在这方面——也仅仅是在这方面！——他才是‘当代的解说员’。”不但如此，而且只有事实经验，才能有效地评价生活，评价我们所在的世界。

评价表明一种态度立场，它来源于两个方面的知识:生活本身以及过去的文本；而文本作为一种公共话语，也唯有依靠生活实践去进行选择。有一种理论，力图将诗人特殊化，鼓吹超道德主义。事实上，人是道德的存在。正是在存在的意义上，克尔凯郭尔说伦理高于美学，诗人不过在这方面表现得更为敏感罢了。爱，同情，道义感，如果我们在同一个人的身上看到了这几样东西，就会称他为诗人。在诗人那里，所谓道德，就是道德本质，而非道德规范。正如惠特曼说的，诗人使他的每一个字都有放血术一样的功能。腐败的气息可以侵蚀法令、政策、风俗，以致整个社会，却永远不会触及他。诗人是有信仰的人，社会纪律不能使他服从，而他却使社会纪律服从自己。他是立法者，为自己立法。他看得见远方的一切，在他身上，体现着正义的制裁；也看得见近处的庸俗，通过自我完善，沟通现实与灵魂的道路，而使一切变得高尚。诗人的灵魂里有一种天真的品质，即使他使用了最夸张最华美最晦涩的文字，我们仍然可以看见:在文字后面，那颗跳动着的诚挚的心。

诗人在道德思想和人格与表现能力之间未必一定取得平衡，对于伟大的诗人来说，两者可称得上基本相称。当观察到不平衡的时候，必须承认，社会良知在写作中具有无可取代的优先地位。虽然不能说，一个诗人只要具有圣洁的品德和卓越的思想，就可以写出伟大的诗篇；但是，要写出伟大的诗篇，这一切是必须具备的。我们看到，末流的诗人最喜欢谈论形式技法，他们或者将技术道德化，借以遏制良知，行使一种“替代性良知”；或者将各种技法划分等级，把技术知识直接等同于艺术。其实，世界上根本不存在绝对有效的形式和技法，它们只有进入作品这一有机体内而转变成为技巧之后，才能把各自的表现力呈现出来。这时，需要确定的是:对于诗人，哪一种体验最好，哪一种过程可以导向合理、完美与永久性的存在，从而进一步确定它们的价值；否则，脱离作品的具体结构，是无所谓优劣的。最古老的技法可以表现最新颖的题材，最时尚的形式也可以容纳最陈腐的内容，这就是证明。所以，大诗人从来是不择手段，纵意而为的。对于那些专意于诗艺经营的诗

《草叶集》插图

人，哲学家乔治·桑塔亚那称作“夸饰诗人”，他有一段话比较说：“如果伟大的诗人可以比作建筑师和雕刻家的话，那么夸饰诗人就使人想起黄金制品行业的工匠和首饰匠，他们是同含有大量闪闪发光的宝石和贵重岩石打交道的。”建筑师和雕刻家的工作同样离不开石头，只是用的普通的石头而已。

伟大的诗人可能不曾声明为大众写作，但是决不会声明为少数人写作；他可能声明为个人写作，但是说到底要超越个人。在他的诗篇里，有许多题材受到有意无意的忽略，而大众的苦难是肯定不会被忽略的；诗中可能涉及多个主题，而每个主题都必将通往人类的自由和幸福。他的爱不限于个人。他的爱更广大。他比所有同时代的人更敏感于时代的忧患和新鲜的思想，并且通过诗来扩大它。所以，他的诗也就常常表现为一种陌生的形式。在中国古代，屈原或许是算得伟大的诗人。屈原是政治上的少数派，持不同政见者，流亡者。作为中国诗史上第一个署名的诗人，他的长诗《离骚》出入于社会现实、神话传说与山川草木之间，表达了他的非正统思想，个人不平的、悲悯的、孤傲的情绪，并创造了一种新的诗体形式和风格，致使后人有“骚魂”之说。然而，他始终不愿抛弃廷臣的身份，绝对忠于君王，这就给他的民本思想蒙上了巨大的阴影，正如鲁迅所批评的：“多芳菲凄恻之音，而反抗挑战，则终其篇未能见，感动后世，为力非强。”在国外，要说到伟大诗人，惠特曼是首先值得推崇的。“自由，让别人对你失望吧——我决不失望。”这是天生的自由的歌者，他赞颂美国精神，同时也是在赞颂全人类精神。他始终认为，诗人的最大考验是当代，歌唱当代生活乃是诗歌的全部。一部《草叶集》正是这样一部伟大的史诗:自由，宏伟，饱满，真实。那是浩瀚的大海，关怀的是整体，同时不遗忘局部；它无所不包，却又澄澈、单纯。在形式上他一样追求自由，抛弃所有装饰性的比喻，抛弃所有格律，抛弃所有拼凑雕琢的手段；长篇幅，长句子，反结构，反组织，完全是没有哲学的哲学，没有技巧的技巧。他歌唱人民，也歌唱自己，他歌唱总统也歌唱战俘和妓女。他歌唱肉体，也歌唱灵魂，歌唱一切伟大的卑微的生命。他开创了诗歌的平民传统，平易而自然。对于他的诗，他写道:“这不是书，谁接触它就是接触一个人。”什么是伟大的诗人？首先是因为诗人具备了非凡的人格，在他那里，人与作品达成了高度的协调一致。

弥尔顿、拜伦、雪莱、雨果、海涅、普希金、涅克拉索夫、密茨凯维奇、洛尔卡、米沃什、聂鲁达、金斯伯格等，堪称伟大的诗人。真正伟大的诗人可以说都是从近代开始产生的。在他们中间，思想和诗歌成就并不划一，像普希金就写过一些宫廷诗篇，聂鲁达也写过斯大林的颂歌；米沃什、金斯伯格仅以诗歌表达一种文化抵抗；洛尔卡死得太早，艺术遗产相对显得单薄，但是，由于个人的天才创造而仍然带有示范的意义。在大的方面说，他们明显地属于同一个诗歌谱系。社会性、当代性、斗争性或者行动性，是他们的共同的特征。洛尔卡曾经表示说:

> ……在这个世界上，我一向并将永远站在穷苦人一边，永远站在一无所有的人一边，站在连空洞无物的安宁都没有的人一边。我们——我指的是在我们所谓舒适阶层的环境中受到教育的知识分子——正在接受付出牺牲的召唤。我们要接受这种召唤……人们在天平上向我展示斗争的结果:一边是你的痛苦和牺牲，而另一边则是对所有人的正义，尽管它处在向一个已经出现但人们尚不认识的未

来过渡的痛苦之中，我仍将尽力将拳头放在后边这个秤盘上。

这是我们的诗人应取的态度。

但是，要始终坚持这一态度是困难的。大量的诗人因为自私和怯弱，便制造出各种堂皇的理由而相率退避，于是站在前头的伟大者就变得极其稀少了。只要人民仍然在夜间行进，就一样需要精神的灯火。人类的独立和自由毕竟高出于一切诗歌。所以，对于伟大的诗人，我们有理由向他们脱帽致敬。

把伟大的诗人同大诗人划分开来是必要的，也是有根据的。当然，要截然做出绝对的划分也是困难的。但是有一个基本的原则是，在伟大的诗人那里，诗在人那里活着；在大诗人那里，人在诗那里活着。大诗人专注于诗性的培养与诗艺的发挥。布莱克、叶芝、庞德、艾略特、史蒂文斯、奥登、兰波、波德莱尔，圣-琼-佩斯、荷尔德林、里尔克等等，都是大诗人。用希尼的话说，他们争取的主要是“诗歌主权”，而不是人民主权。当然，大诗人的情况也很不一致。像庞德，从《诗章》看，他对人类事务十分关注，但是他的反犹主义以及对法西斯的礼赞，是反人类的。布莱克、波德莱尔、圣·琼·佩斯、奥登，都曾在一定程度上参与过人民的斗争，但是他们的活动主要在艺术方面，而且他们比较地习惯于把人与诗分开，而可以自在地耽留在诗篇里。我们把狄金森称为大诗人，是因为她以自己创制的短诗打破了英诗的传统，常常用未完成式、省略式的个人方式，在诗中表现了人性的深度。这些大诗人的作品都与个人生活有很直接的关系，学院气十足的艾略特其实也都如此。至于个别诗人，其诗性来自书本而非生活经验，如博尔赫斯，就是在知识和语言材料的基础上建筑他的艺术迷宫的。即使像他这样，拥有超人的智慧和技巧，这类作品，比起那些直接来源于生活和斗争中的大诗人的作品，到底缺乏血气和生命的活力。再说歌德，他的成就也主要得自博学与知性；作为王国中的一位既傲慢冷漠又卑躬屈节的重臣，不可能产生伟大的诗歌。

事实上，诗人与诗歌是分层级的。当文学史对此进行描述的时候，是把人类的良知、生命体验和想象力放在首位，还是优先考虑知识和技艺，这是评价中的一大分歧。在这里，很难消除历史上形成的“定见”，也就是既成事实；同样地也很难避免当今的文化情景的影响。至20世纪末，伟大的诗人很少有人提及，影响渐渐式微；而以技术见称的大诗人以致次等的诗人，却占据了中心位置。对此，我们不妨质问:诗歌中的人类在哪里？其中包含了多少自由的元素？在这些诗歌里，有没有同代人心灵的回声？问题的严重性，甚至包括:有没有诗人自己的声音？

效应史:匮乏、丧失与绵延

从第一部诗集《诗经》开始，中国古代诗歌由四言到五言、七言、长短句，由古体到近体，从格律不那么严谨到平平仄仄，按谱填词，其间有变迁，有发展也有倒退。正如鲁迅说的，诗到唐代已经做完，从主题到体式大体完备，任是神通广大的天才怎样的翻筋斗，也难跳出如来的掌心。清末谭嗣同、夏曾佑一流提出“诗界革命”，黄遵宪主张“我手写我口”，实际上相当于缠足妇女的放脚，即“解放脚”，“解放”以后仍然只能歪歪扭扭地走路，比起天足来实在差得远。

近两千年的诗歌历程，也曾产生过几位大诗人，但是在整体上处于一种停滞的状态。这种状态与中国历史长期定位于专制政治和农业文明有关，它与社会一治一乱循环往复的超稳定结构是相对应的，概括一点说就是缺乏自由。在一个封闭的沉闷迟滞的社会里，大诗人只能如晨星一般寥落出现，要产生群星灿烂的局面简直是不可能的。就拿已经出现的几位大诗人来说，也都同具有相当自由度的社会背景有关。比如屈原所在的春秋战国时代，政治思想便很活跃，活动也比较自由。那时的人们到邻国或敌国去，不用怎么办签证；国家的要害部门也常常使用外国人掌管，即所谓“客卿”，官至总理部长的例子很不少。李白杜甫生活在唐代，“汉唐气象”在历史上是有名的。自从秦始皇统一全国之后，诗人基本上享受不到政治自由；貌似自由的东西，其实是开明专制，古人叫作“王道”的，然而即便下决心行这王道的帝王也甚少，最后还是让“霸道”跑了出来。屈原以后，像嵇康、李白、杜甫、韩愈、柳宗元、白居易、刘禹锡、苏轼等，不是被杀头，就是遭流放。明代大兴文字狱，连诗人的种子也被扼杀了；清代较为出色的几位都是在刀边生活的，诗性来源于民族意识，剩下的大多是太平世界的歌者，唯有一个龚自珍唱的是挽歌。国家权威，儒教权威，社会权威，构成诗人的巨大的精神压迫，他们的权利遭到剥夺，个性深受禁锢，奴性普遍滋长，因此，除了在一些山水诗和田园诗中偶尔发现一点纯真之外，可以说满纸牢骚。想做奴才而不能，然而又不愿做奴隶，“行路难”于是成为东方诗人反复咏唱的主题。但是，反抗挑战之声是没有的。

象形的汉字以其繁难玄奥，成了诗人构筑迷宫的绝好材料。他们讲究炼字，寻找“诗眼”，对仗要工整，押韵要严格，这样，写诗只好缩减为一种堆砌、镶嵌的手艺。被称为“诗学之正源，法度之准则”的“赋比兴”，赋多是做颂诗的时候用的，所以后来发展为汉赋，提倡排国宴一般的铺张，比可以说是王顾左右而言他，至于兴，悄然登场，实质上意在回避人们的注意力。“温柔敦厚”既作为诗教，类似“怨而不怒，哀而不伤”的要求当然是合理的；而含蓄，即吞吞吐吐，欲说还休，也就随之被公认为写诗的最高境界。

自由的匮乏，以及这匮乏的内化，使中国诗歌失去了前进的动力。密尔在他的名著《论自由》中强调自由精神对于社会进步的绝对意义，其中指出，世界的大部分地方没有历史，就是自由受到“习俗专制”即文化传统的遏制，尤其是东方国家。他以中国为例，说中国原来是一个富于智慧和才能的国家，后来变得静止了，就因为这传统通过“有组织的形式”，使全体国民丧失个性，大家用同一教条同一规律来管制自己的思想和行为的缘故。“他们几千年原封不动；如果要他们有所改进，除非依靠外国人。”密尔的说法，确实有一股“欧洲中心主义”的可恶的味道，但毕竟道破了一个可怕的真确的历史事实。

从清末开始，中国传统社会出现显著的松动，“西风东渐”起着重要的促进作用。及至20世纪初，从辛亥革命到“五四”运动，从政治革命到文化革命，中国的气候发生急遽的变化。新诗作为新文学运动的一部分，是此间怒放的一枝奇葩。

帝制结束之后，专制主义开始瓦解，但是这种局面并非来自共和，而是因为权力的猎手在紧张的角逐中无暇他顾。中国国民所能享受的一点自由，其实是极其有限的自由。即便如此，对于转型期的中国来说仍是不可或缺的。崛起的新知识者群高扬民主科学和个性解放的旗帜，破坏一切偶像，重估一切价值，一时间，激进主义成为冲击中国古老社会的主要思潮。在这个自由的间隙里，新诗人获得了他们的先辈所不曾经验的两样东西:其一是西方观念，政治、道德、文学方面的观念都是全新的；其二是脱离官僚阶级和科举制度的独立地位。因而，他们也就获得了一种不同于他们的先辈的自由的、叛逆的、斗争的姿态。

第一部新诗集是1920年出版的胡适的《尝试集》。其实，自由的写作都带有尝试、探索的性质。“五四”时期，不同的期刊，不同的社团，不同的流派，所有的新诗人都在努力争取书写的自由。有的从旧诗脱胎而来，如胡适；有的趋于平民化口语化，如俞平伯、康白情、刘大白；有的尝试散文诗如刘半农；有的专营小诗如冰心；有的制作商籁体如冯至；有的呈明显的欧化倾向如郭沫若、徐志摩；有的则创造新格律如闻一多、朱湘。总之，不出10年，新诗已然形成自己的独立面貌，自

《尝试集》增订版封面

《女神》封面

不同于咿唔吟哦的旧诗，而宜于新青年的阅读和朗诵，这是与变革的时代相适应的。20世纪30年代，新诗更趋成熟。象征主义的李金发，现代主义的戴望舒，以及兼具象征与写实的艾青的出现，给多少还显得有点拘谨的新诗带来更现代更自由的色彩。抗战以后，“七月派”崛起，这个青年诗群充分利用新诗的自由形式，把写作同民族和人民的斗争风暴结合到一起；几乎与此同时，以西南联大为中心，另一群青年掀起了一股现代派的小旋风。他们或者重激情，重斗争，或者重知性，重技巧，从不同的方向扩展了诗歌美学疆域。

一代诗人在观念上的变化，他们的诗作在很大程度上刷新了旧有的主题。爱情不再是男女野合，而是因心灵的契约而争取两性结合的合法地位的斗争，因此，此时的爱情诗是诗人站在街头、广场、法庭上对于爱情的热烈的颂赞和辩护，闪烁着苦乐交融的泪光。汪静之的爱情诗集《蕙的风》引起的风波，是新诗初潮时分的著名事件。爱国的主题相当古老，《楚辞》里便有《国殇》。但是，在古时候，爱国与忠君是同一个概念，流风及于后世，毒害十分深远。五四时候，国家的概念被淡化了，民主观念大大提高了国民和社会的地位。中国，在新诗人的眼中也不再是哪一个人，哪一个党派代表的中国，而是人民中国，少年中国，新中国。郭沫若的《炉中煤》、康白情的《别少年中国》、闻一多的《一句话》，都是包含了新的国家理念的爱国主义名篇。政治主题过去被演化成为对权力的膜拜，其中一种异化的表现，就是描写失去权力者的宠幸时的哀怨情绪。屈原的“美人芳草”，从此成为中国诗歌的经典性隐喻。新诗人是非权力的，在他们的诗中常常有着反抗的、革命的、颠覆的主题。郭沫若的早期诗作，如《我是个偶像崇拜者》《天狗》《匪徒颂》等，即带有明显的个人主义和无政府主义倾向。至20世纪20年代后期，这种倾向复由他的党派意识所自行纠正。悯农诗在古典诗歌中好像是一个颇具“民主性”的部分，实质上是儒家民本思想的反映。新诗发轫时期的一些农村题材的作品，如刘大白的《卖布谣》《田主来》《成虎不死》等，已经具备相当明确的阶级意识；这方面的意识随着农民运动的兴起，得到进一步的加强。艾青的芦笛所吹奏的，便全然没有中世纪的牧歌情调，在诗集《大堰河》中，我们看到，那里的爱憎和苦难一样深沉。知识分子作为抒情主人公，也不复如古代的诗人那样卑躬屈节，顾影自怜。“五四”时期充当领唱角色固不待言，即如后来艾青表现的流浪意识与忏悔意识，也都不复是屈原式的，而有了一种力求挣脱封建母体的自觉。到了40年代，知识分子主题在延安演变为灵魂的改造，即个人主义降伏于集体主义的大纛之下；从何其芳的《预言》到《夜歌》，可以看到一代人蜕变的足迹。但是在昆明，在重庆，穆旦们坚持了个人的、非集体的、“非中国”的东西，虽然这种坚持无法使他们最后摆脱痛苦的、彷徨的、尴尬的境地。一个戏

闻一多（1899—1946），湖北浠水人。诗人，学者。提倡新格律诗，著有诗集《红烛》《死水》等。

剧性的事实是，他们因为远离斗争的中心而避免了集体主义的兼并，而使知识分子的自审意识，在“思想知觉化”的写作中有了深化的可能。在国统区，诗创作在多大程度上接受了延安的影响，还是因为民族的共同命运而相互间发生了某种神秘的勾连？这是一个问题。应当承认，知识分子在现实生活中发现自身的有限性，以及由此引发的自我批判具有进步的意义；但是，作为启蒙者的先知形象，此时已是愈来愈暗淡了。

中国新诗前30年的文体建设，无疑地与现代观念密切相关。其中，以自由诗为主，兼具其他体式，西方各种主义大体上都有了本土化的文本。就艺术成就而言，不少作品堪称经典，即便时间过去大半个世纪，至今仍然难于逾越；有的甚至代表了一个绝对高度，如鲁迅的《野草》。与传统文学样式比较起来，新诗的变化程度远比散文戏剧为甚，由于较大地偏离了人们的审美习惯，它的成就也就自然受到普遍的质疑，甚至被认为是一种未定型的文类。其实，未定型正是新诗的特点，一者说明它是永远自由的，二者说明它仍然处在发展的过程之中。相反，致命的地方，恰恰通过限制和扼杀自由，而使新诗过早地趋于定型。

西里尔·康诺利在他的一部介绍欧美一百部现代作品的著述中，把一场国际性的“现代运动”的起点定于1880年，终点为1950年。大致算来，正是中国从鸦片战争到建立中华人民共和国的时间段；而他把1910年至1925年划为其间的鼎盛期，又是中国从辛亥革命到五卅运动这样一个相对完整的阶段，也即“五四”前后阶段。东西方在时间上的这种对应很有意思，确实，这是中国近代社会思想最为活跃的时期。尤其“五四”的一代，他们掀起的新文化运动犹如法国的启蒙运动，把理性批判与情感探索结合到一起，创造了中国的现代文学，包括新诗。

初创的新诗难免幼稚，却充满自由创造的活力；当它渐渐地显得较为成熟和丰富的时候，由于党派政治的入侵，特别是国民党“一党专政”的压迫，发展势头受到严重的阻遏。国民党政权既具有中国皇权统治的专制性和随意性，又具有苏德式的极权主义的严密性，它通过血腥的非法手段实现自身的统治合法化，颁布多种法律、政策、条例，借口维护党国的统一和稳定，剥夺公民的政治自由，其中包括言论自由、出版自由和集会结社的自由。一个社会，正是通过民主和人权的工具性作用，提供信息、激励和保护，以扩展个人自由的。当人们失去了这所有一切，于是我们看到，许多优秀分子遭到杀戮和监禁，大批图书同时被禁毁。在一个专制黑暗的时代，真正的诗人首先作为一个热爱自由并为之献身的分子而存在，因此遭到官方的各种迫害是必然的。相反，在这个时候，如果一个诗人居然受到命运的青睐，其身份则十分可疑。20世纪30年代，胡也频、殷夫等一批左翼诗人遭到杀害；像艾青一样被囚禁的进步青年难以数计，他们只能在黑暗的铁窗里写作有名和无名的诗篇；许多已出版的诗集，被国民党中宣部及各级图书审查机构列入禁书目录，遭到销毁。最可怕的摧毁，还不在于以合法暴力进行直接摧毁的事实本身，而在于以此制造的恐怖的社会气氛，影响着和决定着整整一代诗人的精神状态。英国批评家黑兹利特于1817年发表《谄媚者与暴君》，对此有着十分生动的描述。他回忆道：“……自从那一时代以来，出版界成了自由的大敌，这一笨重的庞大机器被恐惧和喜好这两个主要动机赋予一种致命的偏见……我们不想一一重温这些痛苦的事例，也永远不能把它们忘却。但是他们一个个全部或几乎全部都是悄悄溜到图虚名或图实利的一边去。没有大人物的赏识，他们便无法生存；不丧失人格，他们便无法为日益扩大的组织提供生计。他们不做有益于社会的事，用抒情诗去换基台石，用笔去换犁，而是决意出卖自己的笔去为最无耻的虚伪礼仪，为暴君和俗众之间的虚伪同盟进行滑稽可笑的辩护！……这就是20年来文学上的爱国主义和出卖灵魂的历史及奥秘。”在这样充满恐怖和萧索的氛围里，诗人一旦丧失痛感，那么不是被御用，便只能大量地滑入消闲的团伙之中。有各式各样的消闲。其中最常见的，也最不容易为人所察觉的麻醉性作品，就是一种“从容的艺术”。这些诗人，在社会失去政治自由的时候，从容地探讨“诗艺”的自由运用；在四周弥漫着一片呼号、呻吟和哭泣的时候，从容地吟哦自己的华章。20世纪30年代有不少诗章，就诗艺的精致程度而言，比起几十年后一些校园才子的所谓文本来毫不逊色，其实，这正是一代诗歌的病态的见证。健康的文学，是与它所处的时代文化相呼应的，在一个杀机四伏的挣扎的抗争的年代里，居然产生了一种反差的艺术，一种温文尔雅的诗风，难道这是正常的吗？我们的文学史接受了这个事实，这叫体面的耻辱。

英国革命、美国革命、法国革命是工业革命和近代文明的产物，是一个时代的政治、经济、文化思想的共振；革命从酝酿到生成，费时长达数10年到100年时间，所以，那里的文学和诗歌是强壮的。在“五四”时期，中国的经济社会没有发生根本性的变动，政治革命换汤不换药，新文化运动主要表现为文化观念的变革。而组成运动的队伍就自身的知识背景和人格结构而言，与西方观念存在很大的差异性和不适应性，因此彼此的结合并不是有机的、稳定的；加上失去社会的强劲后援，所以很快被回潮的政治文化传统势力给颠覆了。从辛亥到五卅，这段相对宽松自由的时间极其短暂，而且整段历史不是全面启动，而是跛足而行的，所以很难从中孕育出一代灵魂茁壮的人物。鲁迅是一个特例。甚至有数的几位诗人也不能称作大诗人。如果说，20世纪20至30年代也曾产生少数优秀的篇章，也只能被认为是“五四”汹涌一时的个性解放潮流留下的一掬浪花而已。范式的存在可能成为创新的障碍，但是，缺乏范式无疑地将使创新失去必要的参照和依据。对于中国新诗来说，这是致命的。

五卅以后，工农运动蓬勃发展，共产主义思想迅速传播，这就使刚刚从文学革命中生产的新诗变得躁动难耐，而有了低俗化和工具化的可能。1928年，郭沫若、冯乃超、蒋光慈等一批青年共产党人公开宣扬

“文学即宣传”的观念，他们的诗歌实践，也就不能不按照某种事先发布的指令工作，标榜阶级性、集体性而排斥个人性，强调宣传效果而贬低诗性艺术。郭沫若于1936年表示说:“我高兴做个‘标语人’、‘口号人’，而不必一定要做‘诗人’。”后来又总结道:“自从《女神》以后，我已不再是‘诗人’了。……要从技巧的立场来说，或许《女神》以后的东西要高明一些，但像产生《女神》那种火山爆发式的内发情感是没有了。”这种无视诗歌艺术的倾向，一直影响到20世纪30年代的左翼诗歌运动。当时，在国民党政府的高压政治之下，敢于暴露、呐喊和反抗，作为一种艺术精神是可宝贵的。但是，既是艺术行为，就不是有组织的行为，而应当是充分个人化的，人性化的，有着内部的驱力和自由。曼德尔施塔姆说:“诗歌是极端个性化的艺术，它憎恶主义。”他强调的，就是诗歌必须从主义的强制性宣传中夺回个人的自由。有的诗人写诗并非意在宣传，像殷夫，诗只是他的革命生活的一部分。但是，他们在艺术上有一个明显的欠缺，便是新闻式的制作，满足于即时的感应，当诗迫近现实时缺乏“遥远的目光”。莎士比亚的《仲夏夜之梦》说:“诗人的眼睛在狂怒中容得下／辽阔的大地，深邃的苍穹。”中国革命诗人的眼睛往往只有面临的事物，世界在他们的视野里变得非常狭窄，没有哲思，也没有想象，比马雅可夫斯基阿拉贡艾吕雅希克梅特们差远了。

……

20世纪40年代，中国诗坛呈现三种诗体三种诗风并存的局面:其一是以“七月派”为代表的自由诗，其二是以西南联大师生为主体的现代诗，再就是解放区的民歌体，或仿民歌体。《王贵与李香香》比较清新可读，田间的《赶车传》，局限就太明显了，刻板、冗长，死守“民间形式”，完全失去了创造的自由，尤其与他作为《七月诗丛》之一种出版的《给战斗者》比较起来，简直是不同的两个人的制作。可见诗人内在自由的重要性，它的阻遏与张扬，直接影响到诗性的存亡。“七月派”的诗在血脉上不是直接承接“五四”的个人主义，而是与二三十年代的革命文学及左翼文学运动发生亲缘关系，但是在一定程度上避免了革命诗歌的功利主义影响，间接地回归“五四”的“人的文学”的立场，积极实践当年“文学为人生”的主张。文学与生活，个性与社会的关系并非按照一个固定的量度保持平衡的。七月派诗人在投身于民族解放斗争的时候，已然为一个巨大的群体所吸纳，作为诗人个体，却没有足够强大的力量维持自己；也就是说，在资源禀赋方面不足以同社会生活实体相平衡。虽然他们不曾为严密的组织所制约，但由于客观环境、风气或观念变化的影响，自我相对萎缩是同样可能的。在革命斗争中产生的诗歌往往缺乏个性，显得粗糙，还有一个原因是诗人的生活过于紧张，没有余裕。失去思考的时间便失去了思考，或者径直可以说是失去了另一种自由。看来美本身包含着一种精致的要求，无论风格如何粗犷，仍然需要匠意经营。至于当时的现代派，基本上是学院派，远离斗争而有余裕摆弄诗艺。西南联大师生在西方现代诗的形式技巧的引进以及“新批评”理论的应用方面，做了不少努力。他们的诗风发展了一种简练的抒情风格，甚至不惜过滤情感，放弃比喻，制造语言的危机感，而致力于艰苦的虚构。从30年代的《现代》杂志，至40年代的《诗创造》《中国新诗》等刊物，从戴望舒到穆旦，现代派诗人在语言的节约与节制，意象与通感的运用，内在张力，反讽风格等方面，大大丰富了中国新诗的表现力。然而，这些诗人在形式美营造方面倾注了太多的热情，简直无暇倾听时代的风雨；正如法国诗人戈蒂埃在诗里形容的:“不管暴风雨如何敲打紧闭的窗户，我依样制作珐琅与雕玉。”他们为艺术的空间所羁限，却不曾进入更为广大的社会空间，生命力得不到自由的舒张，诗的格局便小了。只是到了后来，社会上反饥饿、反内战、争民主、争自由的运动起来，风雨大作，终至破窗而入，惊扰诗人的甜梦而有了部分坚实的制作。

同自由一起受难，这是诗歌的命运；自然，这也是诗歌的光荣。

翻译家王佐良认为，现代主义已然成了历史的陈迹，而浪漫主义的理想远远没有实现。他的看法，揭示了诗歌发展史上的一个十分严峻的事实，就是自由精神的失落。

浪漫主义诗人及其作品是法国大革命的产儿。从诞生之日起，浪漫主义诗歌便同政治革命密切结合在一起，成了“自由、平等、博爱”的热情的宣传者，人性的最坚强的支持者和保护者。浪漫主义不仅仅是一种诗艺，一种有一定之规的主题与风格；首先，它是如何对待生活与文学的一种立场，一种理想，代表着一种反抗、革新、解放的精神。在浪漫主义者那里，艺术中的自由和社会上的自由是不可分割的；但是，哲学底色是个人主义，是建基于个人之上的对社会的反抗，所以，最显著的特征是自我表现。在西欧，浪漫主义诗歌遗产十分丰富。就说英国有代表性的三个诗人拜伦、雪莱、济慈，他们的作品便以各自鲜明的个性显示了浪漫主义的不同层面的意义。拜伦个人的叛逆色彩特别耀目，雪莱富于人类解放的思想，济慈则趋向于自然、生命与美。可是，他们对于自由的渴望和热爱是一致的。

在中国，“五四”精神过早夭折，个性解放刚刚在现代第一代知识分子中引起震荡，迅即平静如初。郭沫若、徐志摩、闻一多等人的浪漫诗情，仅仅表现为社会改造的幻想，或者男女情爱的倾诉，来不及注入社会的具体事象之中。以郭沫若为代表的创造社，一向被视为浪漫主义文学的大营，其实作品非常浅薄，而且少不了夹带传统的才子气，并没有形成具有某种规模的运动或潮流，本来，“为艺术而艺术”是创造社最初打出的旗号，但很快便换上了“革命文学”的旗子，注重党派性组织性的宣传。可以说，这是一个带有象征性的转折，标志着浪漫主义的结束。浪漫主义的过早结束，正如现代主义的过早到来一样，对于中国诗坛来说都是严重的不幸。

现代主义是西方工业文明的产物，它以扭歪的面孔表现文明社会的病容；如果就其批判的本质来看，不妨视作浪漫主义的另一种形式的延续。在西方，无论“主义”如何的兴仆交替，也无论它们如何的反传统，都不可能脱离其固有的人文主义传统，正如有理论家总结说的，“我们的艺术和情境毫无奇特和新颖之处”。但是，现代主义在中国的情境完全不同。中国社会的病象，主要不是来自工业和市场所带来的异化，却依旧是前现代社会的专制、腐败、贫困和不公，因此，现代主义也就失去了像西方一样的体制的、物质的根基，只好作形式和技巧的移植。其中，即使表现出一种西方式的悲观、孤独与颓废，也不像是西方的那样植根于社会之中，融合于整个社会，与大多数公众的情感状态基本一致的情形，骨子里是本家士大夫式的逃逸的态度，说到底是远离社会的、超时代的。“现代性”，无论对政治和文化说来，都可以作为一个普适的概念使用，但是必须看到中国和西方在文化传统和社会现实两方面的巨大差异，从而严格地划出限界，不至于将形式混同于内容，把“前现代性”置换成“现代性”。写于现代的东西不一定具有现代性，使用现代技巧写作的东西也不一定具有现代性；现代性是一个时代的概念，它不但属于观念的，也是心理的，状态的，从本质的意义上说，它标志着人类从外部到内部的自由发展的最大限度。对于中国新诗的认识，如果要确定一个标准的话，那么就不可能脱离现代性的要求，其实也就是自由的要求:精神的自由与形式的自由。

在这里，我们可以引进“自由状况”和“自由感”这样两个相关的概念。自由不但具有实效性，而且具有评价性的意义。一般而言，自由感是由自由状况决定的。在一个专制的国家里，当人们已经习惯于自由的匮乏时，自由感并不强烈，甚至有可能丧失，如某些东方国家。但是，也有另一种可能，就是当自由遭到剥夺时，自由感会变得特别敏锐、强烈，俄国知识分子就是这样。可见，相对于自由状况，自由感又在很大程度上取决于主体，带有“自治”的性质。鲍曼在他的一部名为《通过社会学去思考》的新著的开头，就使用了“自由”与“依赖”的一对概念。自由意味着决定和选择的权利和能力，要想自由地行动，除了自由意志之外，还需要许多别的资源。这些资源，包括所属的群体、传统、规则、习惯等等，构成为有利或不利于自由的依赖物。说到中国新诗，我们可依赖的是什么呢？我们能够拒绝它或是利用它吗？我们是否已经强壮到了这个地步？自由自由，得之则生，失之则死。社会如是，个人如是；政治经济如是，文学亦如是。

自由有千种风采可以展示
奴隶们无论多么满足，却从不知晓

1998年诺贝尔经济学奖获得者阿马蒂亚·森写了一本书，名叫《以自由看待发展》。他引了威廉·考珀的这样两句诗，作为全书最终的结语。

中国新诗向何处去

中国新诗向何处去？

这不是一个虚拟的问题，而是客观存在着，并为关心中国文学和新诗命运的人们必然遭遇到的问题。对此，没有哪一位先知可以预言，不要相信那类动辄保证50年100年如何的伟大的空话。新诗未来的方向，是由它近百年来自身发展的逻辑所决定的。

从世界诗歌史来说，我们看到，每当社会文化转型时期，都会涌现出一个诗人群体，他们往往伴同其他活跃的文化群体一起出现。而这时，也就是诗歌的繁荣时期。

华兹华斯（1770—1850），英国诗人。18世纪90年代初，英国诗坛出现一群“湖畔派”诗人，华滋华斯是其中的代表人物。主要作品有《抒情歌谣集》（合著）、长诗《序言》《远游》等。

在俄罗斯文学史上，所谓“黄金时代”和“白银时代”，都是社会处于急剧变化的时代，前者面临欧洲进步思潮对斯拉夫民族文化传统的瓦解，后者是典型的变革时期。于是，从普希金到勃洛克、曼德尔施塔姆、阿赫玛托娃，俄罗斯先后贡献了两批世界级诗人。18世纪的欧洲被称为“革命的欧洲”。在英国的工业革命，法国的政治革命背后，是一场伟大的思想革命。在古典主义之后，一场浩大的浪漫主义文学运动随之发生。美国革命与欧洲革命联系密切，在欧洲思想风气的推动下，由先验主义者兴起一个“新精神时代”。德国受英法文学影响，产生了“狂飙突进运动”。几乎在同一时间，欧美便崛起了如华兹华斯、雪莱、拜伦、雨果、惠特曼、坡、歌德、席勒、海涅等一大批诗人，留下了众多的经典性作品。至20世纪60年代，拉丁美洲国家也在现代化的关键时刻，出现了大批的作家和诗人，这一现象被称为“文学爆炸”。

是时代创造了文学，同时，文学也创造了时代。然而，令人纳闷的是，中国的现代化进程已经有了长达一个世纪的时间，一个人才辈出的诗歌时代并没有到来；尤其是现在，社会冲突变得如此激烈，不但没有产生大诗人，诗坛反之更显散漫、空洞和颓靡了，这是怎么回事？

研究一个诗人，必须研究他的作品；研究一个时代的诗歌，则必须先行研究诗人。虽然说诗人是在诗歌之后才实存，就是说，诗人活在他的诗歌里，靠作品显现一切，然而，毕竟是诗人掌握着他的“实在”，是他使诗歌变为可能。

有什么样的诗人就有什么样的诗歌。正如克罗齐指出的："诗歌不能产生诗歌。孤雌生殖是不存在的。需要有阳性元素，即需要有现实的、激情的、实际的和精神的东西的参与。"他特别强调精神因素，提醒说不要求助于文学处方，而应当像一些批评家所说的那样，"重新造就人"。这里的新人，是指摆脱了精神桎梏的人，自由的人，创造的人。文学与社会生活的关系，并非简单的题材内容的"来料加工"，而主要体现在其内在的精神结构中；其中之一，就是与作家和诗人的世界观，或与整个社会精神结构所形成的对应关系。只有当精神处于自由状态，或者说，当诗人获得一种自由精神的时候，才能赋予作品以生命的活力。

雨果（1802—1885），法国作家，诗人。著有小说《巴黎圣母院》《悲惨世界》《九三年》等，还写有许多政论、剧本、散文和诗歌。

西方文化有两个精神源头，一是希腊的人文主义，一是希伯来主义。对于希腊人来说，自由是一种存在方式，一种精神气质。自由精神是希腊人所固有的。有别于希腊人的理性的、原理的、外显的古典模式，希伯来是内心的、神秘的、迷狂的，有一种超自然的宏伟，后来统一于基督教，经由宗教训练而保持了生存的精神性，对自由和真理的信仰。在专制的沙俄时代，俄罗斯诗人正是凭着自由反抗的精神，高唱热情的诗句，与他们的人民一同度过茫茫风雪夜的。美国诗人也是凭着自由创造的精神，在缺少文学传统的背景下，开拓出自己民族的崭新的诗歌。其中，惠特曼的《草叶集》是最富有代表性的例子。拉美诗人则完全抛开匍匐在西班牙殖民主义的大靴底下的文学前辈，取法欧美，蔚然成大气象，同样有赖于群体的独立自由的精神。

在近百年来的几次关于东西方文化的论战中，"国粹派"的基本观点是西方重物质，东方重精神，而以"东方文明"为优越。其实，在我们这里，精神与物质是混沌不分的，由来缺乏独立的精神。儒家是入世的，实用的，服务的，讲究和谐；道家的出世是虚无的，泛化的、逃避的，都没有自由个体的地位，没有对真理的皈依与探索，没有变革的欲望和坚持到底的勇气。个人是从属于集体的，权力意志代替个人意志，权力就是真理。文学反映了这种精神缺失的状况。如果说屈原的《离骚》尚有一点精神的话，那也是春秋诸子争鸣时代的遗风。秦汉统一之后，异端精神随之窒息。汉赋大家全是弄臣。魏晋士人的不合作主义态度大抵化作身体政治，所谓放浪形骸。唐代的科举制在文化体制上拘限了士人，宋代的理学作进一步的自虐，其间产生的诗词被誉为古典诗歌的高峰，其实没有大境界、大视野、大结构。从古体到近体，从诗到诗余，音律完整，镣铐铿锵。明代的特务政治只能产生病态的小品。在市民小说兴起之后，诗歌不免成为陪衬，即使清诗兴盛一时，不过回光返照而已。清末民初的诗风确有一种新异之气，然而毕竟未脱文人传统；文体形式及语言的限制，也是一个问题。看看当时留日青年多人翻译的拜伦的诗作，可知僵化的诗歌形式已经不能适应一个新时代。

新文化运动从观念、思想和语言方面进行了空前的革命。胡适称五四为中国的文艺复兴，其实是不确的，因为个性解放的风气和自由创造的精神在历史上从来未曾出现过，这时不是恢复，乃是启始。新文学包括新诗虽然幼稚，但是有一种叛逆的、冲决的、开拓的、自信的、主人般的精神灌注其中，充分体现了一代人的觉醒。五四作为一个标志性的历史性时刻十分短暂，它是两个专制实体之间的一道狭窄的裂缝，然而很快就被壅塞了，“五四”精神遭到了一种有着各种现代名目的传统势力的有序的颠覆。

上个世纪70年代末，适度的开放姿态及改革措施使后“文革”时期的空气变得相对活跃起来，但是要恢复五四时代的自由精神谈何容易。除了固有的体制及意识形态的因素以外，此时增加了一种新的因素，就是商业主义与大众文化。在现代化的进程中，“现代性”往往被片面地演绎成理性的、科技的、物质的、时尚的概念，忽视了固有的人文内容。哈贝马斯所以主张以文化现代性批判社会现代性，正因为后者乃建立在市场经济与现代官僚国家的基础之上，结果是反人性的，非正当的。齐美尔在描述19世纪后期德国生活与思想的趋向时，得出“物质价值的增进要比人的内在价值的发展迅速得多”的总体印象。他指出：“精神的力量在德国以一种前所未闻的方式被驱使为获取财富这一目的服务，而且，为异常活跃的国内或国际竞争所支配，使一切别的事物都沦为物质利益的臣属。结果，技术近年来成为大多数生产者与消费者们唯一关心的问题，这对于国家内在的精神发展而言，是最不祥的兆头。”关于生活的技术层面压倒其内在的方面，即生活中的个人价值这一趋势，他认为，依据体现它或是抗拒它的程度，可以确定每个国家、每个时期的知识与精神状况的特征。中国在20世纪90年代，拜金主义、物质主义成为一种流行的社会风气，精神萎缩是必然的；这对于文学，尤其是诗歌所受的灾难性打击，从事实上看来显然要比西方严重得多。

英国艺术批评家克莱夫·贝尔在《艺术》这一著名小册子中写道：“政治改革，社会改革，甚至是文学，都在物质主义传统和溶解性传统没踝的泥泞中举步维艰。”这段话，这里不妨看作是目前中国的一个写照。

中国的诗人不但缺乏巨大的精神活力，也缺乏对于社会的道德关怀。长期的阶级斗争和政治运动是明确地与“人性”和“良心”为敌的，“文化大革命”简直制造了一个道德废墟，影响至为深远，用清儒的一句话形容，可谓“未亡国而亡天下”。可怕的是，我们的诗人至今仍然以放逐道德为荣，把道德看作是损害诗歌纯粹性的重大障碍。

真正的诗人始终把“人”置于“诗”之上，对道德要求特别严格；对他们来说，人大于诗人，人性大于诗性，或者说诗性具备一定的道德内容，这是毋庸置疑的。葛兰西对知识分子有过深入的研究，他曾经批评说：“事实上，一代又一代的作家试图以冷漠无情的态度选择描写的环境，从而暴露出自己的‘非历史主义’的弱点和道德、精神上的贫困，这难道不是屡屡发生的情况么？再者，把内容单单理解为对一定的环境的选择，这是很不够的。对内容来说，带根本意义的乃是作家和整整一代人对这个环境的态度。唯独这态度决定整个一代人和一个时代的文化，并进而决定文化的风格。”他强调态度的重要性，这态度，就是道德选择。

西方文学普遍着重道德感。俄罗斯的作家和诗人被称作“俄罗斯的灵魂”，这是众所周知的。弥尔顿以他多方面的著作，其中包括诗歌，加入英国人民的斗争，雪莱称他“不仅是个共和主义者，而且对道德和宗教进行了大胆的探索”。惠特曼著名的《〈草叶集〉序言》直接把诗歌同人民联系到一起，指出诗人的职责在于揭示出沟通现实与灵魂的道路。智利诗人聂鲁达宣称:“我认为我作为诗人的责任，不仅要爱玫瑰花与谐音，炽烈的爱情与无边的乡愁，也要爱我写在诗里的人类的那些艰巨的使命。”墨西哥诗人帕斯也认为，诗人就是写人类的状况，同样表白说:“我的目的有二:一是做诗人，一是批判社会。”

这些作家诗人强调的道德，是政治道德、社会道德，不仅仅是我们的圣人所说的诚信一类“修身”问题。虽然，个人的道德品质是一个基础，但是他们总是不忘大伦理，正所谓心忧天下。跟我们诗人的非政治化倾向相反，他们都热衷于政治，都把政治视之为公共问题，人类命运的所在。惠特曼声明:“在伟大的大师们出现的过程中，政治自由的思想是必不可少的。”自由在这里并非是哲学意义上的，而是政治的。在20世纪这个“极端的年代”中，政治问题尤其显得突出。经历过“二战”及法国抵抗运动的法国诗人彼埃尔-让·儒夫讲演《一个诗人的辩解》，开篇便称引英国女诗人布朗宁夫人的一句话:“诗人是谈最主要问题的人。”当此危机四伏的时代，他指出，诗歌暴露出的两个最尖锐的问题便是:一、诗人与政治的关系；二、诗歌与现实生活的关系。卡内蒂在赫尔曼·布洛赫50寿辰上的演说中提出诗人有三重责任:首先，就是诗人应当“奉献于他的时代”，犹如随时嗅着时代的特殊气息的一条“狗”；其次是“概述他的时代”，证明自己具有“任何具体的任务都不会使他丧失普遍激情，他不会撇开任何东西，不会忘记任何东西”；最后，他应当要求自己“起而反对他的时代”，以不致使自己凝固于他所具有的“宽容的和单一的形象”，从而能够保持矛盾的力量。他认为，落实这三重责任，是对付时代的厉害的并发症的唯一办法，必须迫使每一个人“属于他自己的时代而又反对他自己的时代”，尤其必要强制诗人承担起自己的“变形守望者”角色。波兰女诗人辛波丝卡在一首题为《我们时代的儿子》（1986）的诗中写道：

我们是时代的孩子，
政治的时代。

一切你的、我们的、你们的
每天每夜的问题
都是政治问题。

不管你喜欢不喜欢，
你的基因有政治遗传，
你的皮肤有政治色彩，
你的眼睛有政治倾向。

你要谈论就会有影响，
沉默就是异议——
或此或彼的政治方式。

政治可谓无所不在。极权之下的政治色彩固然明显，——自然这

聂鲁达（1904 —1973），智利诗人。长期在外交界工作，上世纪50年代初，曾访问中国。1971年获诺贝尔文学奖。

时也仍然有人要求摆脱政治，声称仅仅对“真正的文学性”感兴趣，而断然拒绝与“文学之外”的历史相联系，正如本雅明批判德国文学研究时说的，这些厌恶政治者流无一例外地与独裁政权取得和解，而纳粹主义和政治化都终于从后门进入了文学史。消费社会同样不可能回避政治。阿伦特指出，当公共领域转变为经济领域的附属物，产生一个不关心政治的消费者社会以后，文化便堕落到为娱乐工业的需要效劳；其实，这里潜在着一种极权主义的冲动，在社会工程的帮助下，它能够将对消费活动的支配扩展到包括对人性的统治。而这就是她所称的“现时代的危机”。

对于缺乏道德感的时代和文学，在西方，我们可以看到由来存在的强大的抵制力。战后50年代的美国，从国力来说，已然上升到西方霸主的地位，批评家梅勒关注的却是另外的方面，批评说:“当今的时代是随大流和消沉的年代。……我们患了精神崩溃症。这个时代的特征是最终的道德怯懦。在这个时代里，人们没有勇气，不敢保持自己的个性，不敢用自己的声音说话。”对于东方国家来说，布罗茨基认为，作家最大的危险还不在于可能（而且往往是必然）受到来自国家方面的迫害，而是为国家的面目所迷惑。荒诞戏剧作家哈维尔在出任总统的就职演说时则坦言承认：“当前最大的问题是，我们生活在道德沦丧的环境中，我们都是道德上的病人。”他沉痛地指出：“我们全都已经习惯了、适应了这个极权制度，接受了这个制度是不可改变的事实，从而成全了它的运行。换言之，我们大家或多或少都对这部极权机器得以运行负有责任。我们当中没有一个人仅仅是这部机器的受害者。要知道，它之所以能够运转，我们每个人都曾经出过一份力。”辛波丝卡也承认，由于一度听信官方的蛊惑，她犯了“同谋罪”。她表示忏悔说，在众多的政治牺牲品面前，自己没有尽到道义的责任而给予援手，包括过去写的诗，没有提供任何一点精神上的慰藉；为此，她写下《新生》一诗，在收入此诗的自选集中，删除了此前发表的符合官方原则的全部诗作，宣告政治上艺术上的“新生”。她是出于严苛的道德要求，主动地为自己划清界限的。另一位诺贝尔文学奖获得者、捷克诗人塞弗尔特曾经保持长达10年的沉默，他再度发表诗作，唯因著名的“布拉格之春”事件在眼前发生。专制和血，使一个诗人的诗歌不能安眠。

其实，西方的形式主义者也与我们的鼓吹“纯诗”“艺术自足”，一意炫耀技巧、雕琢做作的诗人不同。他们是因为带有反抗西方主流政治的政治化倾向，才不愿意承认艺术与社会的关系。19世纪的形式主义者，大部分保持着与现行体制和既存秩序的对抗姿态。不少英法唯美派人物都是1848年欧洲革命时代的街垒战士，戈蒂埃等人也是因为目睹了浪漫主义者与七月王朝合作的情况下打出“为艺术而艺术”的旗号的。罗伯特·肖特说超现实主义者在生活的荒谬和社会的不公面前从不心安理得，说他们“胡闹和捣乱只是事物明显的一面，它的背面是对找回失去的纯洁性的深刻的道德关切”。形式主义者的反体制倾向在法国结构主义理论家中仍然得以保持，如罗兰·巴特便宣称“揭穿资产者社会制造神话的幻想”，拒绝为“胜利的意识形态”所利用。后结构主义者索勒斯同样宣称，“写作是以另一种手段继续政治”。

政治意识与道德关怀，使真正的诗人耻于为个人声名写作。华兹华斯在《〈抒情歌谣集〉序言》中说:“诗人不是单为诗人写作，而是为人类写作。”中国的新诗人缺乏这样伟大的抱负。无论过去长期的指令性写作，还是后来标榜的个人化写作，道德感都是空缺的。齐美尔批评唯我主义者拒斥一切社会性的利他主义主张，指出他们的种种言论背后的傲慢、残酷和自私，对标新立异的渴望，不顾一切地追求与众不同，称之为“闹剧”。在中国20世纪90年代的诗坛中，我们同样可以从“盘峰诗会”及一些评奖活动中见证类似的闹剧。马利坦尽管把创造性直觉作为他的诗学论述的中心，却仍然强调生命和爱，也即诗的伦理性，确认利己主义是诗性活动的天敌。

一些从来不想以至反对承担道德责任的诗人，大谈其形式技巧，俨然是艺术的守护神。艺术手段对于诗人来说确实是重要的，诗不可能不是艺术品。但是，我们知道，文学形式从来不是一个独立的价值单位，它的价值是由精神赋予的。任何一种形式技巧，都不是陈列柜里的展品，而是动态的存在，受制于思想和道德内容，包括写作动机的支配。如果没有终极目标为它提供依据，它将完全失去生命，没有一点光彩。不是说它不可以作为一个知识范畴供人研究或讲授，但是只要被置于文本中，就是有机的形式，与整体有关。在艺术史上，没有因为使用了最新的技法而使作品获得最高价值的先例，技法的新旧，只是在形式发生和发展的历史上出现先后序列的差别，却没有高下的级别。使用最原始最朴素的手法，同样可以写出最富有现代感的诗篇。所以，曼德尔施塔姆说文学中不存在任何“更好的”东西，不能取得任何进步，文学形式的每一次改变都伴随着丧失，甚至说这种“进步论”近于自杀。

现代艺术的发展，有可能像西班牙哲学家奥尔特加-加塞特所描述的那样，人道主义的内容，越来越让位于形式和玩弄辞藻；就是说，艺术的非人性化是一种世界性现象。与此相对应的是，文学，尤其是诗歌的读者越来越少也是世界性现象，正如一位德国作家说的：“政府、国家，甚至在旧的意义上所说的人民都不关心文学，关心文学的只有警察。”关于“现代性”，哈贝马斯和其他一些批判的思想家都作过缜密的理论分析，有着进步的现代性与反动的现代性之分。现代艺术也如此，文学如此，诗也如此。情势正如霍尔·福斯特指出的那样：“面对着全面的反动文化，反抗的实践已成为必需。”这就要求中国的诗人通过自己的诗歌实践，加入到一场世界性的斗争中去，使之同21世纪民主文化的建设性需要协调起来，同世界文明协调起来。

现代工业技术及大众消费是否可能从根本上损害诗歌而使之走向终结？如何保持诗歌的纯洁性？如何使诗歌在最具个人化的富有意味的形式中容纳丰富的思想和道德内涵？在这里，自由精神永远是决定性因素。即使社会可以通过众多的渠道操纵意识，扼杀诗歌，诗人仍然可以凭藉精神所赋予的独立的价值判断，自由意志和创造性，实行文学的抵抗。

批判性和反抗性，是世界伟大诗歌的传统。屈原的《离骚》，就是批评浊世的诗。这样的诗在中国古代已极其少见，鲁迅仍然嫌它缺少“挑战反抗”，故而主张引进“异国之新声”，这就是他所推举的“摩罗诗派”。所谓摩罗诗人，其实都是反专制、反众数、反主流社会的诗人。哥伦比亚诗人加斯特里隆在一篇文章中使用了“反诗人”和“反诗歌”的概念，也就是对这种精神的肯定。他举天主教神父加德纳尔为“最大的拉丁美洲反诗人之一”，引用下述的诗句，并称之为典范:

不读宣传材料
不听电台广播
不相信标语口号的人

他说:“反诗人的宗旨是:诗属于那些在诗中认出他们的日常生活以及真正问题的所有人。”至于“反诗歌”，他强调的也是批判性，说:“反诗歌对世界的关注，即意味着人类坦露自身的缺陷和黑暗，而不能容忍它们长期匿藏。”在现代，为了遏制社会朝着反自由反人性的方向发展，知识分子批判是必不可少的，所以作为诗人的帕斯十分强调诗歌与现代的分歧，以及彼此间的不可调和性，说:“诗歌在当代和未来的作用，可以浓缩为这样一句话:诗人是技术与市场的解毒剂。”

由于精神资源、知识资源的匮乏，又缺乏社会资源的奥援，中国在社会文化转型时期没有如西方一样壮大的诗人群体是不足为奇的。问题是，至今我们的诗人仍然整体的自我感觉良好，诗歌作为一种民族文化的自我意识的职能已经丧失。

我们看到，诗歌界有一个十分明显的脱节现象:在形式技巧方面，可以是世界主义的，连后现代主义的东西也有了；但是，在社会文化价值观念方面，却是民族主义的、传统的、封闭的、惰性的，恰恰是后者，构成了中国诗歌的基本格局、诗歌的灵魂。我们始终无法剔除自身的狭隘的、粗鄙的、瞒和骗的部分，无法摆脱祖传的奴才气、流氓气、逸民气、败家子气，我们陷身于历史的悖论之中而不图自拔。

所谓“西风东渐”，这“西风”吹刮了整整一个世纪以上的时光，路程不算太短。我们既有民族的独特的历史和文字，又有被迫接受或主动拿来的异质文化与文明；既有前现代的重复的苦难经验，又有现代的多种新鲜的体验和幻想，从理论上说，我们几乎拥有了人类文化的全部，完全有可能做出更好的整合，何况正好踏进了一个可生可死的大时代的拐弯处，本来大可以写出伟大的中国诗歌，就像俄国人说的那样，“我们把1850年代向西方学习的一切连本带利地还给西方了”，然而没有。在这里，可能性和现实性出现了惊人的反差。

> 今天，所有一切，无论是精神还是物质，社会还是个人，都被黄昏笼罩。结果将如何？将来又会怎样？

这是雨果写在诗集《黄昏之歌》前言中的话。其实，所有的国家和民族都面临着同样的问题。对此，批评家考利曾经这样评说他的国家:“美国文学家的最年轻的一代并不存在，没有群体，只有个人。”他对他的年轻同行继续在“乡气感”的负担下工作深怀不满，痛感原始人才的浪费，指出使美国文学获救的唯一办法，就是“向美国商业借用一点力量和自信”，说:“美国文学在精神上既然如此软弱，那么，在学习那些优美的形式之前，首先得医治精神上的缺陷，否则世界上所有优秀的东西对它都是无益的。”我们的诗人一个个聪明绝顶，看看“盘峰诗会”那种唇枪舌剑的场合，真是何等了得，然而，缺陷就是没有洋鬼子的这种自我批判意识。

如果要问，中国诗歌从哪里获取自由创造的精神？如何使自己变得强壮起来？向哪里借用力量和自信？那么，所有一切都应当从反思开始。

作为一种自觉行为，一种自由实践，它首先要求的是自我对自我进行全面的批判，以期确立一个前进的大致的方向。今天，与其说我们对中国诗人抱有期待，毋宁说对中国社会变革的期待更多；但是，如果社会变革还不能推动一个知识群体的改变，甚至连变革本身也缺乏推动力，我们唯有寄希望于如福柯所说的富有“自我照看”能力的个人出现。然而，在旧体制及相关的机构、出版商、势利的媒体，以及迷信文化明星与宣传的广大读者的汹涌包围之下，个人的存在是可能的吗？

曼德尔施塔姆夫人给她的回忆录起了这样一道名目:“没有希望仍然希望”——我们不妨这样瞻望中国新诗的未来。

2006年5月改定

图书在版编目（CIP）数据

重现的镜子 / 林贤治著. -- 贵阳 : 贵州人民出版社, 2018.11

（林贤治自选集）

ISBN 978-7-221-14951-0

Ⅰ. ①重… Ⅱ. ①林… Ⅲ. ①中国文学－近代文学－文学研究－文集 Ⅳ. ①I206.5-53

中国版本图书馆CIP数据核字(2018)第272152号

重现的镜子

林贤治 / 著

选题策划：京贵传媒
组稿编辑：黄筑荣 陈滔
责任编辑：刘泽海 马文博
出版发行：贵州出版集团
贵州人民出版社
（贵阳市观山湖区会展东路SOHO办公区A座）
邮　　编：550001
印　　刷：北京温林源印刷有限公司
开　　本：680mm × 960mm 1/32
印　　张：9
字　　数：240千字
版　　次：2019年3月第1版
印　　次：2019年3月第1次印刷
书　　号：ISBN 978-7-221-14951-0
定　　价：38.00元